賢妻不簡單 3 完

文創風 490

簡尋歡 著

目錄

第六十八章 …… 005
第六十九章 …… 015
第七十章 …… 025
第七十一章 …… 033
第七十二章 …… 041
第七十三章 …… 051
第七十四章 …… 063
第七十五章 …… 075
第七十六章 …… 083
第七十七章 …… 091
第七十八章 …… 101
第七十九章 …… 111
第八十章 …… 121
第八十一章 …… 131
第八十二章 …… 141
第八十三章 …… 151
第八十四章 …… 159
第八十五章 …… 169
第八十六章 …… 179
第八十七章 …… 189
第八十八章 …… 199
第八十九章 …… 209
第九十章 …… 217
第九十一章 …… 227
第九十二章 …… 237
第九十三章 …… 247
第九十四章 …… 257
第九十五章 …… 267
第九十六章 …… 277
第九十七章 …… 287
第九十八章 …… 301
第九十九章 …… 311
第一百章 …… 321

第六十八章

去泉水鎮的路上，淩嬌靠在周二郎背上，按理說這天氣已經很熱了，可她靠著周二郎只覺得滿心舒暢，躁意少了許多，就是肚子開始痛了起來。

淩嬌一怔，莫不是大姨媽要來了吧？「二郎？」

她聲音懶懶的，有些有氣無力，周二郎心疼得緊，恨不得這會兒就到泉水鎮，可又怕淩嬌真的懷孕，顛簸到怎麼得了。「嗯？」

「我心裡有些事，一直想跟你說。」

「妳說。」

淩嬌想了想，深吸一口氣。「我這身體怕是有問題。」

「好端端的，別說胡話。」周二郎最聽不得這些話，他寧願自己爛心爛肝爛肺，也不要淩嬌有絲毫不妥。

「真的，我沒胡說。我跟著你也快一年了，可這一年裡，我一次月事都沒來，而且我忘記了許多事情，不知道自己幾歲、家在何處；但是你看我，壓根兒不像十來歲的小女孩，既然不是小女孩，肯定是大人了，可既然是大人，為什麼一次月事都沒來，你不覺得奇怪嗎？」

淩嬌最怕這身子早已傷了，來不了月事，又怎麼懷孕？越想，心便有些發慌。

周二郎聞言一頓。「沒事，不管妳是啥樣子，我都要。」

凌嬌噗哧笑了出聲。「若我是母夜叉呢？」

「去年那個時候，妳臉黃皮寡的，跟母夜叉也沒多少區別，我還不是一眼就相中，非妳不可。」

凌嬌一愣，隨即去掐周二郎。「好啊，敢情你是嫌棄我了。」

周二郎任由她掐，有點痛，卻痛得特別舒坦。

「妳小心自己的手，我這老皮老肉的，掐幾下也不怎麼疼……」

凌嬌一聽，氣也不是，笑也不是，當下便用了勁，掐得周二郎哎喲叫出聲，忙道：「冤枉啊，我哪裡敢嫌棄妳，我的意思是，就算妳是母夜叉，在我心裡也是最美的母夜叉，我周二郎啥美人也不喜歡，獨獨愛妳這個母夜叉。」

「油嘴滑舌的。」凌嬌說著，才鬆了手。

想著一年前，這個傢伙憨憨厚厚的，抱她一下都臉紅耳赤，害羞得很；如今倒好，甜言蜜語張嘴就來，跟不要錢一樣。

想到周二郎的變化，她卻是樂見其成，他再也不是以前那個憨傻好欺負的人，正在努力成長、努力強大，努力為她創建一個美好的家。

她伸手抱住周二郎的腰。「二郎，我想為你生幾個孩子。」

周二郎咧嘴笑了起來。「不用太多，一、兩個就好。」都說生孩子九死一生，他哪裡捨得凌嬌跟閻王爺打交道。

「一、兩個太少了，起碼要十個、八個。」

凌嬌也是打趣，周二郎卻嚇到了。「阿嬌，妳不是認真的吧？」

「我啊，好像是認真的呢！」

「不行，我不贊同。」

「為什麼啊，男人不都想著多子多孫嗎？」

周二郎深吸一口氣。「那是那些男人自私，不知道生孩子多辛苦、多受罪，我不求生那麼多孩子，一、兩個就夠了。」

凌嬌笑了起來。「逗你玩的呢，看你認真的。」不過，這事誰說得準呢，興許她兒女緣好，真能生十個、八個呢！

周二郎見凌嬌好不嬌嬈的樣子，心裡一熱，想著她不舒服，這會兒臉色好看許多，才放下心來，繼續趕路。

到了鎮上，他也不敢猶豫，直接去了最好的醫館，讓大夫給凌嬌把脈看診。

大夫一番把脈之後才說道：「夫人的脈象並無大礙，就是有些炎症，老夫開幾帖藥吃下便好。還有，夫人先前似乎被人下了極陰之藥，導致月事不來，如今卻有來月事之相，怕是會腹痛不止，我再開幾帖止痛藥。公子若是鎮上有親戚，最好今天就住在鎮上，就怕夫人首次來月事會大出血，到時候耽誤了夫人的救治。」

周二郎一聽，嚇得心一抖，連忙答謝了大夫，請大夫開方子抓藥。他怕凌嬌來回顛簸，雖說送去孫婆婆家也是個法子，可孫婆婆家幾個月沒住人，啥都沒有，故而他把凌嬌暫時安置在醫館，反正醫館有住宿的地方，也有人照料，有點啥事喊一聲就好，他也放心。

這邊安頓好淩嬌，周二郎便駕車回周家村，把事情說了。他將家裡事全部交給周甘和周維新，又讓周玉收拾淩嬌的衣裳，把淩嬌做的那些月事帶裝了一大包放到馬車上。

「二郎哥，讓我跟你一起去吧！」周玉拉住周二郎，肩膀上還掛著一個包袱。

她聽周二郎回來說得那麼嚴重，心裡擔心得很，便想著要跟去幫忙。

周二郎想了想，自己一個大男人，有些事不方便，有周玉在，到時候一個人陪著、一個人煎藥也好。「好，快上馬車吧！」

「吃了飯再走啊！」三嬸婆說道。

「不吃了，到鎮上再說。」他隨手拿了幾個包子給周玉，讓周玉墊墊肚子，到了鎮上肯定是要帶淩嬌去吃東西的，到時候再吃也不遲。

周玉更是懂事，二話不說上了馬車，催促周二郎快走。

三嬸婆瞧著馬車離去，擔憂不已，孫婆婆也嘆息一聲，像雪打了芭蕉一樣，蔫蔫地回了屋子。

趙苗忙招呼媳婦、婆子們收拾好了便回家，明兒上午早點來，倒也幫著淩嬌打理得整整齊齊，有條不紊。

淩嬌喝了醫館丫鬟送來的藥，不一會兒便汗流浹背起來，甚至痛得蜷縮在床上，動都不能動。

那小丫鬟顯然對此見怪不怪，立在一邊瞧著，也不安慰，還淡定地問淩嬌是什麼感覺，然後咚咚咚跑出去說了幾句，又咚咚咚跑回來。「夫人，咱家老爺說了，夫人中的是極寒之物，本來便不易調理，今兒夫人正好第一次來月事，咱家老爺才開了極烈之物，希望兩物相沖，化去夫人體內寒氣，若夫人以後好好調理，或得以受孕。夫人可千萬要撐住，莫要辜負了咱家老爺一片用心良苦。」

淩嬌聞言，抬頭看那小丫鬟。「妳的意思是，只要我堅持下來，以後好好調理便會懷孕？」

「回夫人，是的。」

淩嬌微微點頭，氣喘吁吁地縮到床角去。這會兒她是無比想念周二郎，希望他在身邊抱抱她、安慰她。

周二郎也是心焦如火地往鎮上趕，雖然馬兒好、腳力快，但到鎮上時也已經天色黑透，好些店家都關門了，只有那些客棧營生的還開著門，等著住宿的人前來。

周二郎直奔醫館。醫館學徒知道周二郎會來，一直等著，這會兒見他來了，忙道：「公子總算來了，夫人吃了藥，這會兒正發作呢，公子快去瞧瞧吧！」

周二郎哪裡停得住腳步，奔了進去。周玉也急，但是眼前還有更重要的事，她客客氣氣道：「小哥，我哥哥掛心嫂子，能不能麻煩你幫我搬一下東西，順便把馬車牽到後院去，謝謝小哥了。」說著，連忙福了福身。

學徒見周玉穿著打扮整整齊齊，又客氣有禮，頓時有幾分好感，忙道：「客氣了，東西都在馬車裡吧？我幫妳。」

周二郎直奔進淩嬌的屋子，見屋子內燈火通明，淩嬌蜷縮在床上，心疼得不行。「阿嬌？」

淩嬌見到周二郎，感覺似乎更痛了。「二郎……」

周二郎坐在床邊，淩嬌不顧一切撲到他懷中。「你總算來了。」

「是不是很痛？」

淩嬌點頭。「嗯，痛。」

「莫怕莫怕，我來了，實在痛就咬我幾口。」

淩嬌搖頭。「你抱緊我，就不那麼痛了。」

周二郎緊緊抱著淩嬌，說些逗趣的話轉移她的注意力，感覺她痛得整個人抖得不行。周二郎心痛得很，詛咒給淩嬌下藥的人不得好死，死無葬身之地。

周玉進來瞧見，眼眶微微泛紅，放下東西對學徒說道：「小哥，你這邊可有廚房？我想給我嫂子做點吃的，我嫂子肯定連晚飯都沒吃呢！」

「有，妳跟我來。」

周玉去熬了稀飯過來，端在手上，周二郎一手抱著淩嬌，一手拿著勺子舀了小口小口地餵。淩嬌本來很痛，見周二郎、周玉圍著自己轉，似乎也不那麼痛了。

一碗粥下去，淩嬌只覺得腹部一熱，一股熱流流出，那熱流跟流水一樣怎麼也止不住，更痛了，便對立在一邊的丫鬟說道：「來了。」

丫鬟聞言，連忙跑了出去。不一會兒，醫館大夫走了進來，一進屋子就聞到極濃的腥氣，眉微微蹙起，上前給淩嬌把脈。「好在夫人身子底厚，不然便是大羅神仙也沒得主意。」忙給淩嬌施針，讓淩嬌喝下止痛的藥。

「今夜這血怕是會一直流下去，老夫不會離開，待這惡血流盡之時，再止血。」說完又對兩個婆子說道：「妳們扶這位夫人去內室，坐在竹椅子上，時刻出來稟報情況。」

兩個婆子立即上前扶了淩嬌進內室，床上已經血紅一片，淩嬌站都站不穩，周二郎要上前去抱她，卻被大夫攔住。「公子不可，夫人如今這血都是堆積幾年的惡血，非流不可，公子若有心，不如去給夫人弄些補血的吃食來。」

周二郎自是不願意離開的，忙摸了銀子遞給周玉。「阿玉，妳去想辦法，不管什麼儘管弄來，莫要怕銀子不夠。」

周玉接了銀子，點頭出去了。

醫館大夫瞧周二郎這樣子，想來是極其看重媳婦的，心中略微有數。

淩嬌被扶進了內室，兩個婆子幫她脫了染血的褲子，讓她坐在像馬桶般的椅子上，後面還有個靠背的地方。

周二郎也進了屋子，顧不得一室腥氣，蹲在她身邊。「阿嬌……」

淩嬌瞧著周二郎是又氣又安慰，忙道：「你進來做什麼？這兒到處都是血，去外面等著。」

「不。」這會兒他無非想留在她身邊陪著，讓她不那麼害怕。

「你……」

淩嬌生氣，卻也沒有法子，肚子痛得她一點力氣都沒有。

外間不待大夫吩咐，又來了兩個婆子，將床上快速收拾乾淨，又重新鋪上嶄新的棉被、床單，把地上血跡擦去，來來回回清洗，不一會兒將屋子收拾得乾乾淨淨，還點了熏香祛除屋子裡的腥氣。

淩嬌已經沒有多少力氣了，卻感覺肚子似乎不那麼痛了，就是血還流個不停，虛弱地靠在周二郎懷中。

婆子進進出出地稟報，好一會兒大夫才吩咐人端了藥進來，餵淩嬌喝下，又過了一刻鐘，兩個婆子請周二郎出去，給淩嬌用熱水擦了身子，才扶她出屋，倒在床上。

內室的血塊快速從後門抬了出去，根本不從房間經過。

大夫給淩嬌把脈施針後，微微點頭。「以後按照老夫開的方子服用，這身子便能調整回來，不過半年內最好莫要行房，也莫要做重體力活，保持心情開朗。前三月定要按時喝藥，一天都耽誤不得，半年後再懷孕，這孩子便會健健康康了。」

言下之意，若是半年內懷孕，這孩子也不會健康，說不定還會傷了孩子。

周二郎看著臉色慘白、渾身力氣都沒有、虛弱到不行的淩嬌，連忙點頭。「謝謝大夫。」

「不必謝，診金、藥材、一應用具給一百兩銀子吧！至於尊夫人，若怕她回去沒人照應，便在醫館多住兩天，一天十兩銀子，若捨不得這銀子，隨時都可以走。」

周二郎自是不敢猶豫，忙從懷裡摸出一張銀票，銀票是一百兩的數額，又拿出荷包，數了五十兩遞給大夫。「我們多住五天，等我媳婦身子好些了再走。」

大夫看了周二郎一眼，又看了看床上的淩嬌，毫不客氣地接了銀子離開。

周二郎壓根兒沒去細想——這大夫為什麼醫術這麼厲害、脾氣這麼大，而這幾個婆子又為什麼這麼有條不紊……

第六十九章

坐在床邊看著閉眼睡去的淩嬌，伸手輕輕把她頭髮捋順。「見妳受苦，只恨不得這些苦十倍、百倍地加在我身上，更恨不得去殺了那殺千刀的，為妳出這口氣！」

周玉端了補血雞湯進來，屋裡門窗都開著，腥氣雖已淡不少，卻還是有，這會兒見淩嬌睡去，她把湯盅放在一邊，走到床邊。「嫂子好點了嗎？」

「剛剛睡下了。」周二郎說著，看了周玉一眼。「妳去弄點東西吃，趴桌子上將就一晚，我明兒叫輛馬車送妳回去。」

周玉微微搖頭。「我不累。二郎哥，我熬了雞湯，要不要喊嫂子起來喝點再睡？」

周二郎也猶豫。淩嬌累得睡了，可她先前並未吃下什麼東西，這會兒身子肯定虛，喝點雞湯多少能補點力氣。

「妳先舀一碗放涼，等差不多了我再喊妳嫂子起來。」

「好。」

周玉舀了雞湯用勺子攪拌著，讓雞湯涼得快一些，又時不時回頭打量淩嬌。淩嬌本來就生得好看，平日裡文文靜靜的，給人很好相處的感覺，但周玉知道，她這個嫂子向來排斥外人，心思也多得很，可是入了她眼的人，她定是掏心挖肺地對待。如今這般虛弱地躺在床上，楚楚可憐的樣子，讓她瞧著心疼得很。

二郎哥待嫂子一片真心，這會兒怕是更難受了。

待雞湯涼了，周玉端著，周二郎輕聲喊醒凌嬌，讓她靠在他懷中，周玉餵著，倒也勉勉強強餵了小半碗下去，才讓凌嬌睡下，又守了她一夜，中途還親自給凌嬌換了兩次月事帶。

周玉想，若有一個男人，別說像周二郎待凌嬌的十分，便是只有五分，她也會拿一百分來回報。

第二日，周二郎本打算送周玉回去，但周玉不願意走。「二郎哥，我可以給嫂子煮雞湯、煮吃的，家裡人那麼多，少我一個也亂不了，你就讓我留下來吧！」

周二郎想著外面煮的也不知道乾淨不乾淨，他吃了沒事，阿嬌可不一樣，便讓周玉留下了。

凌嬌迷迷糊糊睡了兩天，第三天才有了點力氣，卻還是虛得厲害。

「別說話，妳身子弱，等身子好了再說。」

凌嬌想問自己到底怎麼了，感覺好像很嚴重的樣子。

周二郎索性把她身體情況如實說了。「妳看，妳身子本就弱，回去以後可得好好養著了。家裡粗活、重活是萬萬不能碰，冷水也不能碰，洗衣做飯什麼的也別做了，安心養身子就好。」

「又不是少奶奶，哪那麼嬌貴了。」凌嬌輕聲說著，心裡卻甜滋滋的。

「妳就是少奶奶，等回去，我出一個月二兩銀子，請人來家裡做飯洗衣，妳安心養身體就是。」

周玉卻連忙上前。「不如把那二兩銀子給我賺唄，反正我都這麼大了，廚藝也不錯，蒸炒煎炸煮樣樣都拿得出手，二郎哥，給我賺吧，也讓我多賺點，以後嫁妝豐厚些。」

「妳這丫頭，我跟妳嫂子還能少了妳的嫁妝不成？」

雖說不是親妹子，但一路走來，周玉對這個家的付出豈少？如果手裡有銀子，兩、三千兩總是要給的，讓她嫁到婆家也不會被人看輕；若是家裡再富裕些，這嫁妝又要另加了。

周玉格格笑了起來。「那我也要存一點不是？反正這銀子給別人賺也是賺，二郎哥就肥水不落外人田吧！」

淩嬌瞧著，微微勾唇。「你便讓阿玉做吧，這個家交給別人，我還不放心呢！」別人哪裡有阿玉這麼省心，把家裡看護得緊。

「既然妳嫂子都這麼說了，那就妳做吧！」

周二郎忽然想起阿玉今年才十一歲，年紀還小，親事不急，倒是阿甘好像都十七歲了，還沒說媳婦；看來等阿嬌身體好起來，阿甘娶媳婦的事也要說說了，至少也要先訂下來。

在醫館休息了五天，淩嬌身子已經好得差不多，雖然還是有些虛，大姨媽已經走了，藥還是要喝的，早晚飯後各一次，以後一個月來鎮上把脈檢查一次，連喝三個月便可以斷藥，然後再休養三個月就可以準備懷孕了。

對此，周二郎對大夫還是很感激的，更心生送阿寶過來學醫的心思，畢竟多一些技藝在身也不是累贅。

三人套了馬車，出了醫館，去鎮上買了些東西便回周家村。

可遠遠的，就聽到有人在自己家門前哭鬧。淩嬌在馬車裡蹙眉，周二郎下了馬車走過去看，只見一個婦人領著幾個孩子跪在自己家門口，哭得淒慘。

「幹麼呢？」周二郎問。

那婦人一見周二郎，連忙跪爬到他面前。「二郎，你可千萬千萬要幫幫我啊，你要是不幫我，我就只有去死了！」

這個人不是別人，正是周二郎的大姑。

周二郎看著她，一言不發，想著淩嬌身子不適，正在馬車裡待著呢，冷聲道：「有什麼事一會兒再說。」轉身走到馬車邊，把淩嬌抱下直接回了屋子。「好好休息，我去看看。」

淩嬌對現在的周二郎很是相信。「去吧！」

他前腳出去，周芸娘後腳跟了進來。「嫂子，是大姑。姑丈在外面打死了人，被衙門抓住了，本來是要賠命的，卻因為姑丈說了聲他外甥女是郡王爺的側妃，以後還是郡王妃，才被重新判為賠錢的。」

淩嬌蹙眉。「妳怎麼知道的？」

「哪裡需要我去問啊，好多人都知道了。」周芸娘說著，去看淩嬌，見她臉色不怎麼好，忙問：「嫂子，妳怎麼了？」

這些天在鎮上，她懷著孩子也不能去看，再說她也不敢出周家村，怕碰到趙貴。

「沒什麼事，就是有些累，妳讓我睡一會兒吧！」

流了那麼多血，身子雖然感覺輕鬆不少，仍是虛得厲害，在馬車上是靠在周玉懷裡睡了一會兒，這會兒又想睡了。

「喔，那嫂子妳睡，我出去看看。」

「去吧！」

周二郎看著大姑。「妳走吧，我幫不了妳。」什麼都不問，就是不想幫。這種人，六親不認、嫌貧愛富，若真想走這門親戚，他娶淩嬌的時候來走走，不說送多少禮金，就來吃頓飯，他心裡也舒坦些，卻連個鬼影都沒瞧見。既然她不拿他周二郎當親戚，今天就別怪他周二郎不拿她當親戚。

「你、你怎麼這麼黑心肝啊！如今五百兩對你周二郎來說算得了什麼？你卻一個子兒都不給我，你這殺千刀啊！眼睜睜看著你姑丈去死啊！你的良心被狗啃了嗎?!」

大姑鬼哭狼嚎得厲害，村子裡的人都看不下去了。這種人實在是太不要臉了，從來不走動，一來就要錢，張口就要五百兩，真是癩蛤蟆打呵欠——好大的口氣。

周二郎只由著大姑罵，等她罵得差不多了，才冷淡地說道：「妳如果識趣就趕緊走，不然我便讓大黑出來攆人。我也不瞞妳，我家大黑可是頭狼，平日裡不出來，也不咬人，一旦咬人卻是必見血的，到時一口咬死了妳，我可不負責。」他可不是說說嚇唬人，立時冷冷吆喝了一聲。「大黑。」

幾乎是瞬間，一條凶悍的狼就出現在周二郎身後，別說周大姑嚇得差點尿褲子，就是在周二郎家幫忙的也嚇得不輕。要知道這大黑可是幫著周二郎逮住了十來個盜匪，可見有多厲害。

「走還是不走？」周二郎冷聲。

淩嬌身子不好，他心情已經不好了，卻不敢表現，怕淩嬌擔心，可在大姑面前，他才不管那麼多。

大姑也嚇壞了，跌跌撞撞起身。「不給就不給，你當我們喜歡啊？哼，十年河東、十年河西，我就看你周二郎能囂張到幾時去！」說完，領著幾個孫子、孫女屁顛屁顛走了。

「太不要臉了，先前我還以為是來借銀子的，如今想來，她根本不是來借，而是來要銀子的！」

「可不是，真沒見過這麼不要臉的！」

周二郎卻沒心思管那些，讓大黑回了後院，轉身回去看淩嬌，卻見三嬸婆、孫婆婆都在屋子裡陪著淩嬌說話。

他見淩嬌面露疲憊，明顯是又想睡了，很有眼力地將三嬸婆和孫婆婆請到堂屋，把淩嬌的身體狀況仔仔細細說了一遍。

「這壞了心肝的，怎麼就下得了手！」三嬸婆罵道，心裡暗暗感嘆，好在發現了，如果不然，阿嬌豈不是要一輩子不孕？想到這，三嬸婆整個人都不好了。

孫婆婆冷著臉。

她是從大戶人家出來的，大戶人家外表看著光鮮亮麗，內裡可骯髒了，這種事不只正妻對小妾做，還對丈夫做，更有小妾對正妻做的，總之不是你害我，便是我害你，父不父、子不子的；也不知道阿嬌到底是何來歷，怎麼會被人下了狠藥？

若她身子破了，那還可能是誰家寵愛的小妾，可偏偏她是完璧之身，這下藥之人，著實可恨！

還是要讓淩嬌好好養著，啥事都不讓她幹，起碼這第一個月要當小月子坐，連洗澡水都是周二郎提來，讓淩嬌在屋子裡洗，避免吹風。

淩嬌為了將來能生孩子，也不敢胡來，索性便在屋子裡好好休息，外面的事自有周玉、趙苗打理。周芸娘倒是拿了針線活在她屋子裡做小衣裳，有時候兩人說說話，有時候淩嬌睡自己的，周芸娘做自己的，感情倒也慢慢培養出來了。

眼看已經五月二十日，就要六月了。

滁州送來了書信，周二郎得知了信件內容，嚇得背脊心全是汗，暗暗慶幸好在聞人鈺清沒事，敏娘也沒事，不然他一輩子都得內疚。

至於那骷髏頭的事情，聞人鈺清信中沒說，周二郎想著這是人家的私事，也沒在意，只想著信上說了，找了五個教書的先生給他送來。

淩嬌得知周敏娘早產，好在母子平安；聞人鈺清遇襲，但已平安歸家，心中又是擔憂、又是慶幸。

轉眼間，日子很快地過去了。這些時日周二郎忙進忙出，晚上又不能像成親那個月，回了房間抱著淩嬌便恩愛一番，儘管如此他還是忍著，淩嬌的身子重要，他可不敢亂來。

而淩嬌想著，沈懿就要回來開加工坊了，學堂教書的先生也要來了，房子要怎麼辦？便建議周二郎向村民們買地，蓋了房子做倉庫、宿舍。

周二郎覺得她說的有道理。「只是怕村民們不答應。」

「你去試試唄，就說只要賣了土地給我們的，到時候都可以來我們家做工。我估摸著沈懿也快回來了，到時候要做布偶得先修建做工的地方，也要有空間放做好的布偶，還可以做點別的東西，像番薯粉絲之類的。咱們有了這份人情在前面，到時候可以先教他們怎麼做，畢竟先學會了就能先賺錢不是？」

周二郎略微尋思，可不就是淩嬌說的這個理？

「行，我這就去招呼大家開個會，把這事說一說；不管大家什麼心思，把事情拿出來說清楚，我心裡也有數。」

他想明白了，更是坐不住，抱著淩嬌親了幾下，膩歪了一會兒，便整理了衣裳，喊周甘出門去辦正事，把人都喊來家裡。

周甘以前總覺得自己只是借住在周二郎家，直至最近，周甘才覺得，周二郎是真拿自己當兄弟的。他想得很明白，只要是二郎哥要求的，他一定會做到。

而周二郎以前忙，很多事情都沒在意，直到周玉說起嫁妝一事，他才驀然發現周甘已十七歲，不小了。要是家裡有銀子的，早已經開始說親，說個十四、五歲的小姑娘，在娘家養兩年，到了十六、七歲正好嫁過來；周甘也會因為有了親事，做事的時候更加穩重。

「二郎哥。」

「嗯，啥事，你說。」

「沒啥事，就是想喊你一聲。」

周二郎一愣，隨即揚手就要去打周甘。「你這臭小子！」

周甘卻呵呵笑著跑得老遠。

第七十章

凌嬌想著既然周二郎有大事要說，她這個做媳婦的自然要幫襯著，便在屋子裡蒸饅頭，趙苗一邊幫忙，一邊推了推她。「二郎把大家都喊了來，到底啥事？」

「打算買地蓋房子。」

趙苗一愣。「妳家都有多少房子了，怎麼還想買地蓋房子？」

「這不是有幾個先生要來嗎？他們都拉家帶口的，既然來的人多了，住的地方總是要安排好，是吧？」凌嬌說著，把饅頭放到蒸籠裡，一層一層疊上去。

趙苗仔細想了想。「來幾個啊？」

「一共五個，三個是教讀書認字的，一個教武功，一個教醫術。」

「哎喲，這一個個拉家帶口的，的確需要不少房子，妳打算怎麼辦呢？」

「先買了土地，到時候拿銀子請人幹活吧！我那些地裡種的全是稀罕東西，還真捨不得刨了拿來蓋房子，只能買地了。」

「那妳銀子可還夠？」

趙苗算了算手裡的銀子，想著要不都借給凌嬌先周轉。

「有，除去家裡需要的開銷，還有些銀子可以拿來買土地、修房子，實在不行，敏娘送回來那麼多值錢的東西，拿幾樣去賣了，這銀子就周轉開了。」

當初賣珍珠是有一大筆銀子的，雖然給了沈懿一些，仍還剩下不少。

「我這兒有一百多兩，妳要用，跟我開口，我全部給妳拿來。」

淩嬌一愣，這年頭，誰願意平白借銀子給別人？

「謝謝嫂子，到時候真缺銀子，我再問嫂子借。」

「好。」趙苗說著，往灶孔裡添了柴，才繼續說道：「那妳打算修多少房子啊？」

「一個人一個院子總是要的，還有阿甘年紀也不小了，總要給他說個親事，阿甘可以沒有別的，這房子總是要有的。」

「妳要給阿甘說媳婦啊？」

「對啊！」

「不只說媳婦，還幫忙修房子？修多大？」

「跟我家一樣總是要的吧！」

跟這個家一樣大，這個家修到好，買家具、鍋碗瓢盆、櫃子水缸什麼的，裡裡外外可得一百兩銀子吧？可真是大手筆！就周甘這樣子的，去外面幹活，多少年才能賺來這樣一間房子？更別說淩嬌還得準備聘禮、辦酒席，這一番下來可得好多錢呢！周甘真是撞大運了。

「妳這個嫂子當得可真是像模像樣。」

淩嬌笑。「阿甘為這個家付出也很多。」當時，冬天天氣那麼冷，他也冒著冷去河裡抓魚；她被謝舒卿抓走，家中裡裡外外可都靠著周甘兄妹倆，一間房子算得了什麼？

她的打算是，這房子就從隔壁開始修過去，土地也只買這附近的，隔得近，彼此間有個照應；再者，周家村以後富裕起來，人口會越來越多，家家戶戶有錢了，房子都拆了修成一樣的，看著也美觀。

如今手裡頭缺的，就只有錢了。也不知道鳳凰城玲瓏閣那面膜賣得怎麼樣了？如今三個月已經過了，還不見馬掌櫃送銀子來。

如果有銀子，她倒是想多買些地，都拿來修房子，到時候讓村民們拿老屋來換，她整理規劃後都用來修建房子，一排一排的，周家村定是大曆國最漂亮的村莊。可惜啊，就是沒錢。

外面，周二郎招呼大家喝茶、吃瓜子，才開口說道：「我今兒已經收到郡王爺託人帶來的書信，郡王爺幫我找了五個先生。只是這五個先生來了呢，肯定要有個住處，如今我那些土地都種了東西，且全部都是稀罕物，我還等著收了種子，明年多買些土地，大規模種了拿去賣。」他說著，頓了頓，才繼續說道：「所以我打算向大家買土地。」

「啊，買土地啊？」

「這土地賣了，以後我們吃什麼？」

周二郎也不急，等大家安靜下來，才繼續說道：「大家放心，我既然買地，那這買地的錢肯定不會拖欠；至於大家以後拿什麼來生活？我這麼說吧，只要大家相信我，我保證，一年一個人能賺到十兩銀子。當然各家嫂子肯定能多賺些，畢竟都是穿針引線的活，而大老爺們也是有活要做的。如今眼看番薯就要收成了，我打算請人幫我去各地買番薯，拉回來製成番薯粉做粉絲。只要賣了土地給我周二郎的，我免費教他怎麼做這個番薯粉，做了番薯粉後可以拉回周家村賣給我，也可以自己在外面做粉絲賣；唯一的要求就是，這粉絲一律只能說是周二郎粉絲，價格也要統一，不能因為任何人的打壓就降低價格，這便是我的條件。」

「粉絲是啥玩意兒，好吃不好吃？」

「對啊，這粉絲怎麼做？」

「二郎，你說話算話不？」

面對大家的疑惑，周二郎笑了。「我定是說話算話的，而且我現在也沒有太多銀子買土地，現在只要買從我家延伸過去的五十畝，以一畝二十兩銀子算。若是土地多了，我照樣算錢；若是土地不夠一畝，比如只有八分地，我也照一畝地算；如果地是八分以下，我便按照八分地算，是十六兩銀子。」

既然要買地，周二郎對那些土地的情況多少有些了解，八分以上一畝不到的有十二家，一畝多的有二十三家，其他家都是八分以下，所以只要那三十五家答應了，其他人應該也會答應。

「二郎，那針線活是幹啥玩意兒啊？」

周二郎笑。「阿玉，妳把那布偶拿幾個出來給大家瞧瞧。」

周玉點頭，連忙去了，不一會兒拿了幾個布偶出來，發給幾個長輩。

「這玩意兒可真好看！」

周玉暗笑。能不好看嗎？光是這些布料就值不少錢，加上嫂子設計的樣子又憨又可愛，往裡面塞的都是上等的棉花，就更是值錢了。

「這樣子的一般有三個尺寸，做大、做小價錢都不一樣，做小的，一個是二十文錢，中的是三十五文，大的是五十五文。小的一天應該能做五個以上，大的起碼能做兩個，像阿玉速度快，小的一天做了十七個，中的做了十三個，大的做了九個。」

大家一聽，一個個開始算帳。一個小的二十文，一天做十七個，那就是三百四十文，天啊，一個月就有一兩多的銀子，嘖嘖嘖，好多錢！

「二郎，你會不會拖欠工錢？」

「不會，你們放心，我只要把這邊安排好，就會去一趟滁州，等從滁州回來就有銀子了，我也不囉嗦，一個月結一次。」

一個月結一次，還不欠工錢，這事可以幹！

「啥時候開始幹活？」

「幹活的事還不急，因為倉庫沒修好，布料、棉花都沒運來，所以嫂子們沒事可以先過來學，等學成了，倉庫蓋好，就可以直接做工賺錢了。」

這些小媳婦們都會針線活，根本不需要怎麼學，就是針腳方面一定要記住，不要錯了就好。

一時間，大家都願意賣土地了。

賣了土地有銀子，以後還能來這邊幹活，又是周二郎家的房子，來幹活總得管飯吧，算下來也能省下不少錢；何況周二郎家飯菜都極好，大家自然願意來。

凌嬌立在廚房門口看著周二郎，只見他藏青色褂子下露出結實的手臂，後背寬闊、身材高大，一副值得依靠的樣子，抿嘴笑了起來。

恰巧他也回頭看向凌嬌，四目相對，眸中情意綿綿，不必言語，都能看得懂對方眼中的情意。

凌嬌衝他微微點了點頭，豎起了大拇指，周二郎瞧著，笑咧了嘴。有什麼比得過自己做的事得到媳婦的贊同呢？

周二郎領著大家去看地，自然也帶著周維新，畢竟以後還有許多事要周維新從中周旋。周維新也感嘆，才一年不到，周二郎的變化可真大，那渾身氣勢，自己都比不過。

一一看了地，周二郎當下表示。「因為叔伯大爺家的地都是種了東西的，眼看就能收成，卻因為我要刨了這些東西，我願意一家給二兩銀子當作補貼。」

周二郎這話一說，心裡還有點不樂意的，也都樂意了。

既然要修房子，周二郎自然要去請空虛大師，讓周維新擬好買賣土地的協議，去鎮上更換地契的名字，當天就量了土地，當晚就寫好協議，簽字畫押，周二郎給銀子。因為都是銀票，一下子也找不開，周二郎說道：「明兒我便去鎮上請空虛大師，待換了碎銀子回來，就把錢親自送去。」

既然買了土地，晚上就要留大家吃晚飯。

五十戶人家便擺了五桌。凌嬌身子剛好，周二郎死活不答應她幹活，便親自去請了五嬸、五嬸的兩個媳婦、鐵蛋嬸、鐵蛋嬸的兩個媳婦，還有福堂嬸、福堂嬸媳婦，總之就是讓凌嬌好好休息，惹得幾個嬸子、嫂子不停打趣她。

晚上的飯菜算不上多豐盛，畢竟比較匆忙，可好歹有肉有魚，還有黃瓜、茄子。黃瓜和茄子都是新鮮貨，比肉啊、魚啊更吸引人了。

見周二郎願意把這些稀罕菜拿出來招呼大家，大家心裡對他更是高看，個個圍著周二郎說話，衝周二郎敬酒。

平日裡不喝還沒事，今日卻是喜事，周二郎便喝了，哪曉得大家一見周二郎喝了，紛紛勸起了酒，周二郎也是高興，一杯接一杯地喝，結果便喝醉了。

「阿嬌、阿嬌……」

周二郎倒在床上，眼睛迷迷糊糊的，看著凌嬌端了盆子進來，笑了起來。「阿嬌，我的阿嬌……」

就是他的阿嬌，他一個人的阿嬌，真好。

凌嬌沒好氣地看了周二郎一眼，成親那天也沒見他喝成這個樣子，今兒到底是怎麼了？

「阿嬌，妳別忙活，過來啊！」周二郎說著，朝床裡面挪了挪，拍了拍床，要阿嬌坐到床邊上來。

凌嬌才不理會他，擰了布巾，坐到床邊，輕手輕腳地給周二郎擦臉，見他臉紅紅的，說道：「讓你喝那麼多！」

「阿嬌，我高興，所以喝多了，呵呵。」周二郎說著，格格笑了起來，臉更紅了。

以前曾聽說，喝酒臉紅的男人心地好，凌嬌想，周二郎的心一定特別特別好。

「嗯，我知道你高興，別亂動，我給你擦擦臉，看你臉滾燙的，敷點冷毛巾會舒服一些。」

這盆是熱水，淩嬌準備出去打盆冷水，周二郎卻緊緊拉著她的手，搖頭。「不去，不去，阿嬌身子不好，不能碰冷水，要好好休養。」

淩嬌一聽，鼻子有些酸。這呆子，喝醉了還記得她身子不好。

「好好好，不去不去，我在這兒看著你，讓阿玉打冷水過來可好？」

「好，讓阿玉打冷水進來，讓阿甘擰毛巾。」

淩嬌不解。「為什麼要阿甘進來啊？」

「嘻嘻，娘說，妳們女子都嬌貴，身子都弱，冷水少碰為好。」

有些事，周二郎記得很牢，哪怕是醉了，也牢牢記在心裡呢！

「嗯，娘說得對，讓阿玉打冷水，讓阿甘擰布巾。你不要亂動，好好休息，你喝醉了。」淩嬌輕聲勸道。

「我沒醉，阿嬌，我清醒得很呢，我知道妳是阿嬌，我最愛最愛的阿嬌，我一個人的阿嬌……」

周二郎說著，格格笑了起來，身子撐起摟住了她的腰，頭擱在她腿上，呼呼睡了過去。

淩嬌嘆息一聲，費了好些勁才讓周二郎躺好，輕輕給他擦手、洗腳，脫了衣裳，擦了身子，才讓他睡去。

第七十一章

凌嬌又收拾一番，坐在床邊看著周二郎沈睡的臉，有些恍惚。

這個男人從一開始的憨傻到今天的精明，這其中經歷了好多，快樂過、開心過、傷心過、難受過，也憎恨過，可這會兒看著他，她覺得那些都不重要了，只要過好眼前及以後的日子才是真的。

「二郎……」

「嗯。」睡夢中，周二郎聽到凌嬌喊他，迷迷糊糊應了一聲。

凌嬌笑著，溫柔無邊。「我想，我也愛上你了。」

翌日，周二郎起床，只覺得頭疼得厲害，但見凌嬌睡得香甜，輕輕在她額頭上吻了一下，輕手輕腳下床，梳頭漱口。

凌嬌似乎從未給他梳過頭，等哪天不忙了，他定要好好等著凌嬌起床給他梳頭不可。想到凌嬌給自己梳頭，周二郎瞇眼笑了起來。

轉身出了屋子，去廚房找了些東西吃，便套了馬車去周維新家。

周維新昨晚也喝了不少酒，但和周二郎不一樣，周二郎喝了酒就睡，周維新喝了酒回去就發酒瘋，一個勁兒地要趙苗，弄得趙苗這會兒還在昏睡，周維新倒是神清氣爽的，抬頭瞧見周二郎過來。「你倒是早，等我一會兒，馬上就好。」

漱洗之後，他回屋子拿了契約，坐上馬車一同去鎮上。

兩人去了衙門，鎮丞竟是新上任的，見到周二郎無比客氣，一口一句周員外，弄得周二郎頗為尷尬，才發現師爺甚至連衙役、捕快都被換掉了。

他和周維新對視一眼，兩人都識趣地沒多問。

這改地契、轉房契的手續實在快，沒多少時間便完成了，鎮丞還客氣地留周二郎多坐一會兒，甚至說以後學堂開學記得早些來說一聲，他也是要去的，畢竟是大事。

「咱們還有事，便先走了。」

「好好好，慢走慢走。」

待周維新、周二郎兩人走遠，師爺才問道：「老爺，您怎麼對個農民這麼客氣？」

「你懂什麼？你家老爺我是誰的人？三皇子的人，三皇子為什麼那麼多地方不讓我去，偏讓我來了這裡？」

何況，他來之前還見到一個人——逍遙王，逍遙王也囑咐他來到泉水鎮，對周家村周二郎多多照顧些。這一個、兩個都提到了周二郎，他豈敢怠慢？

當然這些話，他是不可能跟師爺說的。

兩兄弟出了衙門，事情辦妥，心情也是極好的，周二郎便買了些東西去空虛大師家。

見到空虛大師，說明來意，空虛大師哈哈一笑。「你小子，我果然沒看錯人，你稍等片刻，我收拾收拾便跟你走。」

這時，周二郎家也來了個客人。

這客人好生富貴，馬車是金絲楠木做的，身後還跟著十幾個騎大馬的保鏢，坐在馬車裡的人便是李彥錦。

一開始，李彥錦還有些高傲，但在見到淩嬌的瞬間，整個人臉色變了幾變。

她……怎麼是她？她怎麼會在周家村？她又怎麼會養育珍珠？還知道那些面膜配方？

淩嬌不認識李彥錦，卻認識和他一起來的馬掌櫃，熱情上前。「馬掌櫃。」

馬掌櫃呵呵一笑。「周夫人，我家主子爺也來了。」說完，扶李彥錦下馬車。

淩嬌看著李彥錦，腦子裡有什麼閃過，快速而模糊。她有些迷糊，歪著頭看著李彥錦，也不開口說話。

李彥錦穿著一身錦藍色衣袍，那衣袍布料看似普通，但淩嬌細看，卻是價值不凡，而男子面若春花、神采飛揚，真真俊俏一好兒郎。

李彥錦也看著淩嬌，在等淩嬌開口。

若眼前這位真是失蹤已久的平樂郡主，她一定會開口喚他錦哥哥。他身為皇后外甥，在京城裡也算得上是權貴圈裡的人物，自然見過威武將軍府的大小姐平樂郡主，兩人甚至交情不錯。

只是聞人飛揚呢？他到哪裡去了？平樂郡主又為什麼會嫁給一個農民？瞧淩嬌的樣子，正一臉迷惑地看著自己，卻似乎不認識他。

這一切怎麼回事？看來有必要仔仔細細查一查了。

好一會兒，淩嬌才回過神。「怎麼稱呼？」

「敝姓李，妳可以喚我李大哥。」

淩嬌一頓。李大哥？不對，不對，她搖搖頭。「不對啊，我記得……」

「記得什麼？」李彥錦急問。

有什麼在腦子裡閃過，淩嬌知道，這不是她的記憶，難道這身體的前主人認識面前的男子？

她笑道：「沒什麼，李大哥請進堂屋。阿玉，泡茶。」

她帶著李彥錦往屋裡走，李彥錦見好些媳婦、婆子坐在院子裡縫縫補補的，不知道在做什麼，一個小姑娘進了一間屋子，身上傳來叮叮噹噹的聲音，聽著格外舒心好聽。

淩嬌招呼李彥錦一行人在堂屋坐下，李彥錦的屬下卻立在外面不動，一臉的冷意，讓院子裡來學做布偶的媳婦、婆子動都不敢動。

周玉端了茶進來，退了出去，又端給李彥錦的侍衛，他們猶豫片刻才接過，衝周玉微微點頭。

「我去給你們拿些包子來。」

堂屋裡，馬掌櫃說道：「周夫人，這次前來，一來是給夫人送面膜的銀子，二來是想向夫人買去魚腥味的方子。」

淩嬌聞言一頓，咬了咬唇才說道：「李大哥，我想問問，你怎麼知道我有去魚腥味的方子？」

李彥錦笑。「我自然是知道的，畢竟何潤之從妳這兒買的魚乾都是賣給我的，如今他還是我手下在泉水鎮的一個管事。」

凌嬌點了點頭。「嗯，既然李大哥這麼說，那我便實話說了吧！這去魚腥味的方子，我可以賣給李大哥，只是這價錢我若是開高了，你覺得虧；若是開低了，我也捨不得，不如這樣子，我少算李大哥一些銀子，李大哥給我一些分成可好？我可以這麼告訴李大哥，我不只有去魚腥味的方子，還能做許多稀罕的東西。」

「怎麼說？」李彥錦來了興趣。她到底是不是平樂郡主還不好說，但她所說的稀罕玩意兒，他很感興趣。

他是皇后娘娘親外甥又是三皇子表哥，自然是支持三皇子的。皇子也好、皇帝也罷，要想成事，最少不了的便是銀子，如今只要能賺錢的，他都不會放過。

為了三皇子的大業，為了李家未來五十年富貴，他非賺不可。

「李大哥，我帶你四處轉轉，咱們再說這事可好？」

「行。」他也要看看她能帶他去看些什麼。

凌嬌帶著李彥錦去了田間。李彥錦看著地裡的黃瓜、茄子、辣椒，驚訝地張大了嘴巴。

「這些都是什麼東西？」

凌嬌摘了一根黃瓜遞給李彥錦。「李大哥，你嚐嚐。」

古代就是好，沒農藥、化肥且空氣清新，地裡的東西不洗也乾乾淨淨的。

「這沒洗。」

淩嬌笑笑，罷了，只是隨手摘了好幾根黃瓜，帶著李彥錦又去看了魚塘。

「這裡面養了魚？」

「對啊，養了魚。我偷偷告訴李大哥，這魚啊，我每天晚上都會來餵一次饅頭屑，加上白天餵的青草，牠們都長得特別快，保證到年底，一條條都肥大得很，若是養到明年，一條起碼能有十斤。」

「這麼大？」

「對，醃製魚乾肯定是越大越好，魚越大，刺越少，吃起來也省事。」

李彥錦點點頭。「倒有些道理。」

淩嬌帶著他回去，這才說起合作的事。「李大哥，不瞞你說，我就是一個農婦，平日也不去外面，我相信李大哥，所以想跟李大哥合作，咱們不只合作這魚乾，還可以合作這些蔬菜！」

「怎麼合作？」

「李大哥提供土地以及種菜的人，我提供種子，教人怎麼吃這些菜、開酒樓，這利潤，我想與李大哥五五分成。」

「五五分成啊……」

五五分，李彥錦覺得高了，但瞧著與平樂郡主一模一樣的臉，他忙道：「這事我需要考慮考慮，給我幾天時間可好？」

「好。」
畢竟這是筆大生意，她也不希望李彥錦被嚇住，願意給他多一些時間來考察。
李彥錦親手遞上一個錦盒。「這是這三個月面膜所賣得的銀子，一共是三萬五千一百二十兩，都是一百兩的銀票，妳點點。」
三萬多兩？真是瞌睡來了，就有人送枕頭！她正需要銀子呢，銀子便送上門，真是太好了！
凌嬌欣喜地接過錦盒，也不怕李彥錦笑話，打開錦盒便數了起來，越數越高興，也沒注意李彥錦看她的眼神，有打量、有疑惑。
平樂郡主極得皇帝寵愛，皇帝很少賞賜東西，都是賞賜金子，隔三差五就賞，小事小賞，大事大賞，弄得平樂郡主是京城出了名的富貴人。她有多少銀子，或許只有她自己知道。
可幾年前平樂郡主忽然失蹤了，誰都不知道去了哪裡，皇帝派了大量人手出來尋人，大將軍亦然，卻遲遲沒有消息。
如今瞧凌嬌這樣子，似乎又不大像平樂郡主。
凌嬌點好銀票，又轉身回屋子，拿了十張面膜的方子遞給李彥錦。「李大哥，這是新的面膜方子。」
李彥錦接過，馬掌櫃立即送上一萬兩銀子。手裡一下子有了四萬多兩銀子，凌嬌喜得眼睛都瞇了起來，欲留李彥錦吃午飯，而李彥錦想要打聽凌嬌的事，自然願意留下來。

凌嬌便招呼周甘進來陪李彥錦。周甘也是個有本事的，見李彥錦相貌堂堂、穿著不凡，也能沈著應對。

「周小哥今年幾歲了？」李彥錦問。

「今年十七了。」

「十七了，可去考取功名了？」

周甘苦笑。「以前家窮，飯都吃不起，娘親倒是教過讀書認字，卻沒去過私塾。如今二郎哥自己開了學堂，我也要去學堂唸書，希望將來能夠考取功名、出人頭地，給嫂子掙個誥命來。」

給嫂子掙個誥命？「你是周公子親兄弟？」

「不是，我和二郎哥不是親兄弟，我們兩家隔得有些遠，我爹去得早，娘去的時候，把我和妹妹託付給了二郎哥和嫂子。」

李彥錦恍然大悟，微微點頭。「明白了。」倒是個感恩的。

兩人又說了些事，李彥錦問了周甘好些問題，周甘一一說了，李彥錦越問越來興趣。周甘是窮苦人家出身，學問好不好不說，但有那些讀書人沒有的見識，理解自然不一般，談吐有度，看得出來被教得極好。

再瞧他長得也不差，身子亦高大，穿著雖然普通，但對於他現在這個身分來說，已經是極好的了。

第七十二章

午飯時，淩嬌親自下廚，做了八道菜，她不好作陪，便讓周甘作陪，周甘說起話來不卑不亢，更讓李彥錦刮目相看。這麼個人物，居然是個農民，以後真去考取功名，別的不說，單憑淩嬌有張和平樂郡主一模一樣的臉，皇帝定會多幾分賞識；只要入了皇帝的眼，又有真才實學，金鑾殿上欽點狀元未嘗不可能。

這種人物，自然要拉到三皇子陣營的，只要到時候……李彥錦想了想，眸子微瞇，待周甘更是不同，又告訴周甘許多朝堂上及科舉要注意的事，讓周甘感激不已。

吃了飯，李彥錦便回泉水鎮，淩嬌也不留他，畢竟家裡廟小，容不下這尊大佛。

李彥錦到了鎮上，立即吩咐道：「去查，務必查出個子丑寅卯來！」

不管這周夫人是什麼來歷，到底是不是平樂郡主，都要好好查一查；若真是平樂郡主，他把找到平樂郡主的消息告知三皇子，由三皇子報上皇帝面前，定能討皇帝歡心，對將來繼承大統也多了幾分勝算。

畢竟皇帝有多喜愛平樂郡主，當年可是有目共睹的。威武大將軍雖還有個二小姐，二小姐卻沒被冊封為郡主，別說分得皇帝的半分寵愛，就算到了皇帝跟前，皇帝也不會多看二小姐一眼。

記得那次，三皇子被陷害貪污賑災銀子，皇帝一怒之下命宗人府徹查此案，還欲將三皇子關入宗人府——宗人府可是只要進去了，不管什麼來頭，不死也要脫層皮，就算出來了也會一身病痛的地方。

當時連皇后娘娘都跪在御書房外，也沒能讓皇帝陛下鬆口，還是平樂郡主進宮，見了皇帝，只說了一句話。「素日裡三哥哥心腸柔軟、秉性純良、愛民如子，待嬌嬌也是極好的，怎麼會做出此等喪心病狂的事？嬌嬌深信三哥哥是冤枉的。」

當時皇帝沒說話，卻在平樂郡主出宮之後，將三皇子改為禁足於三皇子府，更派人徹查此事，最後查明三皇子的確是被冤枉的。

當時多少人去求情，皇帝都沒心軟，偏偏平樂郡主用一句話就改變了皇帝的心思，可見皇帝有多疼寵平樂郡主。

「主子爺，趕馬車的鵬達有要事稟報。」

李彥錦微微皺眉。「傳他進來。」

鵬達進了屋子，給李彥錦請安，才說道：「主子爺，屬下先前趕馬車進周家時，瞧見了逍遙王府世子爺的寶馬雪花驄。」

「什麼?!」李彥錦大驚。

聞人飛揚的寶馬雪花驄與聞人飛揚一起失蹤了，又怎麼會出現在這裡？

李彥錦追問道：「你看清楚了？」

「回主子爺，屬下看清楚了。當今大曆國只有三匹雪花驄，兩匹在皇宮，一匹當年還是幼馬的時候就被賞賜給了世子爺，小人因跟在主子爺身邊，得以瞧見過幾次，所以認得那雪花驄的。」

鵬達是個愛馬之人，平日裡跟馬打交道，什麼馬都識得，李彥錦府裡的馬也是他在管理，自然能一眼認出來。

李彥錦相信鵬達的眼力，但聞人飛揚的雪花驄，一般人根本不能靠近其一二，除了他心愛的平樂郡主。

平樂郡主……若周夫人真是平樂郡主，那就能說得過去了。

「你看到那馬兒時，馬兒在做什麼？」

「拉馬車。」

「……」

李彥錦錯愕不已——雪花驄拉馬車？這怎麼可能?!且說雪花驄高傲的性子，怎麼可能給人拉馬車?!

「是真的，我親眼瞧見的，當時那些侍衛也看見了，主子爺不信，可以喚他們來問問。」

見鵬達這麼說，李彥錦不得不信。「去查，不計一切代價，也要查清楚！」

「是。」

無論如何，他都要查出點什麼來，最好能確認周夫人便是平樂郡主！

周二郎歡歡喜喜回家，還有空虛大師同行，才到家裡，便見淩嬌樂得不行。

周二郎瞧著，有些詫異。淩嬌性子喜靜，平日從來沒有這般喜形於色的時候，剛想說什麼，便被一把拉住。「快跟我進屋子去，我給你看樣東西。」

淩嬌拉了周二郎往屋裡走去，周甘忙去招呼空虛大師進屋，周玉端茶遞水，招呼空虛大師喝茶。

房間裡，淩嬌把錦盒拿出來遞給周二郎。

「是什麼？」

「你打開看看不就曉得了。」

周二郎猶豫了會兒，打開錦盒，看著裡面一疊銀票，錯愕不已。「這、這哪裡來這麼多銀票？」

淩嬌把李彥錦送銀票一事，和她提出的合作也一併說了，周二郎呵呵笑了起來。「這真是瞌睡來了有人送枕頭，缺銀子便有人送銀子來。不過，這銀子妳好好收著，暫時不用。」

「幹麼不用啊？咱們就應該打鐵趁熱，別的不說，這土地應該要買下來，房子也要趁早修好，以後做了布偶才有地方放。」

布偶其實並不難做，淩嬌也知道只能賣個新鮮，以後大家都學會後，肯定自己做了出來賣，她唯一的優勢就是推出更多新花樣，如此一開始肯定要大量生產，一次就把名氣做起來！

以前沒多少銀子，她還不敢放開手，如今手裡有了銀子，等沈懿把布料都帶回來，就得趕快讓沈懿再帶著銀子出去買布料，她在家安排做布偶的事，在外面也需要些鋪子。

她想來想去，又想到了李彥錦，如果和李彥錦合作賣這布偶，雖然要分一筆銀子給李彥錦，但減少了找鋪子的開銷和被人找麻煩的問題，倒也兩全其美。

周二郎聞言，有些猶豫。「我想著這些銀子要留給妳做私房錢，若都用出去，妳手裡就沒錢了。」

「呆子，就算我手裡沒錢，但咱們有那麼多家當，哪一樣不是錢置辦的？再說了，咱們有田有地，沒有銀錢就少出去亂花，還怕被餓死不成？」

周二郎失笑。「那聽妳的，到時候問問村民們，地願意賣的，我都買了。一會兒我先帶空虛大師去看地，選個黃道吉日，晚上還要請村民們來家裡，把買地的銀子給他們，所以家裡妳多擔待些。」

「嗯，你放心吧，我辦事，肯定不丟你的臉。」

周二郎見淩嬌氣色紅潤，心頭一熱，親了淩嬌一下，才啞著聲音說道：「等妳身子好了，可得好好補償補償我。」

雖說有過肌膚之親，但也只有一個月多幾日，淩嬌還是有些害羞，紅著臉微微點頭，湊在他耳邊低語幾句，周二郎聞言大喜。「真的？」

「我何時騙過你？」

「那我就等晚上了，阿嬌可不能糊弄我。」周二郎想到晚上的旖旎，頓時兩眼冒心，壞笑不已。

淩嬌的臉更紅了，推了推周二郎。「快去幹正事吧！」

選日子。

周二郎呵呵一笑，出了屋子，跟空虛大師說了幾句，便帶著空虛大師到房子邊上看地、

手裡有了銀錢，周二郎想就多修幾間房子，等修好了賣給別人或者租給別人，到時候家裡有了做布偶的活計，來家裡幹活的人肯定會多，到時候便租給他們，也是一筆進項。

那些人住在這裡總是要吃飯的，食物不可能全部從家裡帶過來，自然要買的，自己種了菜賣給他們，更是一筆收入。

到時候去鎮上多買些米、麵粉、糖啊、豬肉什麼的放在家裡賣，村裡人有錢了，自然會來買，多多少少也能賺點錢。

越打算，周二郎便覺得淩嬌的想法真妙。

空虛大師對周二郎家的事是特別盡心，樣樣俱到，各方面都幫忙安排，周二郎想不到的，空虛大師也會提點一二，連周維新都看出了端倪，對周二郎越發高看。不知不覺中，周維新漸漸少了意見，反而開始聽周二郎的安排。

「嫂子，家裡買了這麼多土地要做什麼啊？」

周芸娘挺著個大肚子，跟在淩嬌身後，小心問著。心裡有些計較，可周芸娘又不敢說出來，怕淩嬌煩了她。

淩嬌看了周芸娘一眼，笑道：「買了地自然是要修房子的，不過芸娘啊，妳怕是這幾天就要生了，衣裳什麼都準備好了沒？」

周芸娘要生孩子，又沒錢，淩嬌早早給了五疋棉布，夠她做許多小衣裳了。

「做了，做了十套小衣，五套比較大的，還有五套再大一些的，鞋子、帽子都做好了。」

周芸娘非常感謝淩嬌，畢竟不是親嫂子，能給她這麼多東西已經很難得，她再不懂事，也知道做人不能太貪心；可又忍不住想給幾個孩子謀點什麼，免得以後她們出嫁，連個像樣的嫁妝都沒有。

「那就好。妳這幾天就要生了，以後便安安心心在家養胎，不要到處走，想吃什麼讓招弟過來拿就是了。」

周芸娘笑了。「知道了嫂子，我也是聽說家裡買了土地，這才過來看看。」

「那就晚飯吃了再回去，妳也別在廚房站著，去外面慢慢走幾圈，然後去陪三嬸婆、孫婆婆聊天。」

「好的。」

空虛大師挑好挖屋基的日子，便是六月十八。如空虛大師所說那般，周二郎家福厚，只要選個好日子便好，而這房子修來也不是主人家住的，自然沒那麼多要求。

既然選了日子，來幹活的人肯定是越多越好，要置辦的東西也多，比如米啊、麵粉、豬肉什麼的，都是必不可少，這些倒還好辦，就是幹活的人怎麼去請、工錢多少？

空虛大師看了地、看了風水、選了日子，便走了，周二郎、周甘、周維新三人坐在堂屋商量著。

「我打算以一天五十文來請人，管兩頓飯，早上幾點上工，晚上幾點下工，中午不管酒；晚上呢，一桌一斤酒，不能太多，喝醉了趕路太危險，出了什麼事咱們也說不清楚。」周二郎說道。

周維新笑。「你啥都想好了，我們能說啥？就按照你說的辦，我明兒一早就跟周甘去各村子喊人，桌子、板凳什麼的，也早點借回來。六月十八無論如何都要挖屋基的，到時候呢，我來測量和監工，阿甘負責跑腿，至於你這個周員外嘛，就粗活重活、精活細活都包了吧！」

周維新深信周二郎不會虧待自己，所以做什麼都很熱心，也不刻意求什麼，反正到時候周二郎給了他就拿，不給，他也不去計較；兄弟之間，如果太計較，就不是兄弟了。

既然要修屋子，肯定要請人幫忙燒飯的，周二郎讓淩嬌晚上多做飯，打算去請五叔一家、鐵蛋叔、福堂叔一家，卻在半路遇到三叔周富貴。

「三叔。」

周富貴看著周二郎，心裡真是什麼滋味都有，看周二郎跟周富有一家子好得跟什麼似的，卻待他這個三叔冷淡，有啥事也不來喊他一聲，更別說請他喝酒，他心裡老大的疙瘩，看著周二郎是各種不爽。

「哼！」他冷哼一聲，擺起了長輩的譜。

周二郎看著三叔，也不計較。「三叔有事便忙吧，我先去一趟五叔家。」說完就走了。

三叔瞧著周二郎背影，氣不打一處來。「狼心狗肺的東西，啥玩意兒！」

氣呼呼地回了家，三嬸見到他回來，忙問道：「怎麼了？」好端端的出去，怎麼回來就氣呼呼的？

「狼心狗肺的東西！有幾個錢了不起啊？就不拿正眼瞧人，誰稀罕啊！」

三嬸聞言，頓時明白他是在說周二郎，張張嘴，不知道要說什麼，只是嘆息一聲，沒說話。

晚飯極為豐盛，涼拌黃瓜、油燜茄子、炒豆芽、豆腐湯、煮臘肉，坐了三桌，幾個長輩樂呵呵地喝酒說話，心裡也是真高興。女人們坐一桌，都圍著周芸娘說話，樂得周芸娘一直笑咪咪的。

直到吃飽喝足了，才各自回家。

凌嬌洗完澡，坐在凳子上擦頭髮，周二郎洗乾淨後走進來，接過她手中的布巾，輕輕給她擦髮。「阿嬌的頭髮真是又柔又順，香噴噴的可真好聞。」

凌嬌失笑。「咱們洗頭用的可是一樣的。」

「我一身臭汗，不好聞，還是妳洗了好聞。」

「油嘴滑舌的。」

兩夫妻說著話，待頭髮都乾透了，才雙雙去了床上，不一會兒便傳出周二郎的大口喘氣聲，時不時喊著阿嬌，聲音嘶啞、顫抖，情到深處，旖旎無雙……

第七十三章

李彥錦循線找到徐婆子，先審訊徐婆子，徐婆子招出了牙婆潘氏，潘氏又咬出了鳳凰城趙家，說她的一個遠房姊妹在趙家做看門婆子。

「鳳凰城趙家？」

李彥錦尋思片刻，喚了人來問，才知道是那個經營船隻、貨運的趙家。

「不管是什麼家，比得上皇家嗎？」

他馬不停蹄趕到了鳳凰城趙家，見到了趙家家主趙奕然，把事情大致說了一遍。

趙奕然明白事情的嚴重性，立即把李彥錦要找的看門婆子給帶了過來，李彥錦一番嚴刑逼供，居然牽扯到了趙奕然夫人身上。

「是夫人叫奴婢這麼做的……至於那姑娘是從哪裡來的，奴婢根本就不知道……」

趙家九代單傳，老太太早不管事，能說得上話又被稱作夫人的，不是趙奕然的妻子林氏還能有誰？

李彥錦看向趙奕然，語重心長地說道：「趙兄，你可要想清楚。」

趙奕然眸子一閉。趙家，不能毀在他手裡……

他手一揚。「去請夫人過來。」

林氏二十四、五歲的年紀，長得十分漂亮，穿金戴銀的，很是好看，想來趙奕然和她定是極為恩愛。

林氏一見到趙奕然，心就飛了起來，可見趙奕然臉色不好，頓時一愣，不知道發生了什麼事。

「我問妳，妳是不是讓看門婆子潘氏賣了一個女子？」

林氏一聽，心想糟糕。

當初姊姊把人送到她這邊來時便千叮嚀、萬囑咐，千萬不能有差錯，就算將來被人發現了，也要打死不承認。

「沒、沒──」

林氏話還沒說完，臉上便被重重打了一巴掌，痛得她兩眼冒金星，眼淚頓時就落下。

「哭？妳還有臉哭！再問妳一遍，說還是不說？」

雖然林氏給他生了個兒子，但和整個趙家比起來，又算得了什麼？

「爺，我……」

「不說是吧？來人，上刑！今兒妳若是不說出個子丑寅卯來，妳也別想活了！」

林氏徹底被嚇住。嫁給趙奕然好些年，他還是第一次這麼凶狠，林氏自然害怕，整個人抖得不行。「我、我、我說……是姊姊派人送來的，還說這個女子犯了大錯，得罪了不該得罪的人，叫我一定要尋個不起眼的婆子，讓她私賣出去……爺，我錯了，我錯了……」

趙奕然聞言，只覺得全身力氣都被抽乾了。

這蠢貨，這是要害死趙家啊！什麼人不動，偏偏動了威武大將軍的女兒、皇帝最寵愛的平樂郡主。

皇帝為了平樂郡主，可是連親生女兒都能打殺的，而那公主不過是說了平樂郡主幾句，惹得平樂郡主哭著回家，幾天不進宮去玩而已，她們倒是膽子大，居然敢將人抓來賣了。

趙奕然看向李彥錦，李彥錦沒有多說什麼。「來人，把趙夫人帶走。」又對趙奕然說道：「趙兄，開始清點趙家的家產吧！雖說錢沒了，可說不定人還能在；若是連人都沒了，有萬貫家財又有何用？」

「是是是，李兄指點得是。」趙奕然也希望皇帝陛下看在自己上繳趙家全部家產的分上，能夠格外開恩，饒了趙家上上下下幾百口。

「趙夫人姊姊的婆家是？」

「綿州謝家旁支的媳婦。」

綿州謝家？是謝舒卿？

李彥錦和謝舒卿也有些交情，謝舒卿當年迷戀一個女子的事，他也是知道的，這其中會不會有什麼關聯？又想到淩嬌和謝舒卿的牽扯，莫非當年謝舒卿愛得死去活來的女子，便是淩嬌？

看來這綿州，他還是要去一趟。

李彥錦到了綿州，才發現謝家早已經不是以前的謝家，謝舒卿把家產獻給皇帝後，謝家便有了敗落之相，如今日子更是不好過。

只是當務之急還是要找到謝舒卿，問問他淩嬌到底是怎麼回事。

可惜這謝舒卿是找不到了。

看著那一堆廢墟，李彥錦深深吸了口氣。大曆一代富商，如今只剩下一堆斷垣殘壁，沒了謝舒卿這一房的扶持，謝家旁支的生活也不好過。

「公子，大林氏招了！」

「說什麼了？」李彥錦問。

「她說是謝府曾經的當家太太任氏叫她把人賣掉的，給了她十萬兩銀子，其他一問三不知。」

兜兜轉轉多少人，才把淩嬌賣到了周家村去，到底這任氏只是為了爭奪家產呢，還是背後有人指使？

線索到任氏這裡就斷了，李彥錦又找到了肖睿，肖睿聽了淩嬌身分後嚇了一跳。「怎麼可能？她怎麼可能是郡主？」

「是不是郡主暫時還沒個準，但八九不離十了。」

「李公子需要我做什麼？」

「我要見謝舒卿。」

肖睿微微皺眉，猶豫許久才說道：「我也不知道表哥的下落，所以……」

李彥錦冷笑。「肖公子，肖家再大，那也只是一方霸主，這個天下是皇帝陛下的，若是皇帝陛下追究起來，肖公子以為你能護得了肖家？」

到時候別說護，以皇帝陛下對平樂郡主的愛護，怕是會直接大軍壓境，將肖家夷為平地。

肖睿也明白其中的利害關係，問題是……

「李公子，可我真不知道我表哥在哪裡。」

「那便去找，無論如何也要把人找出來，把事情說清楚，不然，我可真不敢保證……」

御書房。

皇帝正在批閱奏摺，只是拿著朱筆好一會兒都沒動，一直盯著御書房大門口看，身邊伺候的蔣公公瞧著，不免感傷。

若是平樂郡主還在，這會兒怕是要來找陛下說笑話了。平樂郡主的笑話翻來覆去就那麼幾個，可總是能把皇帝哄得開懷。

聽得外面傳來凌亂的腳步聲，蔣公公頓時微怒，皇帝卻率先起身，欣喜道：「快，快去看看是不是平樂！」

以往平樂過來時，總是會弄點動靜，讓人知道是她來了。皇帝覺得來人一定是平樂，他的心肝寶貝。

蔣公公頓時紅了眼眶。「萬歲爺……」

皇帝見蔣公公這樣子，頓時洩了氣，丟下朱筆。「一個個都離朕而去，平樂是，她也是，朕到底成了孤家寡人啊……」

蔣公公想說，萬歲爺您還有皇子、公主呢，怎麼就成了孤家寡人？可這話，蔣公公不敢說，也說不得。

卻聽得外面傳來聲音。「父皇、父皇，好消息，兒臣有平樂妹妹的下落了！」

話音一落，便見三皇子聞人鈺璃快步走來，滿頭大汗、衣裳微亂，手裡拿著一疊紙，欣喜得跟得到寶貝一般。

皇帝霍地站起身，不可置信地道：「你說什麼？」

「父皇，兒臣有平樂妹妹的消息了！」

皇帝忽然笑了起來，欣喜不已。「人呢？人在哪裡？可帶回來了？這些年平樂過得可好？是胖了還是瘦了？」

皇帝說著，一邊尋思，不待聞人鈺璃回話，忙說道：「蔣德海，去！快去威武將軍府一趟，平樂要回來了，平樂的院子可得好好收拾，以前的擺設該換就換了。朕前些日子得了幾盆血珊瑚，現下賞給平樂了，你去威武將軍府的時候便帶過去，還有那幾疋青煙軟羅紗也帶過去——等等，先別帶過去，讓尚衣局那邊做好了再送過去。你再看看藏寶閣有什麼適合女兒家用的，多挑一些送過去……算了，還是朕親自去挑，你粗手粗腳、眼光短淺的，能挑出什麼好東西來？」

人還沒回來，皇帝就吩咐了這麼多，欣喜得跟什麼似的。

蔣公公嘆息。如果平樂郡主是個男子，定是繼承皇位的不二人選。

「奴才這就去準備，只是萬歲爺，這威武將軍府二小姐眼看就要十五及笄了，您看？」

「二小姐？」皇帝訝異地蹙了蹙眉，哪裡來的？

「對啊，平樂郡主的妹妹，淩二小姐，到九月就十五了，萬歲爺可要賞賜點什麼過去？」

若是平樂郡主不在，這賞賜也就不必了，可如今平樂郡主回來了，皇帝陛下愛屋及烏，定會有所表示的，所以蔣公公才提醒了下。

「喔，到時候賞兩支金釵、兩疋上等絲綢、一對玉珮吧！」

蔣公公聞言，微微一笑。皇帝其實是很摳門的，也就對平樂郡主才大方。

「是。」

「還有，平樂那院子可得好好收拾，威武將軍府也要好好修葺，府中丫鬟、小廝更是要仔細，讓陳嬤嬤進宮見朕，朕到時再仔細吩咐。」

三皇子聞人鈺璃瞧著，心中頗不是滋味。

他也不懂為什麼父皇對平樂這般喜愛，簡直到了溺愛的地步，捨不得她受一丁點兒委屈，更別說讓她受苦了。

聞人鈺璃深吸一口氣。「父皇，關於平樂妹妹，兒臣還有話要說。」

皇帝聞言，恍然想起。「小三啊，既然找到平樂，她人可還好？」

「回父皇，人是找到了，只是平樂妹妹不大好。」

「什麼?!」皇帝怒喝，大步趕到聞人鈺璃面前。「到底怎麼回事？」

聞人鈺璃覺得這差事說好也好，說差也差，說不定等他把平樂的遭遇一說，父皇便會先把怒氣出到他身上，給他一頓好打；只是，到了這會兒，哪裡還有他猶豫的機會？

「父皇，平樂妹妹當初被謝舒卿救下之後，在謝家被當家夫人任氏下了咒，又被人倒賣幾次，才流落至周家村，被一個農民用二兩銀子買回家做了媳婦。」

說起來，真是無巧不成書，周大郎是他手下得力幹將，當初為了拿五百兩銀子回家給爹娘、媳婦，甘願成為他的死士；周二郎更是救了他的性命，但他如何也想不到平樂郡主竟成為了周二郎的媳婦。

「混帳……」皇帝怒不可抑，臉色難看至極，怒喝道：「該死的東西！什麼玩意兒，居然敢害朕的平樂，朕要誅他們九族！」

天子一怒，血流成河。聞人鈺璃也不敢開口求情，只是輕聲說道：「父皇，最重要的還不是這個。」

「那是什麼？」

「平樂妹妹失憶了，什麼都不記得了。年前，皇爺爺還去過周家村，見過平樂妹妹，當時曾試探過她；這次彥錦表哥也出言試探了一番，平樂妹妹是真的誰都不記得了。」

「失憶了？」皇帝頓時又心疼起淩嬌來。嬌嬌啊，他的嬌嬌……

「聽說身子不大好，想來是因為那毒咒的原因。彥錦表哥還說，她身體還中了寒毒，差點傷了身子，終身不能有孕。」聞人鈺璃說著，單膝跪下。「父皇，那謝家雖是皇商，但有些東西未必尋得到，就拿這毒咒和寒毒來說，任氏一個婦人怎麼可能輕易尋得？兒臣猜想，恐怕是宮裡有人要害平樂妹妹，否則平樂妹妹又怎麼會失蹤？」

聞人鈺璃這麼說，自然是有所打算，只要皇帝信了平樂是被宮裡的人害得吃了這些年的苦，將來不管他要拿這事來設計誰，皇帝定不會給對方解釋的機會，不管那人多得寵，後臺又是多位高權重，終究必死無疑。

皇帝聽了之後，倒是冷靜下來，瞇起眼，眸中全是狠戾。「這事朕自有分寸。」

聞人鈺璃也不再多言。他在未央宮問過母后，母后的意思很明顯，這宮裡可不是人人都喜歡平樂，有的人甚至想要平樂死；所以他只需要透露一點線索就好，皇帝是個護短的，不管那人有沒有真正害平樂，只要她露出一點端倪，被皇帝抓到了就好。

「是，兒子聽父皇的，只是兒子心疼平樂妹妹，心裡難受。」

皇帝聞言一怔，盯著聞人鈺璃看了好一會兒，見聞人鈺璃眼眶發紅，滿頭大汗，明顯來得很急，不然以他的武功，又豈會步伐凌亂？

他拍拍聞人鈺璃肩膀。「你是個好哥哥，平樂若是知道這些年，你這個做哥哥的還牽掛著她，定會開心的。」

「只是兒臣心裡還是責備自己，為什麼不早些找到平樂妹妹，若是早些找到平樂妹妹，平樂妹妹便可少受些苦……」

「你尋了平樂好些年嗎？」

「回父皇，是的，從平樂妹妹失蹤那年開始，兒臣已經私下找尋平樂妹妹六年了。好在蒼天有眼，總算讓兒臣尋到平樂妹妹，只是兒臣作夢都沒想到……」

聞人鈺璃識趣地不再提。

皇帝微微沈眸。「那些人既然敢傷害平樂，朕定要他們死無葬身之地，你應該知道怎麼做。」

他既要那些人得到懲罰，又不給人留下把柄。

聞人鈺璃點頭，想了想才說道：「父皇，那些動手傷害過平樂妹妹的，彥錦表哥該懲罰的懲罰了，打殺的打殺了，剩下的分別是鳳凰城趙家和綿州謝家；只是兒臣總覺得，這謝家任氏背後定有人指使，不然任氏一個女子不可能算計得那麼深。」

先把人關了一年，才送到下一處，若不是從下往上查，還真查不出什麼來。

「依你所見，和任氏勾結之人會是誰？」

聞人鈺璃想了想才道：「兒臣猜想是宮裡之人，就算不是宮裡之人，也是京城的人。不然誰有幾個膽子，敢傷害皇帝寵愛的平樂郡主。」

「朕知曉了，你下去吧！」

「是。」

聞人鈺璃走了之後，皇帝只是坐在椅上，想著那一天，平樂歡歡喜喜地進宮來，十五歲的她嬌俏可愛，笑咪咪地說她找到了真愛，求他賜婚。

當時他還笑著滿口答應，只是平樂喜歡的人，竟是逍遙王府世子聞人飛揚。

這、這要他怎麼能答應？天下人誰都可以，皇家人卻是不可以的。

他當下拒絕了她，平樂的臉一下子就垮了，哭著跑出了皇宮。他害怕平樂出事，連忙出宮和威武大將軍商議此事，卻不想兩人的對話被平樂聽到，平樂當日便離家出走，自此一去不返。

聞人飛揚出去尋人，最後也下落不明。早知道要讓平樂受這麼多年的苦，他便昧著心賜婚又如何，犯錯的人是他，怎麼能讓平樂來承擔……

「蔣德海。」

「皇上。」

「傳左相、右相進宮覲見，朕要微服私訪。」

他要去看平樂，看看她過得好不好，還要去把那害她的人揪出來，千刀萬剮了……

第七十四章

六月十八。

家裡一大早就熱鬧起來，大人、小孩來了好多，各個村子的村長都帶了人來，加起來少說有五、六百人，十人一桌也要五、六十桌，如此一來做飯就有些麻煩。

淩嬌親自去把周家村裡手腳索利、手藝還不錯的嫂子都請來，三十幾個人做五、六百人的飯，總算能夠忙得過來，加上周二郎願意給錢，五十文錢一天，來的人都很是高興。好些人也不是為了這五十文錢，而是為了來跟周二郎套關係，等這房子修好，好來周二郎家做布偶，自然也想學做番薯粉、做粉絲。

淩嬌、周二郎是早早就起來了，兩人穿著嶄新衣裳，淩嬌的氣勢自不必說，倒是周二郎越來越像個員外，待人處事更是老道起來。

周芸娘挺著個大肚子，牽著盼弟、帶弟走來，淩嬌瞧著都害怕。「還好吧？」

「沒事，這點路算得了什麼？」周芸娘說著，呵呵一笑。

今兒人多，孩子也多，她過來幫忙看著，免得那些手腳不乾淨的，拿了嫂子家的東西。

「快去找地方坐著，想吃什麼，讓孩子們給妳拿，妳也別亂走，今兒家裡人多，碰著妳不好。」

「嫂子，我曉得的，妳去忙吧，我自己會照顧自己。」

淩嬌又囑咐了周芸娘一番，才去忙活別的。

來那麼多人，端茶倒水的事自有幾個嫂子去做，幾個嬸子都在外面搭起的架子下揉麵團，個個汗流浹背，卻笑咪咪的。如今周二郎家發達了，請她們來幫忙，那可是極大的面子，村子裡好些人想來都來不了呢！

空虛大師正在香案前唸唸有詞，殺公雞、點血，帶著周二郎挖下第一鋤頭，這起屋的事就算圓滿了。

空虛大師唸完咒語，剩下的自有小廝打理，周二郎挖下第一鋤頭後，周維新早已把人都分配好，誰去什麼地方幹什麼，或去山裡砍樹，或去外面碎石，挖屋基的人也留了一百人下來。

十人挖一個屋基，這一番算下來就是十個院子。

這些人都是家中幹活的老手，力氣大又實誠，幹起活來是絲毫不含糊。後面的房子跟淩嬌他們現在的家是一樣的，所以屋基只要畫好尺寸，挖起來也容易，一個上午便有五個屋基挖好，連豬圈都挖好了。

中午時，桌桌有雞、有肉、有新鮮的菜，第一輪都是幹活的人吃，足足有六十桌，第二輪才是來家裡幫忙的人吃。

院子內，周二郎端著酒敬空虛大師。「空虛大師，二郎敬你一杯。」

空虛大師也不客氣，點頭之後把酒喝了。

飯後，淩嬌準備了荷包，裡面是兩百兩銀票。周二郎把荷包遞到空虛大師面前，空虛大師笑著接過，帶著小廝走了。

人多力量大，這才一天，木頭堆成了小山，石墩也堆了不少。晚飯時因為有酒，更是熱鬧，大夥兒吃完飯，三五成群一起舉著火把回家。

家裡一番收拾後，淩嬌累得腰都直不起來，倒在床上，周二郎坐在床邊給她按著腰。

「舒服點了嗎？」

淩嬌嗯了一聲，有些昏昏欲睡。

「阿嬌？」

周二郎本想說些什麼，見淩嬌已經迷迷糊糊睡了過去，他嘆息一聲，把那點心思都收了，輕輕給淩嬌洗臉洗手洗腳，讓她睡到床上，才轉身去打水洗澡。

等他洗澡回來，又到床邊趕了蚊子，放下蚊帳，才坐在桌前，拿筆記下今兒花出去多少銀子。

周二郎的字比起成親的時候好看許多，好些字已經工整起來。

記好之後，他靠在椅子上，見桌子上放著一把周敏娘送來的絹扇。以前的扇子都是他用棕樹葉剪去、張開，再用白布包住邊緣，這麼精緻的扇子還是周敏娘送來之後，他才發現這世間漂亮的東西可真多。

就像他的阿嬌一樣。

周二郎拿著絹扇搖了搖，一股香氣傳來，他把絹扇放到鼻子下聞了聞，起身走到床邊，掀開蚊帳坐下。油燈下，淩嬌的臉有些看不清，只露出好看的輪廓，他伸手去摸了摸淩嬌的臉，感覺她的額頭上有汗，他索性靠在一邊給淩嬌打扇。

只是早上起得早，白天又忙了一天，不一會兒自己迷迷糊糊也睡了過去，只是手上還是有一下、沒一下地搖著……

周芸娘回到家裡，躺到了床上，想著周二郎家的喜事也高興得很，摸摸自己的肚子，滿心全是慈愛。

幾個孩子睡在對面的床上，周芸娘起身給她們趕蚊子，才回到自己的床躺下準備睡覺，只是肚子忽然一陣抽疼。

「唔……」周芸娘低低哼了一聲，喊道：「招弟、招弟，快去喊外婆來，我要生了！」

招弟在周二郎家裡裡外外也忙了一天，實在累，倒頭就睡了，這會兒聽周芸娘喊，迷迷糊糊地坐了起來。「娘？」

「招弟，我要生了，快去喊妳外婆來。」

周芸娘說著，深深吸了幾口氣。

她已經生了三個孩子，加上這一胎這幾個月來吃得好、穿得好，萬事不愁，養得還是很不錯的，所以並不慌。

招弟跑去喊外婆，五叔、五嬸也是剛剛洗了睡下，一聽周芸娘要生了，五叔讓招弟去廚房燒水，他去周二郎家喊人；五嬸快速去了周芸娘房間，讓盼弟、帶弟兩個人去她屋子裡睡，準備給周芸娘接生。

五叔到了周二郎家，見周二郎家沒了燈火，也顧不得那麼許多，上前敲門。「二郎、二郎——」

周二郎也是剛剛睡著，聽到聲音便一個激靈，見淩嬌翻了翻身，迷迷糊糊坐起身。「誰喊你啊？」

周二郎忙道：「沒事，妳睡，我去看看，好像是五叔。」

「五叔啊……半夜三更的不睡覺喊你幹麼？」淩嬌說著，又要倒下去睡，忽然想起五叔家有個大肚婆，驚叫。「不會是芸娘要生了吧？」

「八成是。」

既然是周芸娘要生孩子，兩人不敢猶豫，周二郎連忙起身，連衣裳都沒穿好，趕緊去開了院門，五叔一見他便說道：「二郎，芸娘要生了，你讓阿嬌、孫婆婆過去瞧瞧可好？」

「行，五叔你先回去，我們一會兒就到。」

五叔這麼大聲，孫婆婆和三嬸婆都醒了，孫婆婆會接生孩子，自然要過去的，淩嬌作為嫂子，也該過去看看。

周二郎忙去準備火把，等淩嬌、孫婆婆穿好衣裳出來，揹著孫婆婆，讓淩嬌舉著火把走在前面，去了五叔家。

遠遠就聽到周芸娘叫聲，淩嬌嚇一跳，早知道生孩子很痛，卻沒想到這麼痛。

「不會有事吧？」淩嬌嘀咕道。

孫婆婆卻說道：「芸娘生了三個孩子，這個不會有事的。」

到了五叔家，淩嬌便去廚房燒水了。
熱水燒好，往屋子提了兩桶，淩嬌在門口張望，周二郎失笑。「妳可以進去看看的。」
淩嬌搖頭，其實心裡發怵。
「怎麼，怕了？」
淩嬌點頭。「早知道生孩子痛，可是見芸娘這般，我才發現可能不只是痛，應該是很痛才是。」
「那咱們只生一個吧，生多了，妳受苦。」
「順其自然吧！」
這邊還在說，屋子裡就傳來娃兒啼哭的聲音。
淩嬌張大了嘴巴。「這……這也太快了吧？」不是說生孩子要痛幾天幾夜、死去活來的嗎？
周二郎呵呵笑了起來，靠近淩嬌。「奶奶說了，芸娘生了三個孩子，所以以後生肯定還是快的。」
淩嬌想到了什麼，恍然大悟。
不一會兒，五嬸端著一盆血水出來，衝淩嬌笑笑。「生了。」
淩嬌本想問生了兒子還是女兒，見五嬸笑得很開心，莫非是兒子？忙對周二郎說道：「我先進去看看。」
淩嬌進了屋子，便見芸娘睡在床上，孫婆婆在給孩子清洗。淩嬌藉著油燈看見了，是個男孩，連忙上前幫忙，給孩子擦身子、穿衣裳。她還沒抱過孩子，瞧著很是羨慕，眼睛都亮了起來。

「芸娘，芸娘，是個兒子。」淩嬌把孩子放在周芸娘身邊，伸手去摸摸小寶寶的小衣，沒敢摸孩子的手或臉。

周芸娘卻愁了起來。「嫂子，雖說我天天求，夜夜盼有個兒子，可這個兒子我能不能護住啊？」要是趙貴來要孩子，她該怎麼辦？

淩嬌聞言，微微蹙眉。「這個妳怕什麼，不是有我們嗎？當初放妻女書上可寫得清清楚楚，連帶妳腹中的孩子，不論男女都與趙家沒有關係了。」

「真的？」周芸娘見淩嬌給了她想要的答案，喜得淚流滿面。

她是不怕養不活孩子的，如今周芸娘已看得明白，淩嬌是不會動不動給她銀子，但願意給他們娘幾個吃的、穿的，只要她不生出歹心來，這幾個孩子淩嬌肯定會幫著養育長大。別的不說，就拿招弟來說，才幾個月便懂事了好多，說起話來規規矩矩的，行事、處事得到多少人的誇獎。

「哭什麼呢，有了兒子，以後有了依靠，怎麼還哭起來了？」淩嬌說著，給周芸娘擦了眼淚。

周芸娘噗哧一笑。「嫂子，人家是喜極而泣。」

「喲，這生了兒子可不一樣了，連喜極而泣都曉得了。」淩嬌說著，從袖袋裡摸出一個荷包，放在孩子身邊。「小寶貝，這是舅母給你的見面禮，等你滿月了，舅母再給你別的好東西。」

周芸娘不知道那荷包裡裝了什麼，但絕對是好東西。

「嫂子……」

「妳安心坐月子，本來想接妳去我那邊坐月子，吃得也精心些，只是我那邊妳也曉得的，人那麼多，吵鬧得很，以後一日三餐我讓阿玉給妳送過來，想吃什麼也可以跟五嬸說，讓五嬸去我那邊做。」

「嫂子，我都聽妳的。」

五嬸進屋子來，把屋子沾了血的東西都拿出去，招弟端來了一碗荷包蛋，親手餵周芸娘吃下，才去看小弟弟。

「娘，小弟弟叫什麼名字啊？」招弟問。

名字？周芸娘大字不認得一個，哪裡取得出來什麼好名字。

「還沒取名字呢！」

招弟想了想卻說道：「娘，舅母讀書多，識的字也多，要不讓舅母給弟弟取個名字吧？」

孫婆婆和淩嬌聞言，齊齊看向招弟。

這個孩子，淩嬌第一次見到的時候，還是畏畏縮縮、一身小家子氣，如今才幾個月便這般沈穩。取名字一般都是家中長輩的事，招弟卻讓淩嬌來取這個名字，可見小丫頭是個有心思的。

周芸娘一聽，倒沒想那麼多。「對啊，嫂子，妳讀書多，妳給孩子取個名字唄。」

淩嬌想了想，如果推辭了，周芸娘怕是又要胡思亂想，覺得她不幫著養孩子了。

「那我取個小名唄？」

「不行，取大名，小名我已經想好了，叫狗蛋。」

淩嬌笑了起來。這周芸娘真是，那麼多名字不取，取個狗蛋。

周芸娘見淩嬌笑，也笑了起來。「嫂子笑話我。」

「妳還曉得我笑話妳啊？也不想想這孩子將來有出息了，人家問他『兄弟你叫啥啊』，他欲言又止地告訴人家『我叫狗蛋』，妳要他怎麼去見人？」

「那嫂子給取個好的。」

「妳讓我想想啊……」淩嬌認真想了想，才說道：「叫周晟睿，光明興盛有智慧的意思，小名嘛，咱們喊他睿哥兒。」

「周？」

「對啊，跟妳姓，到時候讓妳維新哥出點力，讓孩子入籍周家，這孩子和趙家就沒有絲毫關係了。」

「可以嗎？」

「事在人為。」

周芸娘想著淩嬌的話，紅著眼眶，微微點頭。

她生了個兒子，取名周晟睿，這孩子是她一個人的孩子。

和周芸娘說了一會兒話，淩嬌讓周芸娘好好休息，明天再來看她，便和周二郎、孫婆婆回家了。

回到家裡，見大家都在堂屋等著，淩嬌失笑。

「兒子還是女兒啊？」三嬸婆問。

「兒子，我給取了名字，叫周晟睿，睿哥兒。」

三嬸婆笑了起來。「芸娘是個有福氣的。對了，妳既然給芸娘的孩子取了名字，給阿寶也取一個吧！」

「阿寶沒名字嗎？」

阿寶嘟起嘴巴。「嬸嬸，我沒名字。」

「這……」淩嬌倒是真沒想到，便把阿寶拉到懷裡。「讓嬸嬸想想啊，我家阿寶呢，是個有本事的，那取個什麼好呢？嗯，皓軒怎麼樣？」

「皓軒，光明磊落，器宇軒昂，嫂子是這個意思嗎？」周甘問。

淩嬌微微點頭。「是這個意思。」

不過她怕阿寶不喜歡，卻不想阿寶抱著她親了幾下。「謝謝嬸嬸，我以後叫周皓軒，小名阿寶，是嬸嬸的阿寶。」

「乖孩子。」

既然芸娘母子平安，大家也不擔心了，各自回屋子去睡，想著明兒去看芸娘要送點什麼。

周二郎和淩嬌回了房，淩嬌還在喋喋不休地說著周芸娘的孩子，周二郎笑咪咪地看著，他看得出來，她是喜歡孩子的。

他把淩嬌抱在懷裡。「等妳身子好了，咱們也生一個。」

「好。」

第七十五章

翌日，好多人都知道周芸娘生孩子了。

趙家村也有人過來幹活，趙貴是個啥樣的人，趙家村人也是曉得的，一個個心裡都覺得趙貴的腦子被屎糊住了。

有這麼厲害的大舅爺，卻把媳婦給氣回了娘家，如今媳婦還生了個兒子，偏偏趙貴還把那個寡婦給弄到了家裡。

說起趙貴那寡婦，長得還算可以，手裡也有點錢，為了跟趙貴，把先頭丈夫那邊的房子土地都賣了，就這麼進了趙貴家的門，聽說也懷上了，是兒子、是女兒，等十月懷胎生下來就曉得了，如果到時候是個女兒，就有好戲看了。

轉眼到了七月初三，家裡房子已經修了好多間，沈懿拉著大箱、小箱、布料、棉花回來，見周家邊上蓋了新房子，沈懿站在原地愣了好一會兒。

「沈懿。」周二郎瞧見沈懿，欣喜喚道。

沈懿也笑了。「二郎哥。」

周二郎上前，在沈懿肩膀上拍打幾下。「好兄弟，回來就好。累了吧，快進屋子去吃點東西，洗洗睡一覺，這些東西我來指揮大家搬。」

沈懿運布料、棉花是請了鏢局和運貨郎的，所以這些人也要請進去吃一頓、喝點酒。

情。

那廂，淩嬌見沈懿回來，早已經吩咐人準備吃的，招呼大家先坐，端茶倒水得很是熱情。

沈懿瞧著淩嬌忙碌的身影，笑了起來。這才是家啊……

把東西都搬進了後院庫房，沈懿和大家一起吃了飯，送走運貨郎和鏢局人，洗澡之後回了房間，倒頭就睡。

儘管外面鬧烘烘的，他也睡得沈。

這些日子在外面，身邊又沒信任的人，他睡得淺，如今回到家裡，感覺到家的溫暖，又吃飽喝足，自然睡得香甜。

七月十五，家裡屋子上大樑，喊樑的人依舊是族長。

這一年族長看著是越發精神了，那嗓門大得喜慶，鞭炮聲響起的時候，整個周家村都動了起來。

人多幹事就是快，十個院子，當天上大樑、蓋瓦，一天就搞定了。

第二天鋪了石板地板，把後面豬圈什麼的整理一下，擺上家具，買些鍋碗瓢盆、油鹽柴米，這些房子就可以住人了。

七月十八，周芸娘孩子滿月。

周芸娘生孩子，淩嬌見面禮就給了五十兩，孫婆婆、三嬸婆各給十兩，趙苗給了五兩，其他幾個嬸嬸都是二兩，幾個哥哥、嫂子也給了二兩，周芸娘手裡有錢，拿了十兩出來讓五嬸辦滿月酒。

早早的，淩嬌就送了好些鎮上沒有賣的菜過去，去吃滿月酒的人也不多，所以五嬸就不讓她去幫忙，帶著兩個媳婦在廚房好一番忙碌。淩嬌也不想去幹活，這會兒她特別喜歡周芸娘的孩子周晟睿，抱著周晟睿不肯撒手。

睿哥兒也是個奇怪的孩子，誰抱都哭，就是周芸娘抱，他也要哼哼幾聲，倒是淩嬌抱他，他安靜得出奇，睜著眼睛看著淩嬌。

「這孩子倒是個聰明的，知道討好誰以後有飯吃。」趙苗打趣著，送了孩子一對銀手鐲。

淩嬌笑。「睿哥兒喜歡舅母是不是？舅母也喜歡睿哥兒呢，你趙苗舅母是嫉妒我呢，咱們不理她。」

淩嬌說著去逗周晟睿。小孩子到底還小，由著逗，也不會笑，但是白白胖胖的，特別可愛。

淩嬌給周晟睿的滿月是一個銀的長命富貴鎖，親手給孩子戴上，瞧得周芸娘眸子裡全是笑。

吃完滿月酒，一行人便回家了。

到了家裡，沈懿找到淩嬌。「嫂子，我有事想跟妳說說。」

淩嬌微微詫異，卻笑道：「走，咱們到堂屋去說。」

兩人進了堂屋，分別坐下後，沈懿才說道：「嫂子，妳說我要是也修了房子賣，會不會有人來買？」

這主意好啊，淩嬌知道，房地產商都是非常賺錢的，忙道：「這個肯定有人來買的，只要你把房子修得好看，裡面裝修得好，周圍有商鋪、有老百姓居住的地方，來買房子的人肯定會多；而且修屋子賣是一本萬利的好買賣，我支持你去幹這個。」

沈懿笑了。

他為這事想了好多天，一直下不了決定，如今淩嬌這麼一說，他倒是下了決心。

「那嫂子，等布偶賺了銀子，我便把銀子拿去修房子賣可好？」

「行。」

眼看教書先生們就要到來，淩嬌、周二郎可不敢怠慢，去鎮上把訂好的家具、用品都讓店裡送過來，一家一家擺好。給先生們安排的地方沒挨著周二郎家，而是選在最後的那五間，一來是避嫌，二來是附近的屋子，淩嬌打算先拿來做倉庫，讓大黑能夠一起看顧。

七月二十，五個先生拉家帶口地來了，足足一百多人，淩嬌、周二郎帶領全村人在村口迎接。

一開始，幾個人還有些傲氣，但見到淩嬌之後，傲氣瞬間便減去不少，更客氣起來。他們的子女一開始也有點傲氣，但是住下之後再見，卻越發客氣，對他都有些畢恭畢敬了。

周二郎疑惑不已。

八月初一，開學這天，空虛大師沒來，卻送來了學堂的名字「清流書院」，對聯只有八個字「青山不改，綠水長流」。

鎮丞親自前來道賀，見孩子們進學堂裡讀書，一百多人擠一間教室，又見其他教室都空著，田大人問道：「怎麼不多請些先生來呢？」

「不瞞田大人，我先前沒想到會有這麼多孩子來讀書，思慮不周，現在已經在請人打聽，看看泉水鎮可有秀才老爺願意過來教書的，薪俸方面定是足足的。」

「那你要請幾個秀才？」

「七、八個總是要的，我這裡教室也多，空著也是浪費，既然如此，我便多請幾個夫子來，把孩子們分班別，不然三個夫子管這麼多人，哪顧得過來？」

「嗯，你言之有理，本官也幫你打聽打聽。」

「那真是謝謝大人了。」

招呼田大人吃了午飯，又送了一籃子黃瓜、一籃子茄子、幾個西瓜，才送田大人離去。

看著一片欣欣向榮的周家村，周二郎呼出一口氣，他總算有點建樹了。

晚上，淩嬌、周二郎洗了澡，在房間裡算帳。

「阿嬌，我打算再修建些房子，以後賣給村民們。」

淩嬌微微搖頭。「這個倒沒必要，我打算拿些銀子出來，讓沈懿多買些布料回來。你也看得出來，我們這布偶其實並不難做，一開始就只是圖個新鮮而已，我本來想跟玲瓏閣合作的，可李彥錦上次走了後就沒回來，這合作八成是沒戲了。」

周二郎給淩嬌捏著肩膀，笑道：「沒戲就沒戲唄，咱們這布偶那麼好看，肯定能賣出去的。」

「但願。」

還沒到八月，沈懿就又拿了兩萬兩銀子出去買布料、棉花。

修學堂的事情告一段落，孩子們有書可讀，幾個夫子也還算盡心，他們家人的生活也很安穩，很少出來走動，就算是出來走動，也很是和氣，沒一個人擺譜。

趙苗很有先見之明，每天早上做了豆漿、包子、饅頭拉到學堂門口去賣，第一天賣得不多，可後來孩子們都知道學堂門口有吃的，個個拿著銅錢來買。

能來讀書的，家裡肯定都差不了，一天兩個銅板買兩個饅頭、一個包子，也是有的。

八月初三，陸陸續續來了幾個秀才，都是一個人來，揹著一個包袱。周二郎便安排他們住在一個院子，一人一個房間。

孩子們已經分班完成，五十人一班，女孩子們又是一班，讓孫婆婆過去教孩子們規矩。什麼站有站相、坐有坐相，孫婆婆簡直拿這些女娃當千金小姐來教，很是嚴苛，周玉也過去教女孩子們刺繡。

沒了周玉幫忙，家裡的事都落到了淩嬌身上。

這日，陳夫子的孫女陳秀秀提著個食盒來到淩嬌家裡，見淩嬌正在整理豆芽，秀秀氣氣地喚了聲。「嬌姨。」

淩嬌聞聲回頭，見是陳夫子家的，笑道：「陳小姐。」

陳秀秀微微一笑，笑不露齒。「嬌姨，這是我祖母親手做的藥膳糕，祖母要我給妳送一點過來，讓妳嚐嚐。」

人家主動來示好，淩嬌自然不能拒於門外，招呼陳秀秀進院子坐，當下拿了一塊咬了一口。「唔，好好吃，裡面都放了什麼啊？」

「放了紫蘇、薄荷還有紅棗，嬌姨如果喜歡，我一會兒再送一些過來，祖母做了很多的。」

淩嬌忙搖頭。「不用的，家裡喜歡吃甜食的不多。」

陳秀秀笑而不語，坐了一會兒就起身回家去了。

連著幾天，陳秀秀都會過來坐一會兒，也不多說什麼，坐一下子就走。

眼看就要八月十五，中秋了。

中秋是個大節日，學堂都放了假，孩子們雖然愛讀書，可更愛放假。

周芸娘的兒子都兩個月了，也抱著來淩嬌家吃中秋團圓飯，招弟、盼弟都去學堂讀書了，明顯看得到兩個孩子的變化，周芸娘更是喜上眉梢，樂在心裡，越發喜歡來周二郎家。

晚飯是淩嬌親自下廚做的，十幾道菜，豐富得很。

明天開始，布偶便要動工了，現在已經有一百多個媳婦、婆子來報名，也學會了做布偶，更請人來專門裁布、分線，周家村好些年紀不大的老太太都來報名分線，給布偶塞棉花。

既然是中秋，怎麼少得了月餅？淩嬌做了豆沙、瓜子、花生仁的，也給幾個夫子送去。

吃完晚飯，收拾乾淨後，大家吃月餅、賞月聊天，淩嬌抱著周晟睿，這孩子兩個月，長得虎頭虎腦的，一逗他，他就咿啞咿啞說話，看得淩嬌心都化了，想著等身子養好了，一定要生個孩子出來。

把周晟睿抱在懷裡，淩嬌都捨不得還給周芸娘。周晟睿也不喊餓，只是咿啞咿啞，樂得大夥兒都笑道：「敢情這才是親媽，芸娘啊是撿來的。」

周芸娘也笑了。如今她手裡有點銀子，淩嬌又時常送布料、首飾，吃的更是從來不缺，兩個孩子去讀書了，等到帶弟大一點也是要去學堂的。

見淩嬌喜歡小兒子，周芸娘更是樂得清閒，求之不得呢！

「那是這孩子有眼光，知道他舅母心疼他。」周芸娘說著，拿了月餅咬了一口，呵呵呵笑了起來。

第七十六章

八月十六，布偶加工坊開工。

多少人一個院子早已分配好，今天做小的，明天中的，後天大的，做好了自己放在筐子裡，然後下工的時候交給周甘清點。

周甘現在忙得腳不沾地，又要讀書，又要幫著管理加工坊，淩嬌只管一家老小吃飯，順便研究新樣子，周二郎跑前跑後搬布料、整理東西，周維新、趙苗自然也來幫忙，就連三嬸婆都要幫忙塞棉花。

淩嬌以為李彥錦不會來了，卻不想李彥錦又親自上門，客氣得讓淩嬌渾身冒冷汗。

這有點詭異。

「李公子。」

李彥錦微微搖頭。「說好喊我李大哥的，怎麼又改口了，莫非是看不起我？」

「沒有的事，李大哥莫要誤會。」淩嬌忙道，衝李彥錦一笑。

李彥錦滿意一笑。「今兒來是跟妹妹商量一下合作的事。我回去仔細想了想，又去轉了一圈，覺得妹妹的法子著實好，就是分成方面，我覺得妹妹的五五分成太吃虧了，若是妹妹真認下我這個大哥，咱們三七分成吧！」

三七啊？淩嬌覺得自己出種子、出方法、出管理，李彥錦出土地、出人力物力，三七也能成交。

「行。」

李彥錦笑。「那就這麼說定了，我三成，妹妹七成。這是協議，妹妹看看有沒有什麼不妥的地方，若是沒有，就把這協議簽了吧！」

從確定淩嬌身分的那一刻開始，李彥錦就不敢再想著五五分成，別的不說，萬一到時候皇帝覺得他欺負平樂郡主，怎麼看怎麼不順眼，他就完蛋了！不如現在退一步，讓平樂郡主占大頭，想來皇帝知道了，也會誇他做事有分寸。

淩嬌一聽，愣住了。這人莫不是有毛病？一口一個妹妹地喊她，還一下少了兩成的錢，他可知道如果這生意做得好，兩成有多少錢？一百萬兩就少二十萬兩啊！

「李大哥會不會弄錯了？」

「怎麼會錯呢？我三、妹妹七，說起來還是我占妹妹便宜了，妹妹手中有種子、有種植技術，跟誰都能合作的，可我只有土地，要是沒這種子也賺不來這個錢不是？」

淩嬌一聽，覺得也是這個理，便不跟李彥錦囉嗦，去喊了周二郎來，讓周二郎簽這個字，畢竟一家之主是周二郎。

周二郎樂呵呵走來，滿眼的笑，見著李彥錦很是熱情，卻不卑不亢、進退有度。

可李彥錦是看不上周二郎的，別的不說，他認識的哪一個不是人中龍鳳，還真沒和周二郎這樣子的人打交道過，更何況以平樂郡主和聞人飛揚的感情……

總而言之，李彥錦覺得周二郎配不上淩嬌就是了。

「李公子、李公子？」周二郎見李彥錦看著自己發呆，錯愕不已，客氣地喚了幾聲。

李彥錦回過神，忙道：「不好意思，想點事，入神了。」

「無礙的。」

淩嬌把事情原原本本跟周二郎說了一遍，他樂呵呵地答應了，淩嬌在一邊笑咪咪看著周二郎。那眼神，李彥錦不陌生，想當年平樂郡主也這麼看著聞人飛揚，聞人飛揚待平樂郡主也是非卿不娶、情真意切。

只是，到底還是變了……

也不知道聞人飛揚是否還活著，若他還活著，又在什麼地方，為什麼不回來？就算回來了，媳婦沒了，也不知道聞人飛揚能不能承受得住……

周二郎簽下自己名字，協議一式兩份，一人保留一份。周二郎把屬於李彥錦的那份遞給李彥錦，李彥錦笑咪咪接過，一副人畜無害的樣子。周二郎卻明白，像李彥錦這種人又怎麼會人畜無害？如今能合作，想來也是覺得能賺錢而已。

李彥錦簽了協議卻不想走，周二郎便留他吃飯，李彥錦自然滿口答應。

周芸娘抱著孩子過來，在門口就喊道：「嫂子，嫂子在嗎？」

淩嬌聞言，想到睿哥兒來了，歉意地衝李彥錦笑笑，讓周二郎招呼李彥錦，自己跑了出去。

淩嬌穿著藍色的棉布褲子，一雙藍色繡花鞋，衣裳也是藍色，只是衣裳邊緣用粉色的布包了邊，頭髮梳了髮髻，插了支玉釵，整個人很是樸素，一副良家婦女打扮。

李彥錦不禁想，若是皇帝來見到平樂郡主這打扮，會不會心疼得暈過去？

淩嬌從周芸娘手裡接過睿哥兒後，就帶著周芸娘去了三嬸婆的屋子，畢竟堂屋有客人，還大有來頭，淩嬌怕周芸娘說錯話得罪客人，也怕周芸娘見著容貌不俗的李彥錦動心，那就完蛋了。

周芸娘也不是傻子，自然不會給淩嬌惹麻煩，帶著周晟睿在三嬸婆屋子玩，讓淩嬌去忙。

「那妳就待在屋子裡吧，我去做飯了。」既然要留人下來吃飯，自然不能馬虎。

「好的，嫂子去吧，我保證不出去。」

淩嬌見周芸娘答應了，便去廚房做飯。

只見堂屋裡，周二郎和李彥錦說著事，淩嬌在廚房給他們做了點心端過去，又重新換了茶。

李彥錦一開始是看不上周二郎的，只是一番交談之後，發現周二郎這個人談吐不俗，雖然有些見識不足，但以一個農民員外來說，算得上是有見識的人了。

尤其是他看淩嬌的眼神，是李彥錦從來沒見過的。

那是一種愛她愛入骨髓的深情，願意為她做任何事，哪怕去生、去死；還有那溫柔繾綣的寵愛，是他在聞人飛揚眼裡不曾見過的。

「周員外說笑了，對了周員外，剛剛說的那布偶是什麼東西？」

「你不知道布偶？」

李彥錦搖頭。

周二郎站起身。「那你稍等片刻，我去給你拿幾個過來瞧瞧。」

他去了隔壁院子，今兒做的是小豬樣子，豬頭、鼻子、眼睛很大，瞧著又憨又傻，身子卻小了點，腳更是小，尾巴只有一點點。

周二郎笑咪咪地拿過來遞給李彥錦。「李公子看看，這個就是布偶，豬八戒。」

李彥錦沒見過這種東西，怪怪的，但是憨狀可掬，別說女孩子了，就是他瞧見了也很喜歡。

「這個布偶，你們找到合作的人了嗎？」

周二郎搖頭。「還沒有，這些都是沈兄弟在做，我對外面的事情不大懂。」

其實也不是不懂，就是沒出去過，捨不得淩嬌，他想留在淩嬌身邊，所以不願意出去。

「沈兄弟？」

「嗯，沈兄弟很能幹，先前這布偶是阿嬌讓阿玉做了，給我妹妹敏娘送去的，結果沈兄弟見了覺得這東西能賺錢，我們就決定做這布偶了。」

李彥錦在心裡一番思量後才說道：「那你這布偶打算賣多少銀子一個？」

「小的十兩銀子一個，中的二十五兩一個，大的五十兩一個。」

當然了，周二郎算過成本，小的大約一兩，中的三兩，大的最多也才六兩，加上人力、物力，賺頭還是很大很大的。

「這是從你這兒出去的價格呢，還是放在市場上賣的價格？」

「從我這兒出去的話，不是這個價格。」

周二郎也怕李彥錦有合作的心思，而他把價格喊得太高，跟李彥錦沒辦法合作怎麼辦？畢竟淩嬌有心跟玲瓏閣合作。

「那便賣給我吧，讓玲瓏閣來賣這個布偶，只是布偶只有這一個樣子的嗎？」如果只有一個樣子，怕是不好賣啊！

「不，阿嬌還設計了好多個樣子，我數了數，足足有三十多種，只是家裡布料不夠，不能盡快做出來而已。」

李彥錦一聽，就放下遲疑，想做這個生意了。只要他先去請旨，讓皇帝下旨，不許任何人跟風做這個布偶來牟利，物以稀為貴，到時候只有玲瓏閣賣，賣多少銀子還不是玲瓏閣說了算？

當然前提還得平樂郡主也參與其中，不然他就是說破天去，皇帝也不會下這個旨。

「不知道咱們應該怎麼合作？」

「合作啊……」周二郎仔細想了想，才說道：「小的六兩銀子一個，中的十八兩銀子一個，大的三十五兩銀子一個，至於李公子拿去賣多少銀子，就是李公子的事了。」

「不分成嗎？」李彥錦問。

其實，他還是想跟淩嬌分成，他出人力、物力，淩嬌出布偶，別說三七分成，就是二八分成也是好的。

賺錢為了什麼，就是為了皇位，只要皇位傳到了三皇子手中，這些銀子又算什麼？

周二郎聞言，錯愕地看著李彥錦。他實在不大明白李彥錦的心思，為什麼就一定要分成呢？難道批發價給他，隨便他拿去賣多少銀子，多賺點不好嗎？

他搖頭。「這個布偶不分成，而且也不賒欠。」

加工坊這麼多人等著發薪餉，他手裡雖然有錢，但那些錢還是打算妥善保管，這樣凌嬌若想買點什麼貴重的東西，也能夠拿得出來。

委屈了誰，他也不能委屈了凌嬌。

李彥錦微微一愣，呵呵笑道：「我倒是想分成來著，卻不想周員外不分成，不知道這是周員外的意思，還是阿嬌妹妹的意思？」

阿嬌妹妹？周二郎眉頭微蹙，這李彥錦什麼時候和凌嬌成了兄妹了？

「這其中有我的意思，也有阿嬌的意思。李公子，其實不分成對李公子來說，不是能夠賺得更多嗎？」

自古士農工商，商人最末，最沒地位，他若不是為了讓三皇子將來更有競爭的優勢，才不會走上經商一路，甚至還親自上陣。這本不是他想要的生活，他只想縱情山水間，美人環繞，紅袖添香，而不是一身銅臭；可為了三皇子、為了皇后娘娘、為了李家，他不得不犧牲自己的理想。

當然，若是三皇子將來登基做了皇帝，他有從龍之功，到時候這些都不重要了。

「呵呵，周員外說得是，看來我還是直接給你銀子，自己拿回去後再賣個高價才是。」

兩人在堂屋說話，凌嬌來添過三次茶水，又給李彥錦的隨從送了兩次吃的，見李彥錦還不說要走，淩嬌猜想他怕是今晚要住下來。

一番尋思後，她進了三嬸婆屋子，見周芸娘正在哄睿哥兒睡覺，輕聲說道：「睡了嗎？」

「還沒呢，哼哼唧唧的，我都快哄煩了。」

就是再煩，也是她周芸娘唯一的兒子，心疼是肯定的，甚至還有些溺愛。

「小孩子嘛，都是這樣子的。」淩嬌說著，上前看了看睿哥兒，見睿哥兒的確哼哼唧唧的，不肯乖乖睡覺，道：「給我抱抱。」

「好。」

周芸娘把睿哥兒遞到淩嬌懷中，淩嬌抱著哄了一會兒，睿哥兒便睡了過去，弄得周芸娘哭笑不得。「嫂子，到底誰是他親娘，我這都哄半天了。」

「自然妳是他親娘，不然幹麼專門折騰妳？」

淩嬌說著，把睿哥兒放到床上，讓他自己睡。睿哥兒一被放到床上，哼哼唧唧就要哭起來，淩嬌伸手輕輕拍著他的背。「睿哥兒乖乖睡覺哦，舅母就在身邊呢！」

睿哥兒哼了幾聲，安安穩穩睡去。

哄好睿哥兒，淩嬌又在屋子裡待了一會兒，見天色慢慢暗下來，太陽下山，才去廚房做飯。

第七十七章

李彥錦不肯走，又不能攆他走，只能讓他留下來，淩嬌也不往兩個大男人面前湊，管他們說什麼呢，直接去廚房做飯。

本來晚上打算吃貼肉餅的，如今李彥錦在，淩嬌想了想之後，還是決定多炒幾樣菜配肉餅吃。

周玉和孫婆婆下學回來，兩人一路上有說有笑的，倒也和樂。

一到家，周玉便進了廚房幫淩嬌做飯。

「學堂裡孩子們都還乖吧？」

「都乖著呢，今兒有幾個繡得特別好，我想著等她們繡得好了，就拿些好布讓她們繡手絹，到時候讓沈大哥幫忙拿去外面賣，不管多少錢，對她們來說，也是一種鼓勵。」

周玉說著，笑了起來。

學堂裡，好幾個女孩比她還大，平日裡也會些針線活，只是做得都很普通，根本不會繡花，如今去學堂，有點基礎倒是學得特別快。

淩嬌略微一想，覺得可行。「到時候等沈兄弟回來，讓妳二郎哥跟他說說。」

就如周玉所說，多少錢不重要，重要的是讓那些姑娘看到希望。

周甘、三嬸婆也回來了。到底是年紀大了，三嬸婆塞了一天棉花便有些累，回屋子去休息了。

凌嬌看著，微微一嘆。她說過三嬸婆很多次，不要去做活了，在家裡幫著周芸娘看看孩子就好，也不知道三嬸婆怎麼想的，一定要去塞棉花。她想了想，到時候給多少錢合適呢？和大家一樣多吧，三嬸婆幹的活可比那些人多，給多了吧，又怕那些人心裡有意見。

凌嬌覺得這事還是要和周二郎好好說說。

幾個孩子相繼回來，晚飯也已經做好。

飯菜上桌，周二郎、周甘招呼李彥錦吃，李彥錦幾個屬下卻堅持不進屋子，凌嬌沒得主意，在院子外給他們擺了一桌。

李彥錦還真沒吃過這麼好吃的菜，真真色香味俱全。

酒足飯飽後，李彥錦、周二郎、周甘在院子裡說話，周芸娘抱著孩子回家，三嬸婆、孫婆婆進屋子陪著阿寶練字，順便給阿寶打扇。三嬸婆不識字，孫婆婆卻識得幾個，見阿寶寫得好，也會誇獎幾句，倒也有說有笑。

凌嬌、周玉在廚房收拾，也要給李彥錦安排住的地方，總不能把他攆走。

「阿嬌妹妹，不必收拾了，妳過來，咱們好好聊聊。」

凌嬌有些錯愕，只得走到院子裡，坐在周二郎身邊，一副小媳婦模樣，看得李彥錦眼睛疼。要知道平樂郡主那是真得寵，當初在京城除了皇帝，誰壓得住她的風頭？哪怕是貴妃、皇后都不敢隨便說她一句，更別說一般大臣家的小姐、媳婦了，見到平樂郡主哪個不是阿諛奉承，因此此刻他更覺得有些坐不下去。

「呵呵，阿嬌妹妹與周員外真是恩愛和睦，看得我都有些羨慕了。」

他早已成親，家中娘子也是名門望族之後，只是端著秀麗，平日裡也奉行笑不露齒、行不露足，見著他更是大氣不敢出，生怕說錯什麼，惹他發火，生活一點情趣都沒有，更別說有多少情意了，只要給了她應有的臉面，她才不管他睡在那個丫鬟、姨娘、通房的屋裡。

淩嬌蹙眉，覺得李彥錦這話怪怪的。

周二郎心裡有些泛酸，笑道：「像李公子這般人物，身邊想來絕不會少了紅袖添香之人，又怎麼會羨慕我們鄉野村夫，李公子莫要說笑了。」

李彥錦本想說，他沒說笑，只是見淩嬌打量著自己，只好笑道：「開玩笑的，阿嬌妹妹莫要介意。其實我更想說的是，阿嬌妹妹那些做菜方子若是拿出來，咱們合作開酒樓，賺了銀子，咱們五五分怎樣？」

淩嬌十分猶豫，難道所有生意都要綁在李彥錦這一棵樹上？如果有一天他翻臉不認人了，他們又該怎麼辦？

只是如今李彥錦開口了，她若是貿然拒絕怕是不好，想了想才說道：「要不，我把菜餚的方子賣給李公子吧，李公子有了這方子，賺多少都與我沒關係。」

「不不，阿嬌妹妹，這萬萬不可。」

如果被皇帝知道他占平樂郡主這麼大一個便宜，會被皇帝記恨的，一旦被皇帝記恨，代表李家要完蛋了。再者，他無論如何也要把平樂郡主拉到三皇子的陣營，有了平樂郡主的支持，到時候在爭奪儲君之位上，三皇子勝算就大了許多。

「怎麼不可？」淩嬌不解問。

商人本重利不是嗎？難道李彥錦清高，視錢財如糞土？如果真是這樣子，他還賺個什麼錢、做什麼生意？

「阿嬌妹妹，我因為妹妹的魚乾已經賺了許多，自然要給妹妹好處，不瞞妹妹，我以後求著妹妹的時候還多著呢！」

淩嬌更是聽得莫名其妙，這李彥錦到底是什麼意思？

周二郎、周甘臉色都黑了起來，敢情李彥錦這般讓步，是打算利用淩嬌？

周二郎剛想說什麼，便聽見院子外有人在喊。「嬌姨，妳睡了嗎？」

眾人聞言看去，只見陳秀秀提著個食盒站在院子外，小丫頭孅孅嫋嫋的，十一歲的年紀，就算是黑夜中看不清楚五官，但那雙眼眸卻極亮。

陳秀秀也不進來，淩嬌站起身走過去。「秀秀，怎麼過來了？」

「嬌姨，這是祖母做的藥膳糕，讓我給妳送點過來。」

家裡有客人，淩嬌也不能留陳秀秀下來說幾句話，更是不好拒絕，伸手接過食盒。「謝謝了。」

「那嬌姨，我先回去了。」

「路上慢些。」

「嬌姨放心，這兒離我家就幾步路，不遠的。對了嬌姨，祖父說，如果皓軒弟弟想學醫術，隨時可以去找祖父，祖父定傾囊相授。」

凌嬌聞言大喜。陳夫子的意思，莫非是想收阿寶做入室弟子？

「那秀先回去吧，我明兒親自去找師娘說。」

因為陳虹之年紀大，凌嬌為了表示尊重，陳虹之的老妻她都客氣地喊一聲師娘。

「好，那嬌姨我走了。」陳秀秀說完，轉身朝家裡走。

陳夫子家的藥膳糕味道的確不錯，至少凌嬌很喜歡，而且這幾日天天吃，凌嬌覺得身子輕盈不少，看來得找個空讓陳夫子給她把把脈，免得亂七八糟的東西吃多了，傷了身子就不好了。

送走陳秀秀，李彥錦不再提先前的話題，凌嬌也不跟他糾結，回屋子拿了去魚腥味的方子，遞給李彥錦。「這是去腥味的方子，如果李大哥要做魚乾，還是早些買了這藥草囤貨才是真；至於這合作嘛，既然李大哥說要分成，那我就厚顏無恥地應下了。」

有錢不賺，她又不是傻子，管李彥錦是什麼心思，先把錢賺了再說。

「嗯，這配方我先帶走，至於布偶呢，我先回去派人送些布料來，這些布料的錢，到時候等布偶賣出去了再算；不過這布偶，最好能多做些樣子出來，越多越好，我派人來拿布偶的時候，順便把銀子帶來。」

他也要回京城一趟，把這事和三皇子說說，讓三皇子透個口信給皇帝，就說這是平樂郡主的意思。想來皇帝為了平樂郡主，也會禁止別人做布偶來賺錢的，那些人就是膽子再大，也不敢跟皇帝老子過不去。

「行。」

李彥錦見淩嬌答應，決定不再多留，起身告辭離開。

送走李彥錦，周甘、周二郎、淩嬌對李彥錦的行事都是百思不得其解，想來想去頭都疼了，索性不想，去洗洗睡了。

陳虹之等在門口，見陳秀秀回來，忙問道：「見著人了嗎？可是李家人？」

「嗯，好像就是李家大公子。」

陳虹之聞言大喜。「好，好，咱們陳家伸冤有望了。」

陳秀秀卻微微搖頭。「祖父，與其去等李家公子，還不如去找嬌姨呢！孫女覺得，這李公子待嬌姨太不一般了。」

「是啊，如果這周夫人真是平樂郡主，咱們的確不能捨近求遠。秀秀啊，祖父讓妳帶的話可帶到了？」

「帶到了，孫女相信隔不了幾日，嬌姨就會上門來談周皓軒跟祖父學醫的事。」

「那便好。」

陳秀秀從小就聰明懂事，這些年在外面吃了不少苦，見過那麼多事，更是成熟得厲害，很多事情，看得比陳虹之這個祖父還通透，醫術也比陳虹之還精通幾分，就連那些藥膳糕，也是她的意思。

皇帝帶著蔣公公、逍遙王，一路上就三人一行，皇帝這會兒還記恨逍遙王知道平樂郡主的下落，卻不去皇宮說一聲，拚命奴役他這個皇叔。

逍遙王也是冤枉，他本來回宮後想說的，可去了御書房，剛好皇帝在發飆，他話到嘴邊，皇帝怒氣沖沖來了句「此事不必再提」，便把他攆出皇宮，還不許他覲見，想來心裡還是嫉恨著他孫子把平樂郡主弄丟了的事。

「要喝水。」

皇帝說了句，逍遙王剛剛才坐下歇一會兒，又被皇帝叫起來，哼了一聲，起身倒水，雙手送到皇帝面前。「喝水。」

皇帝接過，輕輕抿了口。「太燙。」

逍遙王接過，嘀咕了句。「我忍你。」誰讓他理虧。

轉身又倒了冷水進去，遞給皇帝，皇帝接過抿了口。「太涼了。」

逍遙王氣紅了老臉。想他平日裡也是個混不吝的，啥時候輪到給人端茶遞水了？氣呼呼坐在一邊。「我不幹了！你愛叫誰，讓誰來，我可伺候不了你。」

「反了天了！」皇帝叫了一聲。

原本三人出來時就是微服私訪，帶足了銀子，只是被偷了，出京城的時候還有馬車，如今馬車也丟了，兩個沒自理過的人，開始學著過平民百姓的生活，還不許蔣公公幫忙。皇帝一路上是使勁奴役逍遙王，出口心頭惡氣，逍遙王身上值錢的也被皇帝強硬地拿去當了換銀子，路上見了個賣身葬父的，皇帝大方地全部給了，差點把逍遙王氣到吐血，當場翻臉。

皇帝雖然是皇帝，可他好歹還是皇帝的叔叔，皇帝要大方，有本事把自己身上的東西拿出來當了啊！

當了逍遙王的配飾還不算，皇帝還當了逍遙王的衣裳、鞋子，如今逍遙王身上穿著一身棉布舊衣，在皇帝面前還真像個老奴才。

「你還敢跟爺甩臉子，也不想想你幹的好事，要不是你知情不報，爺早就見到嬌嬌了！」

逍遙王也是來氣。「嬌嬌、嬌嬌……喊得親熱，去了也不知道人家認不認你，不要到時候人家不理會你，拿了掃把把你攆出來，啊哈哈……」

想到淩嬌拿掃帚把皇帝攆出來，逍遙王自個兒先笑了起來。

皇帝臉色頓時難看至極。「胡說，嬌嬌最是孝順，怎麼可能攆爺?!」只是心裡有點沒底，要是沒有威武大將軍府那場意外，如果沒有與聞人飛揚相愛，或許平樂一直是貼心的，尋戶人家，安安穩穩、開開心心地過一輩子。

逍遙王頓時有些懷疑皇帝的智商。

都隔了多少年，當真以為平樂郡主還是以前的平樂郡主？

不，不是了，她性子變了，心也變了，愛好和行為處事都變了。

皇帝沒有說話，臉色也沈了下來，顯然心情不大好。

蔣公公瞧著這兩個爺鬥法，他是怕死了，真怕這戰火一不小心燒到了自己，他不過一個太監總管，哪盤菜都不是。

逍遙王見皇帝好一會兒不說話，頂了頂皇帝。「你不會氣狠了吧？」

「我氣什麼？」

「不過說真的，有必要提醒你一下，平樂真的變了，比以前安靜了，如今是誰都不記得，你見著以後千萬要沈住氣，可別把人給嚇跑了。」

皇帝今年五十歲，久在帝位，一身肅穆，這會兒瞧著竟有些失魂落魄。

逍遙王微微嘆息。「我就是不解，你那麼多兒子、女兒，怎麼就獨獨寵愛一個臣子的女兒，還當成了心肝寶貝，把你那些兒女都當死人。」

逍遙王這話說得實在太重，若是以皇叔的身分，他可以說，但以臣子的身分，這話可是大罪。

皇帝看了逍遙王一眼，沒吭聲。誰能知道他曾經那麼愛一個人，恨不得把天下都放到她手心裡，任由她嬉戲，毀了這江山又如何？

又有誰知道，曾經有那麼一個人，為了他，一生都不知道紅妝是什麼樣子；更沒有人知道，有那麼一個人，拚了命給他生了個女兒，女兒卻不能認養在他身邊……

「當我沒說。」

「我一直當你在放屁，就是這屁有點臭。」

皇帝說完，獨留一臉黑的逍遙王，邁步出了茶棚，蔣公公忙放下碎銀子，跟了上去。

第七十八章

八月二十七，沈懿拉了布料回來。家裡的布料已經全部拿去做布偶用完了，沈懿帶了布料回來，剛好接上。

淩嬌把和李彥錦合作的事一說，沈懿很是詫異。

「如今你回來了，就在家等李大哥派人送布料、銀子來，到時候讓他把布偶拉走，我跟你嫂子打算去一趟滁州看敏娘，家裡就靠你打點了。」周二郎說道。

沈懿一愣，笑道：「二郎哥就放心去吧，家裡我能照顧好。」

其實事情都讓淩嬌處理得妥妥當當，他只要監工照看著就好，不用去外面跑，沈懿還樂得清閒。

「那就麻煩你了。」

本來決定八月去滁州看敏娘的，只是家裡的事一忙，竟到了九月，田地裡的糧食該收的都收成了，還不能收的，周玉、周甘也知道要怎麼做。

周二郎也想去看看敏娘和兩個外甥，順便帶淩嬌出去散散心，看看外面的世界，讓自己長長見識。當然，阿寶也是要帶去的。

這一來一去差不多兩個多月，等他們回來都快臘月了，阿寶帶著去也好，他功課好，在外面也落不下多少，還能開開眼界。

既然要去，淩嬌便帶上些種子，讓周敏娘莊子裡的人種了，來年就可以吃；也早早準備十條魚乾，又準備了十來個大布偶，把馬車塞得滿滿的。臨走時，她給了每人五十兩銀子，以防萬一家裡出了什麼事，各人手裡有銀子可以處理，才跟家裡人告別去了滁州。

馬車出了泉水鎮，對於外面的世界，阿寶就稀奇了。

到底是孩子，又被淩嬌疼愛著，對什麼都好奇得很，周二郎趕馬車，時不時應上一句，倒也其樂融融。

「二叔，滁州郡王府大嗎？」

郡王府大嗎？周二郎沒進去過，那個時候周敏娘還不是側妃，他根本沒資格進郡王府，一直住在外面的客棧裡；現在去郡王府，周敏娘已是郡王妃，他們也算得上正兒八經的娘家人，所以這回是要住進郡王府的。

「很大，阿寶到時候就知道了。」周二郎說著，想著就要見到妹妹，心裡也很是激動。

之前走過一趟，周二郎對沿途所經之處還算熟悉，加上如今的他口才不錯，路上還結交了些朋友，雖然情誼不深，但打聽點事還是可以的，也因此得知皇帝微服私訪一事。

「怪不得一路走來治安這麼好，原來是萬歲爺微服私訪了。」周二郎說著，不免感嘆，給淩嬌、阿寶挾了菜，才自己挾了吃。

趕了一段時間，眼看就要到滁州，這天因為下雨，泥路並不好走，有些地方還坑坑窪窪，車輪一下陷到坑裡，馬車停了下來，好在這會兒沒下雨，不然非變成落湯雞不可。

周二郎、淩嬌和阿寶都下了馬車。

「阿嬌，妳去牽著馬兒，我在這邊抬一下，我一喊，妳就讓馬兒往前走。」

淩嬌點頭，牽著馬兒，周二郎雙手扣住馬車，一抬，半邊馬車就被抬了起來。「走！」

淩嬌忙牽了馬兒往前走，馬車也從坑裡拉起來了。

兩人剛要換鞋子上馬車，就見三個穿得極破舊的男人走來。如今九月快十月，天氣也是冷的，尤其是下雨後，那三人穿得少，冷得有些瑟縮，一邊走，一邊不停地搓手哈氣。

見到坐在馬車上的淩嬌，和蹲下身給她換繡花鞋的周二郎時，那三個人怔在原地。

這三個人不是別人，正是皇帝、逍遙王和蔣公公。

一開始皇帝典當了逍遙王的東西，後來便當蔣公公的東西，最後把自己的東西也當了。

皇帝一開始就想明白了，見到淩嬌的時候是越可憐越好，反正就是要勾起她的同情心，因此硬是不喊隨行保護的暗衛出來；當然，他們當掉的東西，後腳就有人去贖出來。

「嬌嬌……」皇帝低喚了一聲，站在原地，有些不敢動，就那麼看著淩嬌，看得她一陣發毛，穿了鞋子就朝馬車裡鑽。

也不怪淩嬌認不出逍遙王，實在是逍遙王現在這樣子，和過年的時候太不一樣了，衣裳破爛，頭髮亂糟糟，臉上也沾了泥巴，哪裡還有在周家村時的霸道樣。

周二郎也沒認出來，見淩嬌鑽進了馬車，連忙駕了馬車就要走。

皇帝愣愣地擋在路中間，周二郎實在做不出來嚇唬人的事，客氣道：「三位大叔，麻煩你們讓讓路可好？」

逍遙王聞言，噗哧笑出聲。「臭小子，你不認得我了？」說著蹦到了周二郎面前，抬手抹了一把臉，只是臉上被這樣一抹就更髒了。

周二郎微微搖頭。「不認得。」

「你這沒良心的，我不就是走了幾個月，一年還不到呢，怎就不認得了？啊，是不是你發達了，就看不起我了？」

周二郎聞言才仔細打量逍遙王。「老爺子，是你？」

「可不就是我嘛！」逍遙王哈哈大笑，為周二郎認出自己而高興。

「你怎麼在這裡？」周二郎錯愕得很。在他的印象裡，逍遙王應該是很厲害的一個人，怎麼會落得現在這個樣子呢？

逍遙王見他這麼一說，忙道：「唉，說來話長。對了，我們已經好多天沒吃過東西了，你有啥好吃的嗎？拿點出來給我們吃。」

淩嬌在馬車裡，自然也聽出點什麼來，又聽逍遙王說好幾天沒吃東西了，忙把帶著的一隻鹽水雞遞給逍遙王。

逍遙王一見，眼睛就亮了。「妳親手做的？」

淩嬌點頭。「在客棧的時候，借了客棧廚房做的。」

「好啊！」逍遙王伸手接了，還舔了舔嘴巴，扯了根雞腿轉身遞給皇帝。皇帝愣愣的，見淩嬌是真不認識自己了，才深深嘆了口氣，接過雞腿咬了一口。

「咦……」

不怪他吃驚，皇宮那些御廚做出來的食物華麗是華麗，就是味道總是差了點，如今吃到凌嬌做的美味，哪裡還停得下？和逍遙王兩人蹲在路邊就解決了一隻雞。

蔣公公立在一邊直嚥口水。

一個饅頭遞到蔣公公面前，蔣公公抬頭，便見周二郎笑咪咪地看著他。「大叔，給你吃個饅頭吧！」

這饅頭也是凌嬌自己做的，裡面放了蜂蜜，味道自然不錯，做饅頭的時候還想著，如果路上餓了就烤著吃，那才是真的香呢！

「謝謝。」

蔣公公接過饅頭大口大口吃著，跟餓了幾天似的。

其實這三人還真餓了幾天，兩個主子從來不懂人間疾苦，花錢大手大腳的，蔣公公雖然想省著點用，可他一個奴才，哪裡敢管兩個主子？

好在運氣好，遇上了平樂郡主。

吃飽了之後，逍遙王看向皇帝，皇帝直朝逍遙王使眼色，言下之意是要讓凌嬌、周二郎收留他們；逍遙王卻拿喬起來，假裝看不見，氣得皇帝差點吐血，可他又不能冒冒失失地說：「嬌嬌啊，妳是平樂郡主，我是皇帝，朕是來接妳回京去享福的。」

寧願一點一滴讓凌嬌知道，他是真拿她當心肝寶貝疼寵，讓她心甘情願跟他回京城去，也不要再次傷了凌嬌的心，不然就周二郎那傻愣樣，他早就喊了暗衛來直接斬殺了。

逍遙王見皇帝快氣瘋了，才一本正經問凌嬌。「你們打算去哪裡啊？」

「去滁州。」

滁州？聞人鈺清的地盤。皇帝腦子飛快轉著，得到探子回報，淩嬌現在的小姑子是滁州忠郡王的郡王妃。

「那個阿嬌啊，我們也要去滁州投靠親戚，只是盤纏用完了，好像也走錯路了，你們能不能捎帶我們一程？」

三個大老爺們去投靠親戚？淩嬌覺得這三人特別有問題，剛想拒絕，周二郎卻答應下來。「好啊，那就一起啊！只是這馬車坐不下人了，等到了下一個城鎮，就給你們租一輛馬車吧！」

「好啊，好啊！」

逍遙王說完，就朝馬車上擠，但皇帝也往前擠，兩人都想上馬車去，誰都不想走路，結果在馬車邊爭執起來。

逍遙王比皇帝大十歲，雖是皇叔，但兩人小時候一起長大，感情自是不一般，不然也不會那麼多親王都去了封地，逍遙王卻留在京城，大權在握。

年輕的時候都還規規矩矩的，年紀越來越大，好像又回到了小時候，總是作對，什麼都要一較高低。

「你讓開！」皇帝冷喝。

「憑什麼？」逍遙王不讓，心裡想著，有本事你就喊出來啊！

皇帝快氣死了，看向淩嬌，見她盯著自己看，頓時一陣心虛，便讓逍遙王給擠到一邊去了。

凌嬌其實沒看出什麼來，就是覺得皇帝有些面熟，可她知道自己肯定沒見過他，又想著這段時間的種種，心裡浮出一個疑問——

這身體原身定是一個很了不得的人，非富即貴，不然李彥錦不會處處巴結。是的，巴結。一開始，凌嬌想不通李彥錦已經那麼有錢了，為什麼跟她合作的時候把利潤壓得那麼低，讓她占了便宜；如今看著逍遙王對自己的態度，加上面前這個大叔先前看見自己的眼神，一種隱含著傷痛、憐惜、懊悔，說不出的沈痛……她敢肯定，這個大叔不會傷害自己。

猶豫片刻，凌嬌才道：「大叔，我們是不是在哪裡見過，為什麼我瞧著你很是面熟？」

皇帝頓時欣喜不已，剛要開口說些什麼，凌嬌卻笑了起來。「想來我沒失憶之前肯定見過大叔的。大叔，你告訴我，你以前是不是見過我啊？」

皇帝一聽這話，神情變了幾變，有些不知道要怎麼回答她的話。

——是拉著她的手慈愛地說：「嬌嬌，朕是妳父皇啊，妳是朕的女兒，是金枝玉葉的公主。」

這些話，多年前不曾說過，如今也不能說。她既然忘記了前塵往事，不提也罷，更何況她似乎過得很幸福；更不能告訴她，他已經派人去周家村把她的消息全部打聽清楚，也知道她要去滁州，所以才在這路上守株待兔。

「以後再說吧！」

凌嬌也不多做糾結，微微一笑。「喔。」只要能知道，遲一些又有什麼關係。

最後一番商量，周二郎駕駛馬車，逍遙王、皇帝一人坐一邊，蔣公公坐在馬車後面，一行人繼續趕路。

誰都沒多問，靜靜坐著，就連阿寶也乖乖靠在淩嬌懷中，數著自己的手指頭，翻來覆去地數，水汪汪的大眼睛眨啊眨的。

到了鎮上，一行人住進客棧，讓店小二打了熱水給三人洗澡，又讓夥計去給他們買衣服。反正離滁州也近了，等到了滁州，他們尋到親戚，安頓下來後也就沒他周二郎什麼事了。

皇帝到底是做了幾十年皇帝，哪怕一身棉布衣裳也穿得威嚴十足；蔣公公一直尖聲說話，淩嬌多聽幾次也明白過來，蔣公公是個太監；而逍遙王對皇帝嘴巴上算不上多尊重，但在行動上卻從未逾矩。

吃飯的時候，皇帝自然而然坐了主位，逍遙王在左側，淩嬌坐在右側，周二郎和阿寶坐在淩嬌右邊，蔣公公則立在皇帝身後，恭恭敬敬給皇帝布菜，不像淩嬌，嚐到好吃的，才給阿寶、周二郎挾菜。

淩嬌猜想皇帝的身分，應該是一個大權在握的王爺吧，不然身邊也不可能有個太監伺候，卻萬萬沒敢往皇帝猜去。

客棧的飯菜其實不怎樣，一行人將就著吃了。周二郎又去租馬車，明兒一早出發。

周二郎和淩嬌、阿寶一間屋子，屋裡兩張床，淩嬌一個人睡，阿寶、周二郎一起睡。後半夜，周二郎偷偷爬到淩嬌床上，差點把淩嬌嚇得半死，以為哪個賊子爬上了她的床。

「阿嬌。」

「嗯？」

周二郎這會兒心裡有些發慌，見到逍遙王以及另外兩個人，看他們一路上的態度，他感覺得出來，這些人都是來尋阿嬌的。

「我……」周二郎說著，微微一頓，握住了淩嬌的手。「我……」

「你怎麼了？」見周二郎支支吾吾，淩嬌問。

周二郎不是一個善於掩藏情緒的人，尤其是在她面前，他一臉的擔心、害怕實在是太明顯了。

「我沒事，今天坐了一天的馬車，妳肯定累了，早些睡吧！」

淩嬌見周二郎不說，也不多問，微微點頭，卻朝床內側挪了挪，讓周二郎睡在外側，兩人挨著躺，淩嬌窩在他懷中。「二郎，你知道嗎？在你身邊，我總能覺得安心。」

也是在告訴周二郎，她不會走。

周二郎一愣，隨即抱緊淩嬌。「我也是。」

「睡吧，別多想了，以後二郎在什麼地方，我就在什麼地方。不是有句話嗎？叫嫁雞隨雞、嫁狗隨狗，我和二郎可是正兒八經拜堂成親，有父老鄉親們見證的。」

彼此心裡都有彼此，哪裡能夠說散就散？

周二郎聞言，頓時就放鬆下來。

顧忌淩嬌的身子，加上阿寶就睡在一邊，他就算有些心思，也忍了下來。兩個人相擁著睡了一夜，天濛濛亮，周二郎便起床收拾東西，給淩嬌、阿寶準備衣服，等兩個人醒了換上就好。

在客棧吃了早飯，便出發去滁州。

小鎮到滁州只有大半天的路程，午飯是在路上隨便吃了點，繼續趕路。

淩嬌沒來過滁州，周二郎倒是來過一次，只是也沒好好欣賞。

一到滁州，淩嬌、阿寶就掀開馬車簾子看著街道、趕路的行人，滁州城非常熱鬧，來來往往的商隊很多，大姑娘、小媳婦們三三兩兩，帶著丫鬟、婆子買東西，阿寶還是第一次見到這種熱鬧的場面，張著嘴巴好奇得很。

「嬸嬸，好熱鬧啊！」

淩嬌笑。「等在你姑姑家安頓下來了，咱們找個時間帶你出來轉轉，到時候買些稀罕的回去，給大家做禮物。」

到時候買些泉水鎮沒得買的東西回去，幾個夫子就送筆墨紙硯、書籍，幾個孩子也送筆墨紙硯、書籍再加一疋布，幾個嫂子送好看的髮釵、布料，女孩們就送繡花針線、耳墜子一類小巧的東西，心意到了，孩子們也就高興了。

「好！」

阿寶樂呵呵點頭，心裡盤算著要買些什麼回去，如今他有兩個好朋友，也想著給他們買點稀罕的玩意兒回去。

第七十九章

郡王府。

周敏娘正吩咐婆子領了對牌去置辦年貨，聞人鈺清逗著兩個孩子。

「郡王爺、郡王妃，外面來了幾個人，說是郡王妃娘家大哥、嫂子。」

「什麼？」周敏娘突地站起身，錯愕地看著門口，回過神時，人已經跑了出去。

聞人鈺清瞧著，微微嘆息，讓奶娘抱著孩子下去。

上次一別，周敏娘就沒再見過周二郎，也沒見過淩嬌和阿寶，這會兒聽說周二郎、淩嬌來了，怎麼可能不激動？

周敏娘一見到周二郎，就哭了出聲。

「二哥……」

周二郎從小疼愛妹妹，這會兒見周敏娘哭，豈會不心疼？卻不知道應該怎麼安慰，淩嬌忙上前勸周敏娘。「快別哭了，被有心人瞧在眼裡，還以為妳不歡迎我們呢！」

周敏娘破涕為笑。「嫂子胡說，我怎麼會不歡迎？」

阿寶上前，貼心地喚了一聲。「姑姑。」

周敏娘看向阿寶，笑道：「阿寶都這麼大了。」

她離家的時候，阿寶還在牙牙學語，走路都走不穩，想不到時間過得真快，阿寶都這麼大了，只是大哥已為國捐軀，大嫂也跟人跑了……

想到這裡，周敏娘又忍不住感傷，拉著淩嬌的手說話，都忘記把人請進家裡去。

聞人鈺清走來，一眼見到一身棉布衣裳的皇帝、逍遙王時，嚇了一跳，心驚不已，剛想上前去行禮，卻見皇帝微微地搖了搖頭，聞人鈺清頓時明白，皇帝是跟著淩嬌來的。

看來他猜對了，這舅嫂還真是平樂郡主。也是他舅兄福氣好，當年在京城誰不想娶平樂郡主，一飛沖天、無限風光；更何況平樂郡主長得嬌媚又聰明懂事，跟那些囂張跋扈的公主不一樣。

「舅兄，嫂子。」

聞人鈺清這聲嫂子，叫得淩嬌一愣。

皇帝卻是極其滿意。

不管聞人鈺清是不是作戲給他看，皇帝依舊希望他的平樂不管走到哪裡都被人尊敬著；那些看不起、傷害他的平樂的人，他也不會留著。

聞人鈺清招呼著大家進府，讓管家下去安排院子。

周敏娘帶著淩嬌、阿寶去看兩個孩子，聞人鈺清在大廳招呼周二郎、皇帝和逍遙王。茶水送上來，聞人鈺清招呼著喝茶，皇帝端起茶杯輕輕嗅了嗅。「嗯，這茶不錯。」

想來這滁州的確富饒，當初他早早給聞人鈺清封了郡王爺是對的。

聞人鈺清一愣，隨即笑道：「先生若是喜歡，來年一定給先生送到府上去。」

「嗯。」皇帝淡淡應下。

周二郎看了一眼皇帝，又看了一眼聞人鈺清，心裡更疑惑了。

戀敏院。

凌嬌看著院子的名字就笑了起來。她雖然知道聞人鈺清對周敏娘有情，卻沒想到感情比她想得深，如此也好，有聞人鈺清的寵愛，周敏娘的幸福才能長久。

一起進了屋子，周敏娘讓奶娘把兩個孩子抱了過來。「嫂子，這個是潛哥兒，這個是荀哥兒，小名安安、樂樂。」

凌嬌接過一個抱到懷裡。「我懷裡抱著的是樂樂嗎？軟綿綿的，好可愛。」

樂樂是個活潑的，一到凌嬌懷裡就蹦躂起來，伸手要去抓凌嬌的臉。

「對，就是樂樂。這孩子，平日裡看著還算懂事，怎麼今兒見了舅母就出手了？」周敏娘說著去拉樂樂的手，樂樂見娘親拉自己，不悅地嘟了嘟唇，咿啞咿啞地似乎在反抗，逗得一屋子丫鬟、婆子都笑了起來，一個個爭著說起兩個孩子的趣事。

阿寶也在一邊逗著兩個小弟弟。阿寶很喜歡孩子，也很照顧比他小的孩子，現在遇到兩個能夠自己坐起來，抱起了又能玩的，更是喜歡。

周敏娘見阿寶實在喜歡兩個孩子，打趣道：「阿寶，叫你嬸嬸早點給你生個弟弟，到時候你就有伴了。」

阿寶一愣，呵呵呵笑出聲。「嬸嬸答應了要生的，不只生弟弟，還生妹妹呢！」

「那真是太好了。」

周敏娘讓丫鬟帶阿寶去吃點心，屋子裡就剩她與淩嬌兩個人，她才說道：「嫂子身體是怎麼了？二哥來信說嫂子身體不是很好，可讓大夫仔細瞧過？如今可曾好些？」

「是以前中了毒，如今斷藥好幾個月了，這趟除了來看妳，還想請妳幫我找個醫術高超的大夫瞧瞧。」

淩嬌也想早早為周二郎生個孩子，男孩也好，女孩也罷，就是單純地想要個孩子。

周敏娘也不糾結，握住淩嬌的手。「嫂子放心，我會的。」

兩個人又說了些別的事情，說到阿寶，周敏娘又想起阿寶的娘親來。「嫂子，不知大嫂有沒有消息？」

淩嬌微微搖頭。「我們也沒去打探。敏娘，我這麼跟妳說吧，我不讓人去打探也是有私心的，我不希望她回來讓阿寶難堪、糾結。阿寶如今好不容易靜下心來努力讀書認字，加上阿寶沒提起，我便沒讓妳二哥去尋。」

周敏娘仔細一尋思，嘆息一聲。「嫂子顧慮得是，是我沒考慮清楚。」

淩嬌但笑不語。

兩人又說起周敏娘生孩子的凶險，說起周家村的一些趣事，姑嫂感情漸濃。

郡王妃娘家來人，是正兒八經的親戚，下人們根本不需要周敏娘吩咐，早早收拾了郡王府最好的三個院子，丫鬟、婆子已過去打掃，搬新的床褥進去，又點了熏香，屋子裡的擺設處處透著精緻。

皇帝好些日子沒好好休息，這會兒沐浴更衣後，吃了些東西便睡下。蔣公公睡在外間的小榻上，以防皇帝需要個什麼身邊沒人使喚。

逍遙王也累，沐浴過後也睡了。

郡王府的丫鬟還算本分，守在外面，沒有招呼，一個人都沒往屋子裡湊。

聞人鈺清帶著周二郎逛院子，有些話想順便跟他說。

「那些先生過去，可還安穩？」

「還算安穩。」

「安穩就好。」聞人鈺清說著，猶豫片刻才說道：「舅嫂的來歷，舅兄可知道了？」

周二郎聞言心一驚，搖頭道：「不知道，阿嬌說她失憶，記不得以前的事了。」

聞人鈺清見周二郎這般，微微嘆息。「舅嫂是個好的，和舅兄感情也不錯，就算身分不一般，待舅兄也是一片真心，舅兄不必太過擔憂。」

周二郎不語。

晚飯做得極其豐盛，只有淩嬌、周敏娘兩個女子，也沒人顧忌那麼多規矩，尤其皇帝滿心想跟淩嬌培養感情，便同坐一桌了。

皇帝一覺醒來，精神好了許多，吃飯的時候便不著痕跡地試探周二郎。有些事，皇帝已經知曉，可這會兒瞧著周二郎，總覺得周二郎配不上他的嬌嬌。

但他心裡多少也感激周二郎，如果不是他把淩嬌買回家，還不知道她這會兒被賣到了哪裡去，何年何月才能見得到。

「嫂子，妳嚐嚐這個。」

周敏娘都沒怎麼吃飯，一逕給淩嬌、阿寶挾菜，弄得淩嬌面前的碟子中全是菜，只是有兩樣菜，淩嬌是不吃的，周二郎瞧見了，忙道：「妳嫂子不吃這個。」連忙挾了自己吃，又拿了公筷給淩嬌挾了她喜歡吃的，輕聲說道：「多吃這個，對身體好。」

淩嬌的喜好，周二郎是知道的，見周二郎挾的都是自己喜歡吃的，淩嬌甚是滿意，微微點頭後吃了起來。

見淩嬌和周二郎的感情蜜裡調油似的，周敏娘心滿意足地笑了起來。

皇帝瞧得眼睛疼，好一會兒後才嘆息一聲，端了酒杯就飲，卻因為太急，當下嗆得直咳嗽，嚇得蔣公公忙上前給皇帝拍背。「爺。」

「咳咳……」

逍遙王和聞人鈺清也放下筷子。

好一會兒，皇帝才擺手道：「無礙，只是嗆到而已。」說著，偷偷去看擱下筷子的淩嬌。

一頓飯，各懷心思地吃完後，周敏娘便招呼淩嬌出去逛夜市。「嫂子，滁州的夜市可是很有名的，嫂子隨我去看看吧！」

淩嬌聞言有些動心，阿寶也想去。

周二郎卻說道：「妳嫂子連著幾天坐馬車都沒好好休息，今晚就不去了，明晚再去也不遲，反正我們要在妳這兒多住些日子，有時間的。」

周敏娘笑。「二哥，你真是偏心，以前最疼敏娘，如今有了嫂子，便不疼敏娘了。」

周二郎尷尬一笑，搔搔頭。
淩嬌卻道：「那是因為妳有妹夫疼啊！」說著，湊近周敏娘耳邊。「再說，兄長和丈夫的疼愛是兩回事，妳連這醋都吃，羞也不羞。」
「好啊，嫂子打趣我。」兩人在大廳笑鬧起來，倒是一派其樂融融。

聞人鈺清單膝跪在皇帝面前。「臣見過皇上，皇上萬歲萬歲萬萬歲。」
皇帝擺擺手。「起來吧！」
「皇上，臣有罪。」聞人鈺清說著，不肯起來。
皇帝錯愕。「有什麼事起來再說，讓人瞧見多難看。」
「臣有罪，臣不敢起。」
「你有什麼罪，說吧！」皇帝倒也不急著喊他起來了。
「臣不應該私離封地。」
聞人鈺清可不傻，如今哪個封地沒有皇帝的眼線，他離開封地的事，本不是什麼秘密，皇帝也知曉他去了哪裡，只是他說出來是一回事，不說又是一回事。
「嗯，此事朕已經知曉，難得你是個重情重義的，起來吧！」
「皇上，臣還有一事要稟報。」聞人鈺清說著，多少還是有些猶豫，但箭在弦上，他再不動手，就會出事。
「說。」

「臣已經查過了，臣的父王、母妃已經被害，如今的忠王、王妃是假的。」

皇帝聞言，眉頭輕蹙。「你可有證據？」

「有。」

聞人鈺清把準備好的證據呈上，蔣公公立即接了，送到皇帝面前。皇帝仔細看後，才說道：「既然你有證據，便按照你安排好的行事吧！」

「只是臣人手不夠，懇請皇上開恩，出手相助。」

皇帝雖說是微服私訪，但他帶在身邊的暗衛個個都是絕頂高手，更別說一身奇功的蔣公公，若是皇帝願意借人給他，拿下假忠王便有十足把握。

皇帝沈思。「你應該知曉，朕今兒幫你，絕對不是為了你。」

「臣明白，臣以後對平樂郡主定是鞠躬盡瘁、死而後已。」

皇帝微微點頭，甚是滿意。「如此便好，朕也要你記住今兒的話，你若敢背信棄義，就算將來某一天朕死了，朕也有千萬種辦法讓你後悔不已。」

聞人鈺清雖知道皇帝疼愛平樂郡主，卻沒想到疼寵如斯，忙應聲。「是，臣銘記於心。」

「嗯，退下吧！」

讓聞人鈺清出去之後，蔣公公才說道：「爺，郡王雖是個厲害的，可待郡王妃卻是極好，愛屋及烏，待郡主定也會客氣有禮的。」

皇帝疲憊地閉上了眼睛。「朕只要一想到嬌嬌這些年受的苦，就恨不得親手剁了那些人，丟了去餵狗！」

「是啊，那些人真是黑心！可是爺，奴才覺得，那謝家夫人任氏絕對不是個厲害的，不然也不會被謝錦裕輕而易舉就收拾了。奴才猜，任氏定是受人指使。」

皇帝一聽，眼睛忽地瞪得老大。「你覺得會是誰？」

「奴才大膽猜測，應該是宮裡的人……」

「哼，不管是誰，朕都要揪出來，千刀萬剮！」

「皇上放心，奴才已經派人去辦了，宮中幾位主子身邊，奴才已經安排了人手，就是那幾位爺的府中，奴才也安排了人，想來很快就能有消息。」

「嗯，你辦事向來妥當，去洗洗休息了吧，莫要累著了。」

蔣公公一笑。「皇上這麼說，便是折殺奴才了。奴才要不要去跟郡主套套交情？」

「暫時不必。你也看出來了，如今嬌嬌性情、脾性大變，與那周二郎感情也頗好，便是朕再瞧那周二郎不順眼，也不敢隨意亂來。」

當年的事，他早已經後悔，哪裡還敢再來一次？

蔣公公嘆息一聲。「皇上，那周公子瞧著雖然傻裡傻氣的，待郡主卻是一片真心。皇上，郡主不是男兒，無須建功立業、揚名立萬，求得無非是一良人，金銀珠寶自有爺為郡主打算，皇上何不成全了郡主，讓郡主這般簡單平凡快樂地過著，缺少了什麼，爺再給便是。」

「話是這麼說，可朕是怕，若是哪一日一睡不起……」

「皇上如今春秋鼎盛，再活過五十年也是可以的。」

蔣公公依附皇帝生存，皇帝在，他便是一人之下、萬人之上的太監總管，若是皇帝真的薨了，新皇登基，他也落不得好。

「也就只有你真心待朕……」

曾經還有一個女子，為了他拋頭顱、灑熱血，而他卻什麼都不能給她，最後還丟了她的寶貝女兒，讓她含恨死在了自己懷裡。

至於後宮那些女人，有幾個是真心愛他的？沒有，一個個都是愛著他的權勢，愛著他能給她們帶來的富貴。

「皇上，郡主待您也是真心的，如今郡主只是忘記了一些事。人心都是肉做的，郡主又是個有孝心的，遲早有一日，郡主也會像以前一般待皇上的。」

「但願吧……」

第八十章

夜深了，鬧騰一番後，眾人各自回房睡覺。

阿寶也玩得有些瘋，沐浴換衣之後，倒在軟綿綿的床上，滾來滾去笑了笑，便翻身睡去。

在外間伺候的丫鬟、婆子沒一個敢懈怠，雖然這舅老爺一家子沒有賞賜她們，但郡王卻說了，好好伺候，伺候好了，一人賞三個月月錢。她們一個月的薪俸是二兩銀子，也就是這一個月伺候得好能得八兩銀子；有了這八兩銀子，家裡爹娘夠用幾年，她們也能攢點嫁妝，自然不敢鬆懈。

淩嬌正在屋子裡泡澡，周敏娘家的浴桶大，而且隔壁就是燒熱水的，只要她想要熱水，把閘閥一拉，熱水便會流過來，入冬的天，泡一個熱水澡真是愜意極了。

周二郎邁步進來，在門口便脫了衣裳，光溜溜地立在淩嬌面前。

淩嬌嚇了一跳，周二郎卻已經吻過來。

他的吻小心翼翼，又帶著無盡的溫柔纏綿，吻得淩嬌暈頭轉向，有些分不清東南西北，臉色粉紅粉紅的，看得周二郎嚥了嚥口水，聲音嘶啞道：「阿嬌，我心裡悶得發慌。」

何止發慌，還害怕。

周二郎看得出來，淩嬌一定非富即貴，不然也不會有那麼多妙不可言的想法，行事也大方得體，讓他愛著的同時深深羨慕，希望有朝一日，他也能像她一般，處事圓滑周到得體，不被人算計了去。

凌嬌聞言，心口驀然一澀。

這個男人啊……當初信誓旦旦地說，她如果有了喜歡的人，定會心甘情願放她走，如今她還好端端在身邊呢，他便為了些捕風捉影的事亂了陣腳。

哪怕她初心不改，他依舊怕得心悶。

這呆子！他難道不明白，她如果心中沒他，又豈會跟他成親，又怎會為了給他生個孩子，喝那些苦得死去活來的藥，又怎麼會待他的家人事事周到，又怎麼會在意他的情緒？

她伸手勾住周二郎脖子。「二郎……你應該相信我的，相信我無論發生什麼，都會在你身邊，無論將來的路是什麼樣子，如果真有一個男人在我身邊與我同行，那個人一定是你，也必須是你。」

周二郎感動得哽咽，聲音嘶啞得越發厲害，竟說不出一句完整的話。

凌嬌也不再給他說話的機會，一用力，把周二郎拉到浴桶之中，浴桶的水頓時溢了出去。在周二郎錯愕驚訝的瞬間，凌嬌飛快吻住了他略微顫抖的唇，以這個吻、這份情告知周二郎，她，凌嬌，初心不變。

凌嬌的吻帶著急切，帶著安撫，讓周二郎一陣欣喜，伸手抱住她，似乎用盡渾身力氣去回應。

「阿嬌，阿嬌……」

儘管情迷，周二郎依舊記得，淩嬌的身子還未好，現在若真歡愉了，會不會懷上孩子？但心愛人兒的呢喃，還是讓周二郎悸動不已。

「我們去床上。」

淩嬌點頭。

「嗯……」

周二郎看著她呻吟嬌呼，他喜歡愛她，看她因為自己完全變成另一個人的樣子，在他身下承歡獻媚，用最動聽的語調叫他的名字。

「二郎……」淩嬌嚶嚶地哭出來，叫著他的名，希望他趕快結束。

「說妳愛我……阿嬌，說妳愛我。」

他終歸還是貪心的，終歸還是希望他在她心裡，一直在，一直在。

「二郎，我愛你，我愛你……」

「阿嬌，我也愛妳，阿嬌，不要離開我，如果沒有妳，我是活不下去了，是真的活不下去了……」

一室旖旎，一夜歡愉。

淩嬌早已經昏昏沈沈睡去，周二郎見淩嬌渾身汗濕，起身穿著褻衣去浴房。浴桶裡的水已經涼透，周二郎放掉浴桶裡的水，重新換了熱水，才回房間抱淩嬌去浴房。

走到浴房門口時，周二郎試探喚了聲。「外面有人嗎？」

微微停頓後，有人回應。「舅老爺。」

有人……周二郎想到先前他和淩嬌歡愉，屋子外竟然有人，深吸一口氣。「把床單和被褥換掉。」

他可以委屈自己，卻不能委屈了淩嬌。

抱著她進了浴房，給她洗澡擦乾，換上乾淨的衣裳，又抱著她回了房間。床上的被褥和枕頭都已經換了，屋子裡更點了熏香，窗戶開著讓屋裡的氣息散去，周二郎將淩嬌放在床上，回浴房快速清洗了自己，換上乾淨的衣裳，抱著淩嬌和自己的衣服出了屋子。

伺候的丫鬟紅蓮、紅玉和紅萍立即上前。「舅老爺。」

「妳們這兒在哪兒洗衣裳？」

三個丫鬟一愣，紅蓮忙上前說道：「舅老爺是要洗衣服嗎？交給奴婢來吧！」

「不了，我自己……」周二郎說著，微微一頓，把衣裳遞給了紅蓮。「妳拿去洗了吧！」

「是。」紅蓮從周二郎手中接過衣裳。

「辛苦妳們了。」

三個丫鬟聞言，頓時紅了臉，連忙福身行禮。「舅老爺客氣了。」

周二郎嗯了一聲，轉身回了房間，靠在床邊，心裡千迴百轉，就這麼守了淩嬌一夜，天明時分才迷迷糊糊地睡去。

隔天，周二郎和淩嬌起得有些遲，也沒人來打擾。紅蓮早早去稟報周敏娘兩人起遲的原因，周敏娘先是一愣，隨即笑了起來。

她作為過來人，巴不得周二郎和淩嬌感情好，房事和諧，才能早些生兒育女，笑道：「知道了，過去好好伺候。」又示意大丫鬟喜鵲。「賞她們一人二兩銀子。」

紅蓮歡歡喜喜應下，連帶著把紅玉、紅萍的賞錢帶上，樂哈哈地回了客院。路上遇到蔣公公，紅蓮忙規規矩矩行禮。「見過爺。」

蔣公公微微點頭，笑道：「周員外、周夫人還沒起呢？」

紅蓮一愣，不知道要怎麼說。

蔣公公見紅蓮這般，心中有數。「不麻煩姑娘了。」轉身回了院子，向皇帝稟報。

皇帝微微挑眉。「還沒起來嗎？」

「回皇上，還沒呢，興許是趕路太累，加上昨晚上又睡得遲，所以……」都是過來人，皇帝又怎麼會不明白，心裡就有些冒火。「這周二郎實在是可惡，明知道嬌嬌身體不好，還敢胡來……」

蔣公公一聽，暗想要壞事，忙道：「皇上，興許郡主也是願意的，不然依著那周二郎對郡主的寵愛，怎麼可能違背郡主的意思？」

皇帝冷哼一聲。

蔣公公可不敢說一句周二郎的不是，一個勁兒地說著是小倆口感情好，情之所至，倒也可以理解；更不敢火上添油，慫恿皇帝拆散周二郎跟淩嬌，他又不是嫌命太長了。

「皇上，如今郡主既然不記得以前的事，皇上便不提了唄，讓郡主就這麼開開心心的也滿好，畢竟郡主若是真記起來了，那和世子爺的事可怎麼辦？」

皇帝聞言，心一動。

「唉，朕也就是說說。罷了罷了，兒孫自有兒孫福，朕眼看著也老了，大不了早早退位去陪嬌嬌幾年，把這些年朕欠她們娘兒倆的，都補償回來。」

「那皇上心中可有了人選？」

蔣公公問了之後便驚覺自己實在逾矩了，恰巧皇帝冷冷看來，蔣公公心一緊，就要跪下去請罪。

皇帝淡淡挪開了眼眸。「此事朕心中有數，你別摻和進來，也別露了風聲出去。」

不管是誰，都要在他查出幕後黑手之後再決定。

當然，小三肯定機會是大一些的，畢竟那麼多的兒子，只有小三一直念著嬌嬌這個妹妹，不管小三是真心顧念兄妹之情，還是為了討好他，起碼他有這個心，又是皇后所出。至於其他幾個……

皇帝微微瞇了瞇眼。害淩嬌之人，他是把後宮幾個嬪妃、幾個皇子全部懷疑上了，一個也沒漏掉。

聞人鈺璃一夜未睡，看著手中的信，微微嘆息。

這麼多個兒子，還不如一個外室所生的女兒。

他早年便懷疑皇帝對平樂郡主太好了，對她的疼愛更是超過了公主、皇子，他也曾羨慕嫉妒過，想著父皇待他若有平樂郡主一半好，他便心滿意足了；只是願望是美好的，現實卻是殘酷的。

如今明白了真相……聞人鈺璃深深吸了幾口氣，年紀大了，對於父愛，也不去希冀了，為了自己的母后，為了外祖父一家子，他必須去拚，必須去算計。

「爺，皇后娘娘派人來傳話，說身子有些不適，請爺進宮去探望，陪皇后娘娘說會兒話。」

聞人鈺璃不語，沈默片刻，才把信函丟到火盆裡燒了個乾乾淨淨，淡淡說道：「走吧！」

皇后靠在貴妃椅上，任由宮婢給她捶腿捏肩，手中拿著一本書，慢慢翻著。皇后是個美貌的女子，現在四十五歲的年紀，瞧著卻像三十歲出頭。

「皇后娘娘，三皇子到了。」

皇后聞言，放下書籍。不一會兒，聞人鈺璃一身清爽地進了未央宮大殿。

皇后看著唯一的兒子，笑了起來。「來了。」

「兒臣見過母后。」聞人鈺璃恭恭敬敬行禮，嘴角含著笑意。

「快起來。」

「聽傳話的太監說母后身子不適，如今可好些了？」

「一點頭疼腦熱，不礙事的，璃兒莫要往心裡去。」皇后說著，擺擺手，宮婢、太監立即退了出去，宮裡只剩下母子兩人。

皇后起身，拉了聞人鈺璃坐在身邊，才說道：「得到消息了？」

聞人鈺璃點頭，神色平靜。

皇后微微一嘆。「璃兒，聽母后一句勸，莫要嫉妒、莫要怨恨，平樂的榮光都是威武大將軍拿命拚來的；而她不進宮，只生下平樂一個，就夠咱們記她一輩子好。」

「母后……」

聞人鈺璃心中也明白，如果威武大將軍凌珂進宮了，依著皇帝對她的寵愛，定不會讓她日日屈居於人之下，而他的母后恰好擋住了凌珂的路。

「璃兒，說起來，她是個聰明的，因為看得清楚情勢，不肯進宮卻大權在握，想去哪兒就去哪兒，還有你父皇滿心的愛；一旦她進宮，面對這後宮佳麗三千，她勢必要爭要搶要奪，一個女人只要有了壞心，再美好的人在男人眼裡都會大打折扣。威武大將軍是個聰明的人，所以她選擇不進宮，把一切美好留住。」

皇后說著，想起第一次見到凌珂時，凌珂看她的眼神，有錯愕、有釋然，或許那一刻，凌珂便已經有了決定。

不爭不搶不奪，成全了自己，也成全了她這個皇后。

所以她投桃報李，讓聞人鈺璃也不要記恨，畢竟若是凌珂進了宮，她必死無疑，聞人鈺璃能不能平安長大也是未知。

「母后，放心吧，我拿平樂當自己親妹子看，又怎麼會去害她？相反來說，我感激她還來不及。」

因為平樂郡主與他關係好，他在這場奪儲大戰中，已經得了先機。

「你明白就好，母后也是怕你以後後悔。璃兒啊，皇家的兄妹之情本就淡薄，以前母后瞧你跟平樂那麼好，心裡也是開心的。」

聞人鈺璃驀然抬頭。「母后，莫非您早就知道了？」

皇后滿心淒涼，微微點頭。「是啊，很早就知道了。」

很早就知道皇帝有心上人，那個人從小被當成男孩子養，而她情竇初開的時候，對那人也迷得不行，整日作著能夠嫁他為妻的美夢，卻不想一朝美夢醒，迷戀的他竟然是她。

或許因為她，淩珂才不進宮的吧？

「母后不恨嗎？」

皇后搖頭。「璃兒，你不懂，她帶給母后多少快樂，如今回想起來，儘管她騙了母后那麼多，卻從未傷害過母后，甚至處處維護。璃兒，或許現在的皇子妃不是你所想的那般，可是你捫心自問，你又用多少心去待她？璃兒，答應母后，別讓皇子妃成為母后這般的女子，太可悲了。」

聞人鈺璃一愣，忽然想起周二郎對淩嬌的喜愛。

每一次他說起淩嬌的時候，都是眉飛色舞，總覺得那個女子是最好的，怎麼也愛不夠；而他對季馨苑，卻從不記得她會些什麼、喜歡什麼、不喜歡什麼，就連季馨苑給他生的兩個孩子，他也看得很淡，從來沒有過多地關心過。

「母后，我知道怎麼做了。」

他總是怪父皇對他、對母后不屑一顧，而他轉個身就對最親近的人不屑一顧，他和父皇是五十步笑百步，半斤八兩。

出了宮，聞人鈺璃直接回了三皇子府，去了季馨苑的院子。季馨苑正在餵兩個孩子吃早飯，一人一口，小心翼翼，滿心憐愛。季馨苑長得本就不差，只是為人妻、人母之後，渾身都多了一分內斂，瞧著也賞心悅目。

聞人鈺璃站在不遠處，看著母子三人其樂融融，也不言語。

忠王府。

屋內，忠王坐在椅子上，看著優雅喝茶的忠王妃。「這幾日總覺得心神不安，莫不是要出事？」

忠王妃聞言，淡淡瞄了忠王一眼。「聞人鈺清查不出來的。」

她早把一切證據都銷毀了，聞人鈺清又不是神，又怎麼查得出來？

「可我這心還是有點不安……」

第八十一章

凌嬌是被抱醒的，睜開眼睛，感覺自己被周二郎緊緊抱住，她動了動，周二郎立即驚醒過來。「怎麼了？要起了嗎？」

凌嬌看著他那小心翼翼掩藏的緊張、慌亂，驀然想起，昨夜昏睡過去的瞬間，周二郎在她耳邊低語，哀求她不要離開他，如果她離開了，他便活不了了。

這男人啊……

凌嬌抬手，捶了捶周二郎心口，含羞地責怪道：「都怪你，害得我現在腰痠背疼的，快幫我揉揉。」

周二郎一愣，隨即笑了起來，起身。「好。」

凌嬌翻了個身，趴在床上，周二郎立即給她按摩。「怎麼樣，要不要重一點？」

「嗯，重一點。」

凌嬌閉著眼睛享受，周二郎聽得面紅心跳，心裡倒是美孜孜的，跟吃了蜜一樣。他私心裡巴不得凌嬌多黏著自己一些，或者對他要求多一些，讓他覺得自己在她心裡，其實是重要的。

「還痠痛嗎？」周二郎輕聲問。

凌嬌搖搖頭。「好多了，就是不想起床，肚子又有點餓……」

周二郎聞言，心疼壞了。

要是在自個兒家裡，不起就不起吧，想吃什麼他去做，做好了端進屋子就是，可如今是在周敏娘家裡。「阿嬌……」

「嗯。」

「咱們過幾天就回家吧！」

「這麼快？」凌嬌錯愕，她都還沒來得及玩呢！

「家裡事情多啊，阿寶也要回去讀書，敏娘咱們見到了，孩子過得好，我也就安心了，咱們早些回去，就要準備過年了呢！妳不是想殺年豬嗎？咱們家雖然沒來得及養豬，但是可以問村子裡的人買一頭肥的，到時候妳可以拿來灌香腸、燻臘肉，要是一頭肥豬不夠，咱們買兩頭。」

周二郎心裡想明白了，回家了，凌嬌見到的人就少，他才能安心。

「可是我都沒出去玩，好多東西也還沒買呢！」

「那就多玩幾天，玩完了回去吧！」

說到底還是捨不得凌嬌難受，周二郎那點堅持，瞬間微不足道了。

凌嬌笑，起身捧住他的臉狠狠親了一口。「二郎最好了。」她去了內室，一番解決好之後，出來穿上衣裳，見周二郎還坐在床上發呆，凌嬌失笑，給他挑衣裳，走到床邊。「回神了！」

周二郎聞言回過神來，也在凌嬌臉上親了一口。「阿嬌也很好。」

穿戴好，淩嬌開了門，三個丫鬟立即端了熱水、洗漱的東西過來，淩嬌擺擺手。「不用伺候了，我們自己來。」

紅蓮微微一笑，轉身去收拾床，卻見床被已經疊得整整齊齊，壓根兒沒她們什麼事。

「舅老爺、舅夫人，馬上就要午飯了，你們要不要先來些點心墊墊？」

「來兩碗湯吧！」

不一會兒，兩碗熱氣騰騰的雞湯端來，淩嬌、周二郎一人一碗，因為養病期間，淩嬌是天天雞湯、雞肉進補，對雞湯早就厭煩了，這雞湯雖然香，喝了幾口也不禁搖頭。

「怎麼了？」周二郎是喝得正酣，覺得雞湯味道非常好。

「不想喝了。」

周二郎笑。「那妳再喝一口，剩下的我來喝。」

淩嬌點頭，輕輕抿了一口，把碗遞到周二郎面前，他接過碗，沒兩下就喝了個乾乾淨淨，還意猶未盡地舔了舔嘴唇。

淩嬌就不懂了，一起喝了幾個月的雞湯，他還沒喝膩？

「好喝嗎？」淩嬌歪頭問，拿了手絹擦擦自己的嘴角，又給周二郎擦了擦嘴角。

周二郎笑著點頭。「好喝。」

「回去後，我天天熬給你喝。」

周二郎一聽，頓時心花怒放。「好啊，我們一起喝。」

三個丫鬟看淩嬌、周二郎這般恩愛，羨慕不已，也希望自己嫁給一個像周二郎這般，有銀子、長得也不差，最重要是還待媳婦好的。

兩人手牽手出了屋子，周二郎略微害羞，淩嬌卻不管那麼多，緊緊扣住周二郎的手，她要讓某些人知道，她對周二郎是真心的，誰也不能拆散他們。

誰也不能。

大廳，周敏娘陪忠王世子妃沈芊茗說話，幾個孩子在屋子裡玩。沈芊茗的兩個孩子比阿寶小，這會兒正抱著周敏娘送給他們的兔子玩偶，愛不釋手地玩著。

阿寶陪在一邊，一副大哥哥的樣子。

「敏娘，你這外甥可真是懂事。」

周敏娘笑。「嗯，阿寶的確懂事，也是我嫂子教得好。」

「對了，妳嫂子人呢，怎麼這會兒還沒見到？」沈芊茗不解。

周敏娘湊近，在她耳邊低語幾句，沈芊茗噗哧笑出聲。「妳這壞胚子，竟拿這事來打趣我，看我饒不了妳。」

「嫂子，這夫妻敦倫本是常理，看妳臉紅的。」

妯娌兩人打趣一會兒，便聽丫鬟稟報。「世子妃、郡王妃，舅老爺、舅夫人過來了。」

沈芊茗立即站起身，朝外面看去，就見淩嬌、周二郎牽著手走來，她微微一愣。這會不會太恩愛了？雖然說感情好是好事，但是……

「二嫂。」周敏娘迎了上去。

「敏娘。」

姑嫂兩人說了幾句話，周敏娘便拉著淩嬌走到沈芊茗面前。「二嫂，這是世子妃。」

淩嬌微微福身。「世子妃。」

沈芊茗笑了起來。「自家人，何必在意這些虛禮？」

「世子妃這禮卻是必須受的，這些日子，虧得世子妃照顧我們家敏娘，我這個做嫂嫂的實在無以回報，這便跟世子妃行禮了。」

「美得妳呢，行幾個禮便算答謝，妳願意，我可不樂意。」

淩嬌和周敏娘聞言一愣。

沈芊茗噗哧笑出聲。「至少也得做幾十個布偶給我家兩個孩子才行。」

周敏娘還沒反應過來，淩嬌卻笑出聲。「好，等我回去後，有什麼新花樣一定多送些過來，以後可不只敏娘的，連世子妃也有。」

「這可是妳說的，可不許反悔。」

周二郎行禮之後，便有人過來請周二郎去花園，說聞人鈺清設了小宴。周二郎沒多想便去了，哪裡曉得，花園裡只有皇帝一人。

周二郎頓時心裡打鼓，他硬著頭皮上前，微微抱拳，卻不知道要怎麼喚皇帝。

皇帝看了周二郎一眼，收斂了情緒，不鹹不淡地說道：「坐吧！」

周二郎點頭，心思千迴百轉，走到皇帝對面坐下。石桌上的菜餚雖少，但道道精緻，看著就讓人特別有胃口。

皇帝把酒杯推到周二郎面前。「喝喝看味道如何。」

周二郎端起酒杯，輕輕抿了一口。「挺香。」

其實他也喝不出個所以然來，只是這酒聞著就香，含到嘴裡更是逸出一股香甜，不濃不淡，卻極好聞。

皇帝笑。「這是百花釀，用一百種花的露水釀成，一年才釀得三十斤，其中二十斤進貢到宮中，十斤拿來賞賜給有功勛的官員，一般人是喝不上的。」

只是每一年，因為嬌嬌喜歡，皇帝總是留下十斤在宮裡，十斤賞賜給淩嬌。這些年下來，皇帝每年都派人送酒到將軍府，就是想著有朝一日淩嬌回到將軍府，想喝就有得喝。

周二郎聞言，深吸一口氣。「這麼貴重的酒，我還是第一次喝到。」

「既然是第一次喝，味道也還不錯，就多喝一些吧！」

皇帝說著，不停勸他喝酒。

周二郎拒絕過幾次，皇帝總是找了話讓他喝，直喝得周二郎兩眼冒星，連說話都大舌頭起來。

「喝，繼續喝……」周二郎說著，打了一個嗝，笑了起來。「我沒醉，阿嬌不喜歡喝醉的男人，呵呵，我沒醉，我要回去了，你、你……」周二郎說著，只覺得一陣天旋地轉，笑道：「你別轉，別轉，你再轉會摔倒的……」

皇帝看著周二郎，冷淡問道：「你想要什麼？」

「想要什麼？」周二郎嘀咕著，很仔細地想了想，才肯定地說道：「我什麼都不要，我只要阿嬌，只要阿嬌。」

「一個女子而已，你要來何用？」

「不不不。」周二郎一個勁兒地搖頭，站起身想要跟皇帝議論，卻是身子一軟，摔倒在地，依舊堅持說道：「阿嬌不單單是一個女子，她是我心愛的女子，還是我孩子的娘。」

周二郎說著，笑了起來，眼神也有些迷離。「我偷偷告訴你哦，我很喜歡、很喜歡阿嬌的，第一眼瞧見的時候就喜歡了。」

「你喜歡她什麼？天底下比她漂亮好看的女子多了去，只要你有銀子、有地位，什麼樣的女子都能娶得到。」皇帝繼續哄道。

「不要不要，我都不要，我只要阿嬌。」

沒有人知道阿嬌之於他，不只是喜歡的女子那麼簡單的。

她帶給他的驚喜、希望那麼多，她教會他如何做人，她從來不跟他爭執任何事，不管他說什麼，她總是笑咪咪地支持；對了，還跟著他一起歡喜，如果他錯了，她也會笑著提醒他，從來不嘲笑他。

「我給你銀子、給你權勢，跟你換阿嬌可好？」

周二郎忽地哭了起來。「為什麼……為什麼都要跟我搶，我什麼都沒有，只有一個阿嬌，為什麼你也要跟我搶？你這麼老了，阿嬌還那麼年輕，你怎麼這麼壞？」

當初他拿謝舒卿一點辦法都沒有，如今又來一個糟老頭子，周二郎後悔了，不該出來的，就應該在周家村，如果沒出來，覬覦她的人就不會那麼多了。

「是，我就要跟你搶，看看你現在這個樣子，懦弱無能，又怎麼配得上嬌嬌？如果我是你，就識趣點，早點離開她，讓她去尋找屬於她的幸福。」

「不、不，我不要，我不要離開阿嬌，我不要！」周二郎吼著，掙扎著站起身，朝皇帝撲去。「我跟你拚了！」

他雙眸冒凶光，這一刻的周二郎心懷怨恨。

皇帝快速閃開，周二郎撲了個空，一下子摔倒在地，雙手握拳，重重捶打著地。

「我沒用，我沒用……我為什麼這麼沒用？」

皇帝瞧著，眸子微動。

都說酒後吐真言，經過這幾日的觀察，周二郎是一個很穩重溫厚的男人，待嬌嬌也的確好，今兒這一番試探……皇帝微微嘆息，若說周二郎有什麼配得上嬌嬌的，也只有這真心了。

「蔣德海。」

蔣公公幾乎是立刻出現在皇帝面前。「爺。」

「把人送回去吧！」皇帝說著擺擺手。

蔣公公明白，皇帝在試探周二郎，眼下這樣子，周二郎應該是過關了。「是。」他上前架起爛醉如泥、還一個勁兒說自己沒用，不要離開阿嬌的周二郎，回了客院。

皇帝待蔣公公離去後才說道：「還不出來？」

聞人鈺清尷尬地笑著從拱門外走至皇帝身前跪下。「見過皇上。」

皇帝看了聞人鈺清一眼。「起來吧！」

聞人鈺清心裡也是犯嘀咕，早知道皇帝疼愛平樂郡主，卻不想疼寵至此，如今還有閒心來試探周二郎，確實詭異。

「你都聽到了？」

「是，臣都聽到了。」

「那你說說看，這周二郎的話可靠譜？」

說靠譜吧，怕得罪皇帝；說不靠譜吧，更得罪皇帝。

「回皇上，舅兄對嫂子向來是極好的，要說有一口吃的，舅兄絕對不是自己吃，也不給阿寶吃，更不是給敏娘吃，定是給嫂子吃的；口袋裡有一文錢，舅兄也是留著給自己用，也不可能給阿寶、敏娘，鐵定也是給嫂子用，哪怕嫂子拿著這錢丟池塘去，舅兄鐵定想著，只要嫂子開心就好。」

皇帝聞言，沈默了會兒。「真這麼好？」

「是，舅兄對嫂子的愛，至死不渝。」

聞人鈺清說著，偷偷看皇帝表情，見皇帝臉色漸漸放鬆下來，才呼出一口氣。

「你下去吧，此事不必再提。」

不管周二郎是真心也好，假意也罷，只要嬌嬌還想跟周二郎過，他就有千萬種辦法讓周二郎真心下去。

第八十二章

都說三個女人一臺戲，這會兒，三個女人在大廳說了一會兒話，又決定一起去廚房，就因為淩嬌說漏了一句，她做的飯菜味道還不錯，結果這兩人一定要拉著她去廚房做，順便教她們。

淩嬌也不好拒絕，便跟著來到廚房。

不得不說，郡王府的大廚房內真是什麼都有，尤其是那些香料，真是齊全。她本就喜歡做飯，指揮下人燒火、洗菜，準備她需要的東西，待油鍋熱了，倒入配料、爆香，快速翻炒、調味、舀起。

「哇，好香啊！」沈芊茗低呼，有丫鬟立即用筷子挾了放到小碗裡讓沈芊茗嚐，沈芊茗吃了一口。「唔，好吃。」

王府大廚飯菜做得單調，也不會像她往裡面放了好些東西進去，看著五顏六色的，又香又好吃更好看。

淩嬌快速炒了幾道菜，卻見丫鬟快速走來在周敏娘耳邊稟報，周敏娘臉色變了幾變。

「怎麼會？」

「回郡王妃，郡王讓奴婢請舅夫人過去。」

周敏娘知道，聞人鈺清定有什麼話要跟淩嬌說。「我知道了，妳去外面等著。」

周敏娘上前在淩嬌耳邊低語幾句，淩嬌一愣。「我這就過去。」

「嗯。」

淩嬌跟在丫鬟身後出了廚房，去了聞人鈺清的書房。到了書房外院，聞人鈺清立在院子等她，見到淩嬌，聞人鈺清忙客氣行禮。「嫂子。」

淩嬌微微一笑。「有事嗎？」

為了避嫌，聞人鈺清也不請她進屋子去坐，而是招呼淩嬌坐在院子裡的石凳上。「嫂子，妳真不記得過去的一切了嗎？」

過去的一切？

這身體過去的一切，她真的一點印象都沒有。

她搖搖頭。「我被二郎買回家的時候撞過牆，然後就暈過去了，所以，我除了知道自己叫什麼名字，其他的都不記得了。」

「家在何處、幾歲了、家裡還有些什麼人，都不記得了嗎？」

「都不記得了。」

聞人鈺清看著淩嬌好一會兒。「其實能解嫂子困惑的人已經在郡王府，如果嫂子想要解惑，可以去問一問；還有，舅兄被灌醉了，嫂子……」

聞人鈺清話還未說完，淩嬌卻已經站起身。「我先告辭了。」

她快速出了院子，對守候在門外的丫鬟說道：「帶我回客院吧！」

「是，舅夫人。」

凌嬌回到客院的時候，遠遠就聞到一股酒香，三個丫鬟立在門外，周二郎一個人躺在床上，酒氣熏天。三個丫鬟見到凌嬌，忙行禮。「舅夫人。」

紅蓮也是嘆息。剛剛她們本想進去伺候的，卻被周二郎狠狠推開，硬是不許她們靠近一步。

「去幫我打盆熱水來，再去廚房幫我煮一碗醒酒湯。」

「是。」

凌嬌進了屋子，坐到床邊，見周二郎紅著臉，閉著眼，整個人似乎很難受。「明知道自己酒量不好，還這麼拚命喝，喝壞了身子可怎麼是好？」

似乎是聽到凌嬌的聲音，周二郎睜開了眼睛，看著她，呵呵一笑。「阿嬌……」

凌嬌應了一聲，伸手摸了摸周二郎額頭，滾燙燙的。

「阿嬌，我不要跟妳分開。」

「傻子，我永遠不和你分開。」

「真的？」

凌嬌點頭。「真的，永遠都不和二郎分開，永遠陪在二郎身邊，我還要給二郎生幾個孩子呢！」

「可是、可是我配不上阿嬌。」

「怎麼會？我家二郎這麼好，心地善良又誠實守信，又那麼、那麼愛我，這麼好的男人，怎麼會配不上我？」

「阿嬌……」周二郎低喚，伸手抱住凌嬌的腰。「阿嬌……」熱淚滾滾。

他一直知道自己配不上凌嬌，從一開始就知道，只是一直以為，自己努力了、爭取了、上進了就可以配得上，可如今看來，還是配不上的。

凌嬌瞧得心一酸，什麼也不勸了。

等紅蓮端來熱水，凌嬌給周二郎洗臉擦手、脫了衣裳，讓他喝了醒酒湯，安安心心睡下，凌嬌看了周二郎許久，才出了屋子。

蔣公公見到凌嬌時，欣喜不已。

「我要見你家主子。」凌嬌冷淡地說，神情疏離。

蔣公公一愣。「夫人隨奴才進來吧，爺等妳許久了。」

屋子裡，熏香繚繞，皇帝立在窗戶邊，看著窗外一株光禿禿的臘梅。蔣公公恭恭敬敬稟道：「爺，周夫人到了。」

皇帝回眸看了凌嬌一眼。「你下去吧！」

蔣公公應了聲，連忙退下，房間裡，只剩凌嬌和皇帝。

與外男相處，凌嬌有些緊張，這個毛病似乎從綿州回來後便有了，雖然她總告訴自己沒事，但心裡已經有了陰影。

「想聽個故事嗎？」皇帝輕聲問。

凌嬌點點頭。「好。」

「以前有個皇子，雖然長得不錯，但母妃是一個低賤的宮婢，他非常不得寵，在皇宮裡的地位甚至不如得臉的太監、宮女，誰都可以欺負他。直到有一天，有個少年出現了，那個少年威武不凡，武功更是高強，少年保護了皇子，教皇子讀書認字、練武，更幫著皇子漸漸在皇帝面前露臉，讓皇帝注意到他。」

皇帝說著，聲音顫抖，竟是陷入往昔回憶之中，久久回不過神來。

「只是，皇位的爭奪實在太殘酷了，皇子沒有任何優勢，他原本也不想去爭奪，只是他那些兄弟一個個都不信，想方設法地要害他、收拾他，他沒有辦法，只能爭。

「他的那個好朋友，為了他去了邊疆。臨走的那一天，少年告訴皇子一個秘密，一個皇子期盼已久、作夢都想著的秘密，皇子好興奮、好開心，也越發有了衝勁。皇子想，他一定要做皇帝，一定要給少年一個未來，也要保護少年；只是……皇子被賜婚了，賜了一個他根本不喜歡的女子，那一刻，皇子想死的心都有了。

「五年後，少年回來了。皇子以為少年會怪他、恨他，但少年沒有，少年只是抱著他哭了一場，哭得好傷心、好難受。那一夜，皇子和少年有了首尾，那少年其實一直是個女子……」

皇帝說著，早已經淚眼模糊。

他想起了淩珂，那個曬得黝黑，卻依舊是他心中最美、最美的女子，是他對不起她，是他負了她。

「後來呢？」凌嬙問。

「後來？」皇帝看向淩嬙。「後來，少年有孕，沒有辦法，只能娶了一個門第不高的女子，偷偷地生了一個孩子。那是一個粉雕玉琢的女孩，皇子給她取了名字：嬙嬙，那個女孩叫嬙嬙。」

嬙嬙……淩嬙懂了，那個女孩是皇帝的女兒，而這個身體的前主人便是那個女孩。

「我……」

「嬙嬙，妳可是在怨恨我？」

淩嬙不語。根本不關她的事，她恨什麼？怨什麼？

「或許妳會想，皇家無情，可是嬙嬙啊，皇帝也是人，他也會有想要守護的人。嬙嬙，哪怕妳真忘記了什麼，妳依舊是朕的女兒，是這個大曆國最最尊貴的公主。」

皇帝說著，朝淩嬙走近，淩嬙嚇得往後退了好幾步。

皇帝見淩嬙害怕，想到她經歷的那些惡夢，疼得心都碎了，立在原地。「嬙嬙，妳莫怕，父皇不會傷害妳，也不許任何人傷害妳，妳莫怕啊！」

那些殺千刀的，他定不會放過，一個個都該死，全部都該死！

淩嬙深吸一口氣。「你是皇帝？」

「是，朕是皇帝。」

「我是你的女兒？」

皇帝點頭。

凌嬌心中千迴百轉，好一會兒才說道：「你很疼我嗎？你什麼事情都依著我嗎？事事都依我的意願，不管我要什麼，你都會答應？」

皇帝看著凌嬌，淡淡笑出聲。「對於嬌嬌，自始至終，只有一事不曾應允；便因為不曾應允，害得嬌嬌在外受苦六年，作為一個父親，心裡是又痛又悲，可若再來一次，想來還是不會應允的。」

若是表兄妹，本是親上加親、喜上加喜的事，他何樂而不為？可偏偏那是堂兄妹，還那麼親近，他怎麼能昧著心去成全，反而更害了他最心愛的嬌嬌。

對於以前的事，凌嬌不想計較，因為壓根兒不關她的事，但是以後的幸福，她卻是要抓住的。

「都過去了，我也忘了，皇上就不必再提了。」

「皇上？」終歸還是不肯認他嗎？

「給我些時間適應吧，我想，皇上會是一個好父親的。」

皇帝聽了凌嬌這話，倒是笑了起來。「依妳吧！」

凌嬌鬆了一口氣，見桌子上有茶壺、茶杯，伸手勾起茶壺，倒了一杯遞到皇帝面前。

「皇上，喝茶。」

皇帝眸子閃了閃，俊逸的臉上浮上一抹笑意，伸手接過，輕輕抿了抿。「嬌嬌倒的茶，味道就是不一樣。」

「我可不只會倒茶，我還會做很多菜餚呢！」

皇帝見淩嬌這般討巧賣乖，笑了起來。「何必自己親手做，尋幾個廚娘好好教導一番，想吃什麼讓廚娘去做就好。」

皇帝其實更想說，偶爾做一次便好，日日做，沒得被油煙熏著、被油漬燙著。可這些話，皇帝怕說了，淩嬌心裡不樂意。

淩嬌聞言，覺得皇帝說的真是太對了。以前她沒有靠山，前怕狼、後怕虎，如今不一樣了，她有了這個靠山，天底下誰敢給她苦頭吃？

「皇上說得對，等回去以後，我與二郎好好商量商量，到時候就去京城投靠皇上。」

「傻孩子，京城本就是妳的家，將軍府也是要妳來繼承的，說什麼投靠不投靠的。」皇帝說著，因為淩嬌要回京城，他心裡格外舒坦。「說起那周二郎，雖然窮了點，文不成、武不就的，卻難得有一顆赤子之心。」

淩嬌心思微轉，臉上浮起了笑意。「皇上，有句老話說得好，易求無價寶，難得有情郎。二郎雖然沒有萬貫家財，但他有一顆真心，我們一路走來，遭遇了很多很多，可他卻一直堅持待我如初，從未變過。」

在淩嬌的臉上，他看見了幸福。

皇帝深深嘆息。他所求的，不也就是嬌嬌幸福嗎？如今既然幸福了，他又何必堅持要拆散他們，徒惹怨恨。

「既然妳覺得他那麼好，那便讓時間來考驗，看看他到底是不是如妳說的那般好。」

「好。」

「回去吧，那百花釀後勁很足，怕是有他受的。」

凌嬌站起身，朝皇帝福了福身，出了屋子。

凌嬌深吸了幾口氣。作夢都沒有想到，這身體的主人會是一位公主，也非常同情她的遭遇，更有些好奇，她到底經歷了些什麼，才會絕望地撞牆而死，讓她撿了這麼一個大便宜？

卻見丫鬟紅蓮在院子門口著急地朝她招手，凌嬌有些錯愕，想到周二郎，連忙上前去。

「怎麼了？」

「舅夫人，快跟奴婢回去吧，舅老爺迷迷糊糊醒來不見夫人，這會兒正鬧騰得厲害呢！」

凌嬌嘆息一聲，心裡多少有些無語。周二郎喝醉過一次，也沒發酒瘋，乖乖睡得跟豬一樣，說到底是被嚇得不輕，諸多壓力壓在心裡，又怕她被人帶走，醉了也不得安生。

「快帶我過去吧！」

第八十三章

凌嬌和周二郎的客院有些距離，加上彎彎繞繞的，不仔細記還會迷路。

客院外，幾個婆子把守著，不讓人靠近，見凌嬌走來，忙福身行禮。「舅夫人。」

凌嬌點頭，走進院子，就聽到周敏娘軟言軟語的勸聲。「二哥，你先進去吧，嫂子一會兒就回來了。」

沒聽到周二郎的聲音，凌嬌加快腳步走進去，只見周二郎坐在臺階上，滿眼通紅，衣裳、頭髮都亂糟糟的，整個人跟丟了魂一樣，周敏娘在一邊勸著。

周敏娘見凌嬌回來，著急道：「嫂子……」

周二郎一聽周敏娘喚嫂子，欣喜若狂地抬眸看向凌嬌，起身想要走向凌嬌，卻沒想到雙腿發軟，整個人直接栽倒在地。

「二哥……」周敏娘低喚，忙上前想要扶起周二郎。

凌嬌卻冷淡地看著周二郎。「敏娘，別扶他，讓他自己起來。」

「可……」

周敏娘想說，周二郎喝醉了，但也明白，她二哥實在是愛慘了這個嫂子。「那嫂子，我先去準備午飯了，一會兒派人送過來吧！至於阿寶，一會兒跟我一起吃了。」

「好。」

周敏娘朝淩嬌點點頭，帶著丫鬟、婆子離去，院子裡只剩淩嬌和趴在地上的周二郎。

淩嬌居高臨下地看著周二郎，好一會兒才蹲下身，朝他伸出手。周二郎紅著眼眶，把手放到淩嬌手中。「阿嬌……」

沒人知道他現在多慌、多怕、多恐、多懼，知道得越多越害怕，越害怕越會想，想得腦子都疼了；喝醉之後糊塗了，這會兒又清醒了，清醒之後才察覺淩嬌不在身邊，那瞬間，他只覺得漫天漫地的絕望將自己淹沒，再不見一絲希望與光亮。

所有人都覺得他可能是在發酒瘋，但他心裡明白，這會兒的他無比清醒。

淩嬌終歸還是心軟了，伸手幫周二郎把頭髮捋順。「起來吧！」

這一刻的周二郎真是無比聽話，乖乖起身，靠在淩嬌身上，跌跌撞撞地跟淩嬌進了屋子，淩嬌讓周二郎坐在床邊，轉身準備給他拿一套乾淨的衣裳換上，周二郎卻緊緊抓住淩嬌的手。

「阿嬌？」

「你身上衣裳髒了，我去給你拿一套乾淨的衣裳，換了衣裳好好睡一覺。」

「妳要去哪兒？」

「我哪兒都不去，就陪著你。」

周二郎笑了，雙眸明亮璀璨。

他鬆手讓淩嬌去拿衣裳，換好衣裳後，靠在床上，淩嬌坐在一邊拿著一本書翻看，兩人不說話，卻是安逸美好。周二郎睜著泛紅的眼睛看著淩嬌，滿心滿眼全是說不盡的幸福，淩嬌也不理會周二郎，任由他看，專心看著書。

「阿嬌……」

「嗯？」

「妳給我講個故事吧！」

淩嬌失笑。「你又不是阿寶。」

「阿嬌便心疼我些，給我說一個吧！」

周二郎說著，聲音啞得倒有些撒嬌的意味。

淩嬌噗哧笑出聲，伸手點了點他的額頭。「瞧你這德性，倒有些像阿寶了。」

周二郎也笑了，靠在淩嬌身側，伸手摟住淩嬌的腰。淩嬌輕輕柔柔開口。「從前……」

不一會兒，身側便傳來平穩的呼吸聲，淩嬌轉頭看去，見周二郎已經睡了過去。

她嘆息一聲。他曾經說得那麼勇敢無畏，說什麼如果她有了喜歡的人，他一定會成全；如今她還沒有喜歡的人，也沒說要去哪裡，他便忍不住鬧騰起來，也要起了心思。

「舅夫人，飯菜來了。」

「幫我擺到床邊來吧！」

「是。」

紅蓮招呼紅玉、紅萍進來，抬了桌子到床邊，把食盒裡的菜拿出來擺在桌子上，小聲說道：「舅夫人，王妃讓奴婢告訴舅夫人一聲，舅夫人做的飯菜已經給黃老爺送過去了，這些都是王妃特意吩咐廚房做的。」

凌嬌點點頭，在紅玉端來的盆子裡洗了手，才端了碗、拿筷子挾菜，但當瞧見盤子裡的菜時，卻愣住了。「這菜是廚房特意做的？」

「對啊，王妃特意吩咐的，舅夫人，有什麼問題嗎？」

「問題大了，紅蓮，妳現在立即去告訴郡王妃，這些菜不能吃，如果吃了，快想辦法吐出來，然後速速去廚房把做這菜的廚子抓起來，快去！」

紅蓮見凌嬌神色肅穆，也有些害怕，不敢猶豫，直接往飯廳跑去，路上遇到郡王府下人，也沒停下來說幾句。

剩下的事情，周敏娘是怎麼處理的，凌嬌沒有問也沒管，這畢竟是周敏娘的家事，她只是娘家嫂子，再者郡王爺可不是吃素的。

後來，周敏娘親自請教凌嬌，凌嬌才告訴她，很多東西是不能一起吃的。世間萬物，相生相剋，單一地吃並沒什麼不妥，若是搭配著吃，則會變成取人性命的劇毒。

皇帝得知食物有毒之後，也沒多言，只吩咐聞人鈺清早些把事情處理了。

周二郎醒來，猶豫許久，還是去找了皇帝。

皇帝看著周二郎，落下棋子。「沒想到你會來。」

「你是誰？」周二郎開門見山問。

「你覺得呢？」

「我不知道。」他說著，坐到皇帝對面，看著皇帝一個人下棋。

「你會嗎？」皇帝問。

棋。

「不會，小時候家裡窮，飯都吃不飽，沒機會學這個。」周二郎說著，認真去看皇帝下棋。

「嗯，的確，怨不得你。」

大曆國窮人還是比較多的，並不是每一個人都有機會學習富人的玩意兒，他們小小年紀就要養家餬口。

「我不難過，做農民也挺好，至少晚上睡得安穩。」

皇帝執棋子的手一頓，看向周二郎。「怎麼說？」

「因為我們要求低，只要吃飽穿暖就好，白天累了，回家洗洗、吃飯後就可以睡了，沒富貴人家那麼多算計的心思。我認識一個富家公子，他家是真有錢，就連丫鬟穿得都比我好，但是他不快樂，因為他爹娘早早死了，是被人害死的，他姑姑也死了，也是被人害死的；他叔叔和堂兄弟姊妹都想害他，因為他如果死了，他們就能分到好多銀子、金子。他說他很多時候，晚上都不敢沈沈睡去，因為他害怕在睡夢中，被人給害了。」

周二郎說得認真，皇帝聽得認真。

皇帝輕輕落下棋子，掩去心中的波濤洶湧。

周二郎說的這個人何嘗不是他，他雖然是九五之尊，可總覺得誰都會害他，除了淩珂。

可那個不會害他的人死了，永遠地離開他了……

「嬌嬌是朕的女兒。」

皇帝以為他說得這麼明白，周二郎應該能猜到他的身分了吧？但……

「原來你是嬌嬌的爹爹，那就是我的岳父大人了。」

岳父？還真是一個稀奇的稱呼。

皇帝微微搖頭。「你錯了，朕不是你的岳父，朕是皇帝，嬌嬌是公主，大曆國最得寵的公主，你聽懂了嗎？」

周二郎只覺得腦子裡轟的一聲爆炸開來，只有一個想法：阿嬌是公主，是皇帝的女兒，世上最最最尊貴的女子之一；而他只是一個農民，琴棋書畫、詩詞歌賦一樣都不會。

皇帝見周二郎沈默，臉色不好，開口道：「不過，朕還是覺得，你配得上朕的公主。」

「啊？」周二郎錯愕地張大了嘴巴。皇上說，他配得上阿嬌？

「因為你有一顆赤子之心，你一心愛著朕的女兒，讓朕覺得若是拆散了你們，嬌嬌會痛苦一輩子，所以朕決定，允許嬌嬌和你在一起。」

「真的？」

皇帝點頭。

周二郎開心不已。「阿嬌忘記了過去，我答應她要陪她回娘家，可是一直不知道阿嬌的娘家在哪裡。如今好了，阿嬌有娘家了，以後她再也不是沒有爹娘的人。對了，阿嬌的娘親可還好？」

皇帝的臉色頓時難看起來，好一會兒才說道：「一時半刻也說不清楚，今兒朕就是要告訴你，嬌嬌貴為公主，她不可能嫁人的，所以必須是你入贅。」

「入贅？」周二郎頓時搖頭。「我家就剩我一個兒子了。」

「所以你不願意？」

「不，我願意，我願意為阿嬌做任何事，但是，我家真的只有我一個兒子了。阿寶還小，很多事情他根本做不了，如果我大哥還在，我一定不會猶豫的。」

入贅到皇家，是多少男子的夢想，但對他周二郎來說，因為這個公主是阿嬌他才願意，如果這個女子不是阿嬌，他定不會多看一眼。

皇帝看著周二郎，知道周二郎沒說謊，稍稍尋思片刻。「不入贅也可以，你讓嬌嬌娶你一次。」

「啊？」阿嬌娶他？

「你穿喜服、戴鳳冠，嬌嬌扮新郎來娶你進門，而你們生的第一個孩子必須姓淩，你可願意？」

周二郎垂下了眸子，忽然抬起頭。「這些年阿嬌在外面都經歷了些什麼？」

皇帝沒想到周二郎會問這個，想了想才把淩嬌所發生的一切告訴他，周二郎聽了之後，紅了眼眶。「我答應你，以後生的第一個男孩姓淩。」

皇帝看著周二郎，許久之後嘆息一聲，拍拍周二郎的肩膀。

他也就是試探一番，哪裡真的會要淩嬌娶周二郎。

那一夜，聞人鈺清親自帶著一百名暗衛進了忠王府，在忠王府主院暗室找到了忠王和忠王妃的屍體。

多年過去，屍體早已經腐爛，也只能從屍體殘存的衣料才能辨認，這是忠王和忠王妃曾經穿過的衣裳。

假忠王和忠王妃在屍體面前還死不承認，還要頑強抵抗。

「一個人的性情不會無緣無故改變，曾經的父王、母妃有多疼我們兄弟，人人皆知，你們怕被看出端倪，就疏遠了我們兄弟，但千算萬算，你們算漏了一個人！」聞人鈺清揚手。「帶上來！」

那是一個老頭，獨眼、跛腳。假忠王和忠王妃看著老頭，頓時無話可說，因為那老頭是一個醫者，專門幫人改頭換面，而他們兩個的新面目正是出自老頭之手。

他們怕忠王不好對付，便先從忠王妃下手，先殺了忠王妃，再刺殺忠王。

「你們兩個，一個是母妃身邊的丫鬟，一個是父親身邊的侍衛，好大的狗膽！」聞人鈺清怒喝，舉劍率先殺了過去。

那假忠王武藝確實厲害，但殺父、殺母之仇不共戴天，聞人鈺清簡直是殺紅了眼，招招狠辣不留情。

一番廝殺，各有死傷，但聞人鈺清最終還是斬殺了假忠王和忠王妃。

淩嬌和周二郎聽敏娘說起的時候，唏噓不已，過程有多麼血腥，是他們不曾見過，也不敢去想的。

第八十四章

找到了女兒，皇帝也要回宮了。臨去之前，他送了兩個人給淩嬌，一男一女，年紀都不大，女子叫淩溪，一身紅衣，又冷又酷；男孩叫小凡，嘴巴很甜，特別會說話。

據說，這兩個人和淩嬌一起長大，感情非常好，還是淩嬌父親的義子、義女。

皇帝帶著蔣公公和逍遙王先走一步，淩嬌、周二郎和阿寶在郡王府又玩了幾日，買了好多東西，讓聞人鈺清派人送去周家村，才在周敏娘不捨的目光下離開，進京和皇帝一起過年。

京城，威武大將軍府。

當家夫人雲氏坐在屋裡，看著銅鏡裡那穿金戴銀、打扮華麗的自己，臉色平靜，可放在膝蓋上的手緊緊握拳，手背青筋明顯，洩漏了她的不甘。

她腦子裡只有一個想法：淩嬌要回來了！而這將軍府的一切，再也不屬於她，不屬於她的瓏兒，也不屬於她的兒子。

這麼多年都沒消息，為什麼還要回來，為什麼還要回來……

一道身影快速進了屋裡，又關上門，上前抱住雲氏。「雲兒，郡主就要回來了，我們怎麼辦？」

是啊，怎麼辦？

這些年，皇上沒來過將軍府，將軍府裡的一切她可以隨意支配，可昨日陳嬤嬤開始清點將軍府的東西，金銀珠寶、鋪子收入，連庫房鑰匙也被陳嬤嬤拿走。

陳嬤嬤帶來的幾十個太監和幾十個宮女，把庫房裡的東西一樣一樣拿出來清點，整理乾淨，重新登記上冊。

沒有人問她願意不願意，那些被她收買的丫鬟、婆子，這會兒全部跪在庫房外的院子裡，暈倒後又被水潑醒，沒人敢哭。

整個將軍府再也沒有往日裡的歡聲笑語，她的兒子、女兒已經被皇上的人帶走，這會兒生死不明，她什麼都不敢做，連死都不敢。

她如果前腳敢死，後腳她的女兒、兒子、娘家九族就會跟著陪葬。

「雲兒，這些年，我們從將軍府拿走不少銀子，皇上想來是知道的，卻一直沒管，如今郡主回來了……」男人說著，只覺得整個人冷得不行。

雲氏深吸一口氣。「你先下去吧，我一個人靜靜。」

她害怕極了，這些年，她沒少拿將軍府的東西出去，尤其是娘家那邊，更是送了不少過去，娘家子姪一個個驕奢淫逸，沒錢就來找她這個姑姑，如今可怎麼辦才好？

「夫人，陳嬤嬤請夫人過去。」

「去哪裡？」

「庫房。」

雲氏一抖，咬了咬唇，慘白著臉出了屋子，往庫房走去。

庫房外的院子裡跪著好些人，沒有人回頭看她一眼，也沒有人敢出聲，一個身穿藍色織金襖子的嬤嬤坐在椅子上，喝著熱茶，見雲氏走來，起身行禮道：「老奴見過夫人。」

「陳嬤嬤。」

陳嬤嬤看了雲氏一眼，微微點頭。「夫人，庫房老奴已經清點完畢，但是少了很多東西，金銀更是所剩不多，夫人有何解釋？」

「這些年將軍府的開支、禮節往來花銷比較大……」雲氏越說聲音越小，不敢看陳嬤嬤一眼。

陳嬤嬤淡淡一笑。「夫人，老奴勸妳最好把事情拎清楚了再來回答，夫人也知道老奴是代表了誰，既然夫人都說花銷出去了，便把帳本拿來，老奴帶進宮讓戶部的人清算。至於這些奴才，還請夫人把他們的賣身契拿出來吧！」

這個家是威武大將軍的，也是郡主的，面前的雲夫人……陳嬤嬤呵呵笑了笑，真是拎不清自己的身分，好吃好喝住著，居然敢打將軍府的主意，真以為她那些小動作，萬歲爺不知道？

「陳嬤嬤，我、我……」

「夫人，來時，萬歲爺要老奴帶句話給夫人，如果真是用了，花銷、禮節往來，萬歲爺不追究，但是暗中挪走、甚至拿回娘家的那些珍寶奇玩，得全部交出來，少一個子兒都不行。萬歲爺給夫人三天時間，三天後老奴再來核對，如果到時候還少了，夫人便帶著孩子和雲家那幾百口，去跟大將軍相聚吧！」

陳嬤嬤說完，看著地上跪著的丫鬟、婆子、小廝們，淡淡說道：「把這些狼心狗肺的玩意兒都賤賣到九等勾欄、小倌樓去。」

「嬤嬤饒命，奴婢知道錯了！求嬤嬤饒命，奴婢不敢了！」

陳嬤嬤冷哼。「一群狼心狗肺的，吃著、穿著主子的，打著將軍府的旗幟在外面招搖過市，還有臉在這兒求饒？」

她看向身後的宮女和太監。「你們都是我從宮裡挑選出來的，給我記住，來了將軍府，你們就要忠心主子，莫要被眼前的蠅頭小利給誘惑了，更要想想，自己有沒有那個命去享受。」

「是，奴婢記住了。」

「記住了就好，好好做事，郡主自會賞賜，做不好的，賣到勾欄、小倌樓那是輕的，打死、打殘、連累家人就得不償失了。」

「是，嬤嬤教訓得是。」

陳嬤嬤這話是在教訓下人，何嘗不是在敲打雲氏，當年她既然貪圖榮華富貴，心甘情願嫁過來，將軍也讓她生了一個孩子傍身，就應該知足，可她卻在大將軍去後，居然又偷偷生了一個兒子。

「嬤嬤，這裡是將軍府，只有郡主才能處置奴婢，嬤嬤雖然是宮中嬤嬤，但是不是管得太多了？難道嬤嬤不怕郡主回來不見奴婢，拿嬤嬤算帳嗎？還是說嬤嬤想架空郡主，讓將軍府的奴才只聽嬤嬤一個人的，所以才將我們全部賤賣？」

香兒不願意去九等勾欄，她是個孤兒，自然想搏一搏，大不了便是一死；再者，她從來沒做對不起淩嬌的事，她不怕。

陳嬤嬤微微蹙眉，臉色非常難看。她在宮裡極有臉面，多少嬪妃見著她都得恭恭敬敬行禮，不敢怠慢，這個死丫頭居然敢下她臉面，看郡主回來，饒得了他們誰！

她深吸一口氣。「既然你們是將軍府的人，那便等郡主回來再處置你們。」

眾人聞言，鬆了一口氣。

陳嬤嬤又想起一事。「夫人，老奴一會兒便帶人去收拾郡主的屋子，想來郡主那些珠寶首飾，都還原封不動吧？」

雲氏大驚。怎麼可能還原封不動？淩嬌失蹤的這幾年，淩瓏早就將東西私自搬去了自己的屋子裡，那些貴重的，淩瓏喜歡的收了起來，不喜歡的便送給了表姊妹們。

「我、我……」

陳嬤嬤看著雲氏。「老奴先帶人去驕陽院收拾，夫人看著辦吧！」

陳嬤嬤帶著一行人浩浩蕩蕩走了，雲氏頓時覺得一陣虛軟，跌坐在地，丫鬟、婆子們立即上前扶她，雲氏尖叫出聲。「滾，都給我滾開！」

她算什麼將軍府夫人？她什麼都不是！

現在她要做的，不是在這兒自怨自艾，而是要快些去把淩瓏拿走的東西全部還回去，一樣都不能少。

雲氏好不容易站起身，隨手點了幾個人。「你們跟我走。」

到了玲瓏苑，進了正屋，看著屋子內輕紗飄動，各種擺設無一不精緻華貴，這些，都是淩瓏在淩嬌離開後，從淩嬌院子私自拿過來的，而她也默許了。

現在應該怎麼辦？淩嬌那些首飾都是有單子的，就算她送出去了什麼，身邊的丫鬟也會一一記下，她得立即把淩嬌那些東西還回去。

把平日伺候淩瓏的幾個丫鬟喊了過來。「妳們把屬於郡主的東西給收拾出來。」

「是。」

丫鬟、婆子們這會兒哪裡還敢有別的心思，立即把屬於淩嬌的首飾全部收拾了，裝到箱子裡。

她們也清楚哪些東西是淩嬌的，哪些東西屬於淩瓏，一番整理下來，淩瓏屋子裡的東西越來越少，所剩不多，更把玲瓏從淩嬌那裡拿來的十幾疋青煙軟紗羅抱出來，雲氏瞧著差點沒嚇暈過去。

這青煙軟紗羅是貢品，想穿這東西，除非皇恩浩蕩，或是一品以上誥命夫人，就是宮中妃嬪，能有一、兩疋都是了不得的事，想不到淩瓏居然拿了這麼多過來。

「拿回去，拿回去，快！」

陳嬤嬤到了淩嬌的屋子裡，吩咐身邊的人。「把這些東西全部收拾了，登記造冊，然後搬到庫房去，一會兒夫人送過來的東西也全部登記後送到庫房去。」

這個家都是郡主的，雲氏算什麼玩意兒？如今郡主回來了，皇上肯定會重新送來新奇的，別人用過的想來不會留下來，以後郡主喜歡與否，便全憑郡主的喜好了。

雲氏親自帶人把東西送回來，一共裝了七大箱子，陳嬤嬤瞧著，臉色冷了冷。「難怪庫房少了那麼多東西，夫人好手段，老奴佩服。」

雲氏咬了咬唇，不敢多語。

陳嬤嬤也不去看她。「把箱子打開登記。」

宮女和太監連忙打開箱子，箱子裡各式各樣的珍寶奇玩、珠寶首飾，隨隨便便一樣拿出去就夠普通人家一輩子的吃穿用度，她們母女是以為郡主再也回不來了？

而淩嬌屋子裡的東西一樣一樣地全部抬了出來，登記之後搬去驕陽院後的一間屋子。很快地，驕陽院的主屋便空了下來，宮女和太監們進了主屋，裡裡外外全部打掃一遍，就連地板也仔細敲打，生怕下面埋了什麼髒東西。

雲氏立在一邊，一句話都不敢說。

好一會兒，陳嬤嬤才開口說道：「夫人難道沒別的事了嗎？比如把屬於郡主的東西給送回來。」

雲氏身子一怔，發瘋一樣跑了出去，套了馬車回雲府。

陳嬤嬤瞧著冷冷哼了一聲。真是不知死活！

雲氏膽戰心驚地回到雲家，雲家小公子雲耀天立即嬉皮笑臉地迎了上來。「姑姑，妳回來了。」

雲氏看了他一眼。「祖母呢？」

「祖母在佛堂。姑姑，我沒銀子了，妳給我點銀子唄。」雲耀天說著，挽住雲氏的手腕，二十多歲的人了，還像個孩子。

雲氏身子一僵。「姑姑沒銀子。」

「怎麼可能？將軍府有得是銀子，姑姑，妳就隨便給我個萬把八千的唄。」

「是啊，將軍府是有銀子，但那是郡主的，如今郡主回來了。」

雲氏說完就走，雲耀天愣在原地。郡主回來了？是平樂郡主回來了？頓時臉色非常難看。誰都知道，將軍府將來是平樂郡主的，就算是淩瓏，將來出嫁，也只能得到一份不薄的嫁妝，僅此而已。如今平樂郡主回來了，那麼將軍府的一切……

雲氏到了佛堂，雲夫人正跪著唸經，雲氏走上前跪在雲夫人身邊，雙手合十。

雲夫人唸完最後一句，才看向雲氏。「回來了，怎麼臉色不好？病了？」

「娘，郡主要回來了，我是來拿寄放在家裡的東西。」

雲夫人一聽，臉色遽變。

這些年，雲氏沒少往家裡送東西，金銀珠寶、綾羅綢緞，哪次回來不是幾大箱子，逢年過節更是多，如今、如今要全部拿回去……

由儉入奢易，由奢返儉難，習慣了奢侈，一下子沒了，怎麼能接受得了？

「娘，瓏兒和軒兒已經被皇上的人帶走了。」雲氏輕聲說著，眼淚流個不停。

如果早知有今日，她當初不會去動淩嬌的東西，只要等到皇帝去了，到時候那些東西都是瓏兒和軒兒的。

雲夫人整個人難受極了，小聲問道：「全部都要還嗎？」

「娘覺得能留下什麼嗎？」

雲夫人頓時沒話了，喊來了人開庫房找東西，各房也要回去找，但凡是從將軍府拿來的，全部都要拿出來，一樣都不能少。

院子裡，一個個箱子都裝滿了東西，直到天黑都還沒裝完。

雲氏坐在大廳的椅子上，久久說不出一句完整的話。怪不得皇帝會派陳嬷嬷來，原來她拿了這麼多東西貼補娘家，而她在京城偷偷買下的宅院地窖裡，堆了滿滿兩地窖的珍寶奇玩，那些東西也都屬於將軍府，不屬於她。

天明時分才裝完兩百三十五箱，還專門從外面請了馬車隊伍來裝，一個馬車裝四箱，足足裝了六十輛馬車，而雲家沒了這些東西後，空蕩蕩的像被土匪劫掠過一般。

「娘，我先回去了。」

雲夫人擺擺手。「去吧！」

陳嬷嬷看著兩百多個箱子，冷冷一哼。「打開，登記上冊。」

雲氏坐在椅子上，兩眼無神，尤其是在她聽到偷偷買下的宅院來人說，有禁衛軍進了府邸，把她放在地窖裡的東西全都抬到將軍府後，雲氏想哭，眼淚卻流不下來。

凌嬌為什麼不死透了……

待莊子、鋪子、地契和房契，以及丫鬟、婆子、小廝賣身契全部給了陳嬤嬤後，凌瓏和凌軒被送了回來。

「娘……」

十五歲的凌瓏撲到雲氏懷裡，哭成個淚人兒，又見家裡那麼多太監、宮女忙活著，凌瓏紅著眼眶。「娘，他們在幹麼？」

「瓏兒，妳聽娘說，妳姊姊要回來了。」

姊姊要回來了？凌瓏只覺得腦子一陣嗡嗡作響。凌嬌要回來了？

凌瓏推開雲氏朝自己院子跑去，但是她的房間裡，好多東西都沒了，那些她喜歡的，全部都沒有了。

整個屋子空空蕩蕩的，凌瓏蜷縮成一團，嗚嗚咽咽哭了起來。

「是要回來了嗎？可是姊姊，如今的妳是否還如曾經，對我依舊不管不問，是不是依舊看不見我小心翼翼的靠近……」

將軍府除了雲氏、凌瓏的院子，其他院子全都被整理過，屋子裡的東西搬出來擦洗，屋子消毒、熏香，廚房大廚全部徹換，前院的小廝全部被賣了出去，重新買進新的，由蔣公公訓練，後院宮女們則由陳嬤嬤訓練。

皇帝再次賞賜了無數新奇的玩意兒過來，一一送進了驕陽院，驕陽院隔壁的院子被拿來當作庫房，東西則堆滿了裡面的每一個房間。

第八十五章

皇帝擱下奏摺，揉了揉太陽穴，蔣公公立即遞上參茶。「萬歲爺。」

皇上接過，輕輕抿了一口，微微點頭。「什麼時候泡的，味道倒有些像嬌嬌泡的。」

蔣公公失笑。「萬歲爺是想郡主了吧！」

「是啊，想嬌嬌了。也不知道他們到了什麼地方，若是別的人，朕早派探子去了，可這是朕的心肝寶貝啊，為了不讓她反感，你說朕容易嗎？」

「萬歲爺不容易，好在郡主懂事，這會兒已在回來的路上。爺，將軍府那邊都已經準備妥當，就等郡主回來了。」

皇帝滿意點頭。「衣裳那些都準備好了？」

「都準備好了。」

皇帝點頭。「你辦事朕放心。」

蔣公公笑。「爺，到時候您派誰去十里亭接郡主啊？」

皇帝微微沈思。「蔣德海，你說，嬌嬌跟哪個皇子交情好。」

「自然是三皇子。」

「老三啊……」

皇帝靠在龍椅上，閉上眼眸，沈思好一會兒才說道：「走吧，去未央宮看看皇后去。」

聲。

皇后正在看書，是本雜書，寫的都是一些怪力亂神的事，看到精彩處，皇后噗哧笑出聲。

皇帝進來時，不許太監、宮女出聲，在門口就聽到笑聲，有些詫異。他印象中的皇后溫柔賢淑又文靜優雅，從來不會這麼肆無忌憚地笑。

「娘娘，您笑什麼呢？」

「這書中說那薄情的書生掉到茅坑裡去了。」皇后說著，又笑了起來。

「該，誰教這書生薄情寡義，害了那狐仙又想攀龍附鳳，落茅坑都便宜他了。」

「對，是便宜他了。」

一朝金榜題名，便拋棄了從小一起長大、在家鄉照顧他病重母親的狐仙，想娶那宰相千金，又想娶公主，真是太薄情寡義了。

皇帝蹙眉，邁步上前。「皇后看了什麼好書，讓朕也看看。」

皇后聞言一驚，忙起身。「臣妾見過皇上，皇上萬福金安。」

「皇后不必多禮。」

皇后沒想到皇帝會過來，見皇帝氣色不錯，微微一笑。「皇上，何事這麼開心？」

皇帝有些猶豫，只是這麼個好消息，他也想找個人分享。「是嬌嬌要回來了。」

「平樂要回來了？」

皇后是真高興。當年三皇子被冤枉，多少人求情都沒用，是平樂一句話讓三皇子得以伸冤，這份情皇后銘記於心，加上她也曾經喜歡過那個俊朗的威武大將軍啊……

「是啊，在回來的路上了。」

皇后笑著。「萬歲爺，到時候臣妾能不能出宮去看看平樂？都六年了，臣妾很是想念這孩子，也不知道這些年平樂過得可好？」

皇帝一嘆。「這些年過得糟糕透了。」

皇帝把這些年淩嬌的遭遇說了一遍，皇后早已經泣不成聲。「鈺璃這孩子，有了平樂的消息也不跟臣妾說一聲……」

「他不說，是怕走漏了消息。朕懷疑，這宮中有人要害嬌嬌啊！」

皇后心驚。是啊，淩嬌自幼跟三皇子交好，什麼事情都幫三皇子出頭，自然擋住了某些人的路。

她深吸口氣，才說道：「萬歲爺，臣妾斗膽猜測，想害平樂的人怕不止一個，一個人可沒這麼周全，能不留一絲線索地計劃，想來是前面一個人做了，後面一個人便把線索給抹去，所以咱們這麼多年才尋不到平樂。」

皇后這話，可真真說到了皇帝心坎裡。「那皇后覺得會是什麼人？」

「臣妾愚鈍。」

皇帝看了一眼明哲保身的皇后，不語，心中卻有了謀算。

淩嬌的回來，有人歡喜有人憂，有人高興有人恨。

而皇帝連著幾夜到未央宮的消息也很快傳遍了後宮，妃嬪們各種心思，有羨慕、有嫉妒，有那麼幾個坐不住的，便到了未央宮裡，見皇后面色紅潤，一副被滋潤的樣子，一個個心中淌血，暗罵皇后為老不尊。

皇后面對這些眼光，淡然以對。

皇帝則在早朝的時候給幾個兒子冊封了王位，就連八歲的九皇子也有，更慎重其事地冊封淩嬌為平樂公主，把威武大將軍府隔壁的五進大院賜給淩嬌，還有封地。至於這封地，皇帝是想著等淩嬌自己來選擇，她想要哪裡就給哪裡。

「此事眾卿可有異議？」皇帝冷眼看著下方的大臣們。

皇帝也是想看看，這些人中，有哪些是不願意他的嬌嬌回來的。

只是，誰敢有異議？皇上在金鑾殿上說了此事，大臣們就算有意見也不敢說出來。

聞人鈺璃站了出來。「啟稟父皇，威武大將軍為大曆國立下汗馬功勞，更為救父皇而死，兒臣請命，將平樂公主記上皇家玉牒。」

一旦上了皇家玉牒，那便是真真正正的公主了。

聞人鈺璃這話是說到了皇帝的心坎裡，有些話皇帝不好說出來，由聞人鈺璃來說，那真是太好不過。

「嗯，老三說得對，威武大將軍為大曆立下汗馬功勞，他的女兒該賞。」

不只要賞，還要重重地賞，在他有生之年，多賞賜些東西、銀子給嬌嬌，讓嬌嬌的兒孫一輩子吃穿不愁。

「父皇英明。」

聞人鈺璃此言一出，皇帝便高興了，可有的人卻不高興。淩嬌與聞人鈺璃交好，聞人鈺璃自然會抬舉她來討好皇帝。

「皇上，既然威武大將軍的女兒要賞，那二小姐淩瓏是否也該有個封賜？」

皇帝聞言，眸子微眯，朝那站出來的人掃去。禮部侍郎裴勇，是大皇子、也是如今承王的人。

皇帝冷冷一哼，眸子內風起雲湧。「那以裴愛卿的意思，要封賜個什麼呢？」

「大小姐是公主，這二小姐也得是個公主吧……啊……」

裴勇作夢都沒想到，皇帝會朝他砸了一個東西過來，直砸到他臉上，頓時鮮血直流，裴勇嚇得一哆嗦，立即跪倒在地。「皇上息怒！」

皇帝看都不看裴勇，轉而看向雲望，雲氏之父、淩瓏的外祖。「雲愛卿，你怎麼說？」

雲望立即站出身。「皇上明鑒，淩瓏年紀太小，又沒什麼建樹，文不成、武不就的，怕是難以受此福祉……」

雲氏把威武大將軍府的銀子、珍寶奇玩暗中挪出，有的拿到了雲府，有的藏在外面，皇帝已經知道，如今還是夾著尾巴做人，不然皇帝定會拿雲家開刀。

「嗯，難得雲愛卿如此識大體，那便封賜二小姐為郡主吧！」

雲望聞言，連忙謝恩，同時也鬆了口氣。只是一個郡主，沒有封號，沒有賞賜也沒有封地。

至於那裴勇……皇帝看了他一眼，自然不會給他個好下場。

聞人鈺璃心中冷笑。他準備多時的東西，看來是時候呈到父皇面前了。

「有本啟奏，無本退朝。」

蔣公公一聲高唱，皇帝已經起身離去。

若是以前，聽聞被封為郡主，淩瓏一定很開心，可如今的她開心不起來——她已經成了整個京城的笑柄。

同是威武大將軍的女兒，姊姊集萬千寵愛於一身，賞賜不斷、恩寵有加，而她，光有一個郡主的封號，什麼都沒有。

「小姐。」丫鬟楚兒輕輕喚了一聲。

「出去吧，我想一個人靜靜。」

臘月初十，淩嬌一行人終於到了京城。

「前面就是十里亭，過了十里亭，離京城就不遠了。」

十里亭內，聞人鈺璃和李彥錦一身華裳，披著雪白狐狸毛披風。

待馬車停下，周二郎先下了馬車，看見聞人鈺璃時，笑得不知要怎麼開口。

聞人鈺璃上前，拍拍周二郎肩膀，笑道：「二郎哥，我們又見面了。」

周二郎搓搓手，呵呵直笑。「是啊，又見面了。」

只是身分卻是天差地遠。

在京城這個地方，他有些發怵，卻越發堅定。

「以後可要喊我三舅兄。」聞人鈺璃說著，呵呵笑了起來，看向鑽出馬車的凌嬌，他連忙上前。「千盼萬盼，總算把妹妹盼回來了。」

凌嬌一時間有些不適應，她本來只是小門小戶的女兒，這一下子卻成了皇室公主。

聞人鈺璃見凌嬌不語，也不惱，催促道：「快喊三哥。」

「三哥。」凌嬌低低喚了一聲，也不是那麼難。

又看向李彥錦。「李大哥。」

「公主有禮了。」李彥錦抱拳行禮，弄得凌嬌滿臉通紅。

相互打招呼後，一行人上了馬車回將軍府，李彥錦則有事先離開去忙自己事情了。

陳嬤嬤領著將軍府所有人立在大門口，見馬車到來，陳嬤嬤笑瞇了眼。「來了，來了，快派人去廚房準備吃食，公主長途跋涉，吃的東西一定要仔細，還有驕陽院那邊全部整理好了沒？地龍可還燒著？千萬不能滅了。」

「嬤嬤放心，那邊有人盯著，出不了亂子的。」

「那就好，那就好。」

雲氏緊緊握住自己的手，如果可以，她並不想來這裡迎接凌嬌，她巴不得凌嬌一輩子別回來。如今的將軍府，她只是一個夫人，中饋、銀錢一樣都落不到她手裡，除了她的嫁妝，將軍府的一切都沒有她的分。

凌瓏僵直著背，直勾勾地看著馬車越來越近，陳嬤嬤看在眼裡，只是淡淡哼了哼。

待馬車停下，陳嬤嬤率先跪了下去。「恭迎公主回府。」

馬車內，淩嬌一愣，咬了咬唇，淩溪拍拍淩嬌的手。「莫怕，我在呢！」她是大將軍的義女，也算得上這府裡的半個小姐了。

「我不是怕，我只是……」有點不習慣。

這些人這般熱情地迎接她，她不習慣，更怕周二郎不自在。

周二郎的確不自在，整個人僵得不行，馬車裡燃著銀絲炭，他卻覺得冷，從腳一直冷到背脊。

而阿寶，從一進城就被小凡帶著去長見識，到街上轉轉了。

淩溪小心翼翼把淩嬌扶下馬車，陳嬤嬤立即紅著眼眶迎了上來。「公主，您總算回來了。」

淩嬌微微勾了勾唇，看著陳嬤嬤。

淩溪忙道：「這是陳嬤嬤。」

「陳嬤嬤好。」

人群散開，淩嬌看見了雲氏，也看見了淩瓏。不必說，淩嬌也明白這兩個人是誰。她笑著上前，福身。「母親。」又看向淩瓏。「二妹。」

雲氏嗯了一聲，淩瓏也嗯了一聲，都不是很熱情。

淩嬌但笑不語。

她明白雲氏和淩瓏的心思，如果她回不來，將軍府的一切都是屬於她們的；可如今她回來了，這將軍府的一切和她們就沒任何關係了。

「公主，外面太冷，快進去吧！」陳嬤嬤提醒道。

「好。」

一起進了大廳，陳嬤嬤讓凌嬌坐主位，讓周二郎坐在另外一邊，聞人鈺璃坐在凌嬌右手下方，其他人只能站著。

似乎所有人對陳嬤嬤的安排都沒異議，除了周二郎和凌嬌。

凌瓏垂下眼眸，又偷偷看了一眼周二郎，見周二郎長得還不錯，眉清目秀、溫柔敦厚，心裡了然。

說了一會兒話，陳嬤嬤便讓人伺候凌嬌、周二郎回驕陽院去梳洗。凌嬌這些日子的確沒好好洗漱，索性答應了。

只是，驕陽院的擺設讓她睜大了眼睛。

「這……」這真只是一個院子，不是博物館？

這些東西隨便一件拿出去，都值不少錢，又是珍品中的珍品，她只在博物館裡見過這些東西。

周二郎也好不到哪裡去。

「阿嬌，我們以後要住在這裡？」

「是啊，以後就住在這裡了。」

凌嬌深深吸了口氣。如果真要住在這裡，這裡面的東西，她得拿走些，太多了。

「公主、駙馬爺，浴池已經放好了水，衣裳、布巾都已經備好，公主請隨奴婢來。」

浴池？凌嬌再次吃了一驚。「妳們下去吧，我自己來。」

周二郎忙道：「我也是。」

兩人一起去了浴池，看著那一大池子的水，和屏風上掛著的衣裳，凌嬌笑道：「我們是劉姥姥進大觀園。」

「我以為敏娘家已經很富裕，卻不想將軍府更富麗堂皇。」

「別想了，先洗了再說。」

周二郎扶著凌嬌進浴房，看著那一大池冒著熱氣的水，他深吸一口氣，親自動手幫凌嬌脫了衣裳。他以前也想給阿嬌好的，可不知道什麼是好的，如今見到將軍府的一切，他想，或許錦衣玉食加上他一輩子真心真意的愛，便是最好的吧？

而這將軍府的一切都將是他的跳板，他周二郎要有屬於自己的一切，用自己的雙手賺來無數銀錢，給凌嬌——

第八十六章

扶著淩嬌入池，周二郎也脫了自己的衣裳，給她按摩肩膀。「這些日子累壞了吧？」

「有你們在，我不累。」她靠在周二郎懷中，柔柔說道：「二郎，如果我有了孩子，你希望是男孩還是女孩？」

「都好。」只要是阿嬌給他生的，男孩、女孩都好，他都喜歡。

「我希望是女孩。」

「嗯，那就生女孩，女孩子貼心。」

淩嬌笑。「可是我又想生個兒子。」

周二郎一頓。「依阿嬌，我都聽阿嬌的。」

兒子也好，女兒也罷，他都會放在心口疼愛。

淩嬌洗好了，拿起屏風上華麗的衣裳，他一件件幫淩嬌穿上，淩嬌失笑。「你別管我，小心凍著。」

「這屋子暖烘烘的，我不冷。我先給妳穿衣裳，頭髮讓丫鬟給妳擦乾，這池水很暖和，我想再泡一下，舒緩身子。」

「好。」

淩嬌也沒想那麼多，穿好衣裳就出了浴池，立即有丫鬟上前給她烘頭髮。

周二郎整個人浸到水中，不呼吸，不擺手，身子都漂了起來，好一會兒，他才猛然站起來。池水漫過他腰際，露出他上身結實的胸肌，黑髮披散在腦後，有幾縷散落在心口，他大口大口喘息，手握拳，重重打在水裡，水花四濺，濺了他一臉，也濺到了池邊。

他漸漸平靜下來，邁步出了池子，走到屏風邊拿布巾擦乾身子，穿上那一件件他一輩子都不敢想的錦緞衣裳。也是這些丫鬟有心思，一件一件掛在上面，最外面的掛在最下面，只要不傻都會穿。

周二郎把自己整理好，才走出浴池，朝小廳走去，聽見有女子在說話，周二郎腳步一頓。輕紗飄動間，他似乎看見一個仙女朝自己看來，那個女子他看過千千萬萬眼，愛到了心坎。他一直都知道她美麗，卻從未想過美成這般，她換了身衣裳、綰了好看的髮髻、配上華麗的金釵步搖、紅唇上了點點胭脂、描了好看的眉，眉心畫了幾絲紅，像那盛開的蓮。

周二郎明白了，他的阿嬌就該這般養，而不是跟他在周家村，為了幾文錢和一家子的吃食費盡心思。

「好看。」周二郎說著，走到淩嬌身邊，接過丫鬟手中的眉黛，輕輕在上面描了描。「以後我天天幫妳描眉可好？」

屋子裡伺候的丫鬟、婆子一個個格格笑了起來。

淩嬌臉一紅。「貧嘴。」轉開頭，絲絲幸福蔓延，漸漸溢滿了心口。

來到這個繁華天地，淩嬌是緊張的；而今日，她覺得周二郎似乎有些不一樣了，穿上一身錦緞華衣，不管是氣質還是給人的感覺，似乎都有了變化。

「二郎也好看。」

周二郎微微挑眉。「以前不好看嗎？」

「以前好看，但是現在更好看，我竟不知道二郎生得這麼好。」

周二郎笑了起來，又給淩嬌掛上耳墜子，才說道：「走吧，別讓大家久等了。」

「嗯，好。」

香兒立即拿上披風。「公主、駙馬爺，外面寒涼，把披風披上吧！」

周二郎點頭接過，給淩嬌披上。淩嬌看向香兒。「對了，妳叫什麼名字？」

「奴婢香兒。」

淩嬌點頭。「香兒，以後這屋子就妳管著吧！」

香兒一聽，喜上眉梢。「是，奴婢遵命！」

淩嬌又看向另外幾個丫鬟。「妳們呢？」

「奴婢趣兒、墜兒、蓉兒、歡兒見過公主、駙馬爺。」

一開始這幾個丫鬟還很緊張，可是見淩嬌雖然失去了記憶，卻對她們很是和善，才稍微放心，只是仍有些忐忑，怕被淩嬌發賣出去。

淩嬌一笑。「以後辛苦妳們了。」

「啊……」

這、這這……公主剛剛跟她們說辛苦了？

待幾個丫鬟回過神來，便見天空下了雪。雪中，那一黑一紅的身影相互攙扶，她們的公主靠在駙馬爺懷中，不知道駙馬爺對公主說了什麼，惹得公主格格笑了起來，那一對儷影，多少年後想起來，都仍覺得是那樣般配。

而淩瓏站在屋簷下，也看見了淩嬌、周二郎低頭細語，淩嬌伸手接了雪，俏皮地往周二郎脖子裡送，惹得周二郎握住淩嬌的手，柔情似水地求饒著，淩嬌格格直笑。

那畫面太美、太和諧，竟讓她羨慕得緊。她不許丫鬟楚兒跟著，快步出了屋子。「姊姊、姊夫。」

周二郎和淩嬌看向淩瓏，淩嬌冷淡地回。「有事嗎？」

淩瓏想了想。「姊姊、姊夫，我能和你們一起走嗎？」

「可以。」

淩瓏一怔，隨即笑了起來。

皇帝看著奏摺，有些心不在焉。「蔣德海。」

「奴才在。」

「嬌嬌是今兒進京嗎？」

蔣公公笑。「回萬歲爺，正是今兒到，璃王已經過去，這會兒想來應該已經接到了。萬歲爺，您還是趕緊把奏摺批閱了，好早些去將軍府，奴才也想念公主了。」

皇帝聞言，瞪了蔣公公一眼。「奏摺、奏摺，當初沒坐上這位置，各種算計、籌謀，可得了之後，朕回想這些年，竟找不出一點歡喜……」

自從珂兒去了以後，他對這個位置的眷戀是越來越少，甚至想要拋卻一切，找個山清水秀的地方，不再為這些瑣事煩惱。

「萬歲爺……」蔣公公嚇出了一身冷汗。「萬歲爺莫要這麼說，如今公主、駙馬剛剛回京，根基不穩，說不定哪日又遭人算計，萬歲爺可千萬要打起精神來。」

「我就一說，看你緊張的。」

「萬歲爺欸，您可莫要嚇奴才，奴才膽小。」

皇帝冷冷哼了哼。「出宮。」

「娘娘，剛剛得到消息，皇上出宮了。」

皇后微微垂眸。「派人暗中保護便好。」

「是。」

多少年過去，她心裡依舊有那人的身影。雖然皇帝是她的丈夫，但少女的那份夢永遠都醒不了，那個人不管是年少時抑或是成年後，從未傷害過她，她們之間有的，都是美好的記憶。

「娘娘，您在想什麼呢？」

皇后回神，眸子裡全是對以往的追憶，她搖了搖頭。「沒什麼，傳膳吧！」

「是。」

皇帝來到將軍府，大家連忙出去迎接。「參見父皇、皇上。」

皇帝擺擺手。「不必在意這些虛禮，都平身吧！」走到淩嬌身邊，扶起淩嬌，牽著她往裡面走。「路上可還好？顛簸嗎？身子呢，可有什麼不適？」

淩嬌忽然之間就笑了，往皇帝身邊靠了靠。「都好，我還給父皇準備了禮物。」

「哦，是什麼禮物？」

「一會兒偷偷給父皇。」

「嗯。」

那和樂融融的樣子、父慈子孝的模樣，看著格外舒心。

晚飯時，淩嬌主動去廚房做了幾樣小菜，上桌後才發現全是皇帝愛吃的，皇帝笑得合不攏嘴，又命人將百花釀燙了端上桌。

「都坐下來吃，今兒沒有君臣，只有家人。」

「是。」

一頓飯吃得其樂融融，淩瓏、雲氏沒來，也沒人去請她們來。淩瓏躲在屋子裡哭，雲氏立在門外，竟不知道要如何安慰自己的女兒，告訴她真相。

當初她為了榮華富貴嫁入將軍府，就應該明白，許多事、許多東西，都是她強求不來的。

「嗚嗚……」

淩瓏不明白，同是將軍府的小姐，為什麼淩嬌得到那麼多，而她什麼都沒有？

「嗚嗚，為什麼這麼不公平，為什麼……」

雲氏在外面，聽得心都碎了。她錯了，她真的錯了，她應該謹記曾經的諾言，而不是起了貪心，做下那麼多錯事……

飯後，眾人一起去了暖閣，玩起鬥地主。淩嬌坐在皇帝身邊教皇帝，淩溪自己拿牌，小凡教聞人鈺璃。

一開始，聞人鈺璃還有些拘謹，總是輸，淩溪卻是誰都不讓，連皇帝都不讓。漸漸地，君臣之間漸漸有了變化，有人開始尖叫，有人開始捶胸頓足，小凡一個勁兒地叫聞人鈺璃記牌，到後面，輸贏似乎不重要了。

這是皇帝十幾年來最開心的一個夜晚，孩子圍繞在他身邊，關心地端茶遞水，一口一句父皇。皇帝忽然有些感傷，如果珂兒在，該多好？

他嘆息一聲。「嬌嬌，妳替父皇打。」

「好。」

皇帝起身讓淩嬌坐下，卻喊了周二郎出暖閣。

蔣公公給皇帝披了披風，看著周二郎和皇帝慢慢走在將軍府的迴廊上。

「將軍府大嗎？」

周二郎點頭。「大。」

兩人走著，一陣無言。皇帝想著要怎麼說，才能讓周二郎明白他的一番苦心；周二郎卻想著，要怎麼說，才能讓皇帝不反感。

兩個人各懷心思，誰也沒先開口。

「二郎覺得這京城如何？」皇帝沈思許久才開口問道。

「繁華。」

「對未來有什麼打算？」

周二郎一愣，腳步一頓，想了想，認真說道：「想了些大概，只是還沒做好最後的決定。」

「說來聽聽，讓……岳父為你拿拿主意。」

皇帝因為疼愛淩嬌，連帶著看周二郎也順眼許多。

「我打算在京城開個鋪子，可手中的銀子不多，所以打算從將軍府借一些，等我賺了，就還回來。」

皇帝微微點頭，也明白以周二郎這樣的出身，能想到這些已經不易。

「二郎啊，高位之人，從來不用事事親為，你要學會發號施令，讓下面的人為你去做，還要有一定的馭下能力，讓他們心甘情願為你賣命，做生意賺錢亦然。」

皇帝說著，看向周二郎。「你可以開很多鋪子，但是以你一個人的精力，肯定是管不過來的，所以你要請人，請那些有本事又心甘情願效命的人；而這些人藏在各個角落，必須發揮你的眼力、智力去尋找，他們或許是販夫走卒、亡命之徒，也或許是那些經歷失敗、萬念俱灰之人。」

周二郎怔怔看著皇帝，沒想到皇帝會跟他說這麼多，這些話，他也從來沒有想到過。

「皇上……」

「你這孩子，都說了要叫岳父。朕雖然有很多個公主，但是真真正正疼愛的，也只有嬌嬌一個。一開始我是看不上你的，覺得你出身卑微，也太溫厚樸實，只是後來漸漸明白，阿嬌跟著你會幸福，所以，別讓我失望。」

周二郎重重點頭，所有的顧慮在這瞬間煙消雲散。

「岳父放心，我一定會努力闖出一片天地，讓阿嬌幸福，不管她走到哪裡，人家都會說『瞧，這便是周家夫人，她丈夫有本事，又待她極好』，讓整個大曆的女子都羨慕她、嫉妒她。」

皇帝拍拍周二郎肩膀。「好小子，難為你想得明白。朕還是那句話，將軍府的一切你隨時可以拿去用，但只能給你五年時間，五年後，你得雙倍還到將軍府來，能否做得到？」

「能。」

五年的時間，他有將軍府這靠山，更有聞人鈺璃、李彥錦這些人脈，只要他不是腦子進水，專做些錯誤的決定，想來一定可以賺得盆滿缽滿。

「那就好。」皇帝拍拍周二郎肩膀。「走吧，去暖閣，免得一會兒嬌嬌擔心我欺負了你。」

「阿嬌不會的。」

「唉，這孩子命苦，失去那麼多，得到的卻那麼少，幸好遇到你，如果不然……」說不定就死在徐婆子手中了。

皇帝想到這個可能，忍不住打了一個寒顫。

兩人邊走邊說，大多是周二郎說周家村的事，說淩嬌教他編竹籠子去抓魚，一起去鎮上賣魚、買糧食、修房子、買田地。

這個後生，雖然沒有了不得的出身，卻性子溫厚淳樸不貪心，不好高鶩遠，如今有這身分地位，好多人怕是作夢都會笑醒，榮華富貴全部都有了，還去奮鬥什麼？可他卻要去奮鬥，去掙一個不一樣的未來給淩嬌。

第八十七章

雲氏一個人在黑暗中等了許久，等到淩瓏不哭了，才推門進去。

淩瓏看向雲氏，哭得越發傷心。「娘，為什麼？」

為什麼那些人在暖閣那麼開心，卻沒有一個人來喊她，她也想去暖閣，想和大家一起玩。

「瓏兒，有些事，娘本想一輩子都不告訴妳，可是現在，娘必須說了。」免得淩瓏覺得不公平，做出什麼錯事來，到時候就完了。

「娘，什麼事情？」

雲氏深吸一口氣。「淩瓏，妳不是大將軍的孩子，妳——」

「妳胡說！」淩瓏用力推開雲氏，站起身，氣沖沖地看著雲氏。「妳胡說，我是爹的女兒，我是爹的女兒！」

雲氏被推倒在地，顧不得疼，忙站起身，抱著淩瓏，著急說道：「瓏兒，妳別急，妳先聽娘說啊！」

「我不聽，我不聽……」

她是爹的女兒，是姊姊的妹妹，她不是野種，不是野種！

不對……

「那大姊呢？大姊可是爹的女兒？」

「是，瓏兒，妳大姊是大將軍的女兒，卻不是我生的。她、她……」

凌瓏卻冷靜了下來，錯愕地看著雲氏。「那我呢？是誰的女兒？」

「妳……」

「是凌叔吧！」

凌叔當年跟著父親上陣殺敵，是父親的心腹親信，和娘親生下她，八成父親也是首肯的。

「瓏兒，我……」雲氏只好細細說出真相。

凌瓏頓時落淚不停，好久之後，才小聲問：「爹爹是不是也知道我不是他的女兒，所以……」

「不，瓏兒，妳爹爹對妳是好的，只是，一切都太難了。」

凌珂三十歲才生下凌嬌，差點去了半條命，凌嬌又是她深愛男人的孩子，她自然對凌嬌千好萬好；對凌瓏也不是不疼，至少吃穿從來不缺，凌嬌有的好東西，凌瓏也有。

再者，當初她嫁進來的時候，就已經說得清清楚楚——她可以有一個孩子，但是不能在嫡出大小姐之前，只能是之後；至於她喜歡的男人，也會一直留在她身邊；而後，雲家也在仕途上步步高陞——終歸是她貪心了。

「娘，我小時候總想像姊姊一樣，讓爹爹抱抱我，或者帶我出去。爹爹也抱我，也帶我出去，可是那感覺不一樣，爹爹從來不會對我生氣，哪怕我不小心打碎了他喜歡的花瓶，他總是溫柔地說沒關係，下次小心；如果是姊姊打碎的，他卻會板著臉訓斥姊姊，姊姊總是會哭著跑進宮，找皇上告狀，然後在皇宮裡住幾天，爹爹再去皇宮哄了又哄，把姊姊帶回來。我羨慕，我嫉妒……」

凌瓏說著，眼淚落個不停。「我其實也想跟姊姊去玩，可她總是嫌我小，我一著急就哭，幾次後，姊姊便不帶我了，因為我總是哭。」

這些年，她把凌嬌的東西全部搬到玲瓏苑，就是覺得擁有了這些東西，她是不是也能像凌嬌一樣？但是，現在她明白了，不一樣的，她和凌嬌是不一樣的。

「瓏兒……」

「娘，妳回去吧，我沒事了。」

知道了真相，凌瓏並沒有想像中的難受，反而鬆了口氣，心中的怨恨也平息了。

其實，她沒有恨，她只是不明白，同樣是將軍府的小姐，為什麼兩人差別這麼大，如今明白了，就能放下。

「瓏兒……」

「娘，妳放心，也放手吧，這一切根本不屬於我們，我們不要再爭了。」她們也爭不來。

雲氏還想說些什麼，可最終什麼都沒說，只是點頭離開。

一群人在暖閣玩得十分開心，皇帝也放下架子，溫和不少，像個慈愛的大家長。

鬧騰了半宿，皇帝和聞人鈺璃也不走了，就在將軍府住下。

驕陽院內，淩嬌和周二郎倒在床上，高床軟枕，屋子裡燒著地龍，暖烘烘的。

淩嬌窩在周二郎懷中。「二郎……」

「嗯？」

「你不想嗎？」

一路走來，周二郎都很老實，從來沒有往那方面想，只是他才二十五歲，加上以前又沒太多經歷，不是應該特別想的嗎？至少成親那一個月，就沒一個晚上停歇過。

這傢伙總是要不夠，可如今……

周二郎一愣，明白淩嬌說什麼後，笑眯了眼。「等妳身子好了，來日方長呢！」

他怎麼可能不想，他都要想瘋了；只是，這陣子趕路，他不敢拿淩嬌的身體作賭注，他賭不起。

「我身體不好，但是我有別的辦法啊……」淩嬌說著，小手慢慢移動，周二郎悶哼一聲，愉悅地呻吟出聲。

夜還很長，屋子裡卻曖昧不已，時不時傳來周二郎低沈的呻吟和淩嬌格格的笑聲，竟是那般和諧。

許久，停歇下來，周二郎擁著淩嬌。「阿嬌，下次可不能這樣子，我會被妳折磨死的。」

「才不會呢！」

無須太多言語，兩人相依偎著。

「二郎……不管你做什麼，我都支持你。」

「好，我一定會努力，不讓阿嬌失望。」

皇帝在將軍府住了一晚，第二天一早就回宮了，沒讓人叫醒大家。

將軍府的一切都是陳嬤嬤在打理，但周二郎倒是忙了起來，白天會讓人套了馬車出去，晚上帶著一身冰霜回來，凌嬌從來不問他白天出去幹什麼，只是溫柔地給他端杯熱茶、點心。

「阿嬌，過幾天我帶妳出去走走可好？京城很熱鬧，妳都沒出去看過呢！」

凌嬌聞言一喜。她倒是很想出去轉轉的，只是她這身子……

「我這身子可以嗎？」

「咱們多穿些，鞋子外面再套一雙，馬車跟在後面，不舒服就上馬車，讓小凡跟著。」

周二郎把一切都計劃好了，他就是想帶凌嬌出去轉轉。

這些日子，他總覺得凌嬌不快樂，也在想，自己要賺那麼多錢做什麼？無非是讓阿嬌過得好；可如今凌嬌過得並不差，唯一缺的就是真心的笑了。

「好，那咱們明天就去吧！」

臘月十六，天色晴朗。

在寒冬臘月天能出太陽著實難得，今日出去逛，凌嬌帶上阿寶和小凡，就連凌溪也說要一起去。她頓時明白，淩溪是去保護她的，暗處不知道還有多少人為她出門一趟奔波。
將軍府安排了三輛馬車，淩嬌、周二郎坐第一輛，第二輛是小凡、阿寶、淩溪，第三輛是丫鬟、婆子們。
淩嬌一身緄邊絲綢蠶絲襖子穿在身上，暖烘烘的，又套了披風，坐車出了將軍府，在鬧市口下了馬車，周二郎牽著她的手。
因為要過年了，家家戶戶開始採買年貨，淩嬌也來了心思，看到喜歡的她都買下來，無關值錢不值錢，主要是喜歡，圖個喜慶。
香兒拿著荷包跟在後面付錢，馬車也片刻不離。
淩嬌轉了幾圈便沒了興致，索性打道回府，卻在上馬車的時候看見了一個人。她以為這一輩子都不會再見到，卻不想隔著那麼多人，還是看見了他——謝舒卿。
謝舒卿也看見了淩嬌，卻是轉身走開，也不過來打招呼。
「阿嬌、阿嬌……」
「啊？」淩嬌忽地回神，看向周二郎。「有事嗎？」
「妳看見什麼，喊妳好幾聲都沒反應。」
淩嬌笑了笑。「沒，外面怪冷的，我們回去吧！」
如果下次要出來，她一定不弄出這陣仗，就她和周二郎悄悄出來，也不穿著華麗，粗布衣裳就好了。
回到將軍府，淩嬌便有些蔫蔫的，做什麼事情都打不起精神，周二郎又忙碌起來，淩嬌也不問他在外面忙什麼。

臘月十八，周二郎在京城買了一間鋪子，花了八萬兩銀子，周二郎找了一天時間打理收拾，臘月二十早上，掛上牌子賣糕點。

他請了五個婦人做糕點，三個嘴甜手巧的小廝販賣，一個力氣大的漢子端東西、打水，一個管帳的帳房。

「好吃的糯米糕、米糕、涼糕、芙蓉糕、千層糕、蓮子糕、棗糕、花生糕免費試吃啊，好吃您再買，不好吃不要錢！」

夥計嗓門大，這一吆喝，好多人前來詢問。

「真免費吃？」

「是的，大姊，來一塊，好吃您再買。」

那婦人一嚐。「唔，好吃，別的可以嚐嚐嗎？」

「可以的，您要嚐哪個都可以。」

婦人每樣都嚐了嚐，眼睛瞇起，很爽快地道：「一樣給我包二兩銀子。」

「好咧。」

二兩銀子也沒多少，一樣兩包，一包裡面最多八塊，成本不貴，但是做工精細、用料考究，所以一蒸籠、一蒸籠的糕點一端出來，不一會兒便賣個乾乾淨淨。五個做糕點的嫂子忙得汗流浹背，連喘口氣的時間都沒有，卻沒人抱怨一聲，因為周二郎說了，如果生意好，便會給她們加銀子，而且她們現在的工錢也很高，一個月十兩銀子，在京城來說，還是算高薪了。

一直忙到天黑，周記糕餅鋪門口已經沒有多少人，周二郎才下樓。他已經在對面茶樓的窗邊坐了一天，心裡緊張，害怕生意不好。

他朝周記糕餅鋪走去，掌櫃立即迎了出來。「東家。」

周二郎微微點頭，進了後院。「今天生意怎麼樣？」

「東家，帳還沒算出來，不過不少於七千兩。」從早上賣到晚上，一直不停做、不停賣，好些還是回頭客，這才是開業第一天，以後生意可以想見會有多火爆。

「能賺多少？」

「小的沒仔細算，除去成本，應該有五千兩。」

一天賺五千兩。周二郎深吸一口氣，若是曾經，他作夢都不敢想。

「掌櫃的，今天大家都辛苦了，一會兒關鋪子後，你拿五兩……不，十兩銀子請大家去吃一頓，一人再獎勵二兩銀子，明天早點來做工。」

「東家，您不去嗎？」

「不去了，你給我支一百兩銀子，我有用。」

掌櫃可不敢多問，忙應聲。「好。」

「如果還有剩下的糕點，你們平分了帶回家給家裡孩子，若是沒了，明天多做些。」

掌櫃笑了起來。「東家，小人代大夥兒謝過東家了。」

「嗯，好好幹，我不會虧待你們的。」

周二郎拿著一百兩銀子出了周記糕餅鋪，一個人走在大街上。京城的夜很是熱鬧，也繁華，好多鋪子還開著門。

他回眸去看周記，周記門口掛著兩個紅燈籠。

他開這間鋪子，一個人都沒說，只從陳嬤嬤那兒借了二十萬兩銀票，並求陳嬤嬤不要告訴任何人。糕點配方是他讓淩嬌寫的，也費了不少心思才尋來這五個做糕點的婦人。

周二郎來到一家首飾鋪，小廝見他穿著精緻，腰間掛著一塊價值不菲的玉，立即熱情上前招呼。「爺要看什麼？」

「銀釵。」

夥計一愣，忙拿出好些花樣讓周二郎看。

周二郎獨獨看中一支扁扁的、上面雕刻著幾個佛文的釵子。「這上面的佛文是什麼意思？」

「是長命百歲、保平安的，跟小孩子長命鎖上的差不多。」

周二郎拿在手裡仔細把玩，才問道：「多少銀子？」

「一百三十兩。」

一百三十兩。周二郎摸了摸口袋，猶豫片刻。「能便宜些嗎？我只有一百兩銀子。」

「這……」夥計糾結。

看周二郎的穿著打扮就是富貴之人，根本不會缺錢，可瞧他的樣子，又不像是在說謊。

「爺，你看你加點……」

「我真的只有一百兩銀子，你要是賣，我今兒就買走了。不瞞你說，這還是我第一次給我媳婦買東西，所以……」

他一開始覺得一百兩能夠買不少東西，卻忘記了這裡是京城。

「唉，尊夫人真有福氣。得，便一百兩吧！」

周二郎笑著付了銀子，讓小廝用條好看的帕子把髮釵包好，小心翼翼放到懷裡，才出門喊了一輛馬車往將軍府而去。

第八十八章

淩嬌早已經吩咐廚房準備了晚飯，大家都過來了，就等周二郎回來開飯，可這傢伙這麼晚了還不回來，真是急死人。

「小凡，要不你出去看看？」

「嬌嬌姊，妳放心吧，我已經派人出去找了。」

小凡知道周二郎開了間糕餅鋪子，可是既然周二郎不說，大家都裝著不知道；周二郎不想有人跟著，他們便不跟，只是暗中派人保護。

淩嬌微微嘆息，心想以後一定要周二郎身邊帶著兩個小廝，一個隨身跟著，一個有什麼事情也好回來說一聲，免得她著急。

「阿嬌……」

周二郎興沖沖地邁步進來，滿眼的笑。

「駙馬爺回來了。」香兒立即端了熱水上來。「駙馬爺，快洗洗手，暖和暖和身子。」

一起吃了飯，小凡帶著阿寶去認藥草，淩溪回了院子，丫鬟們識趣地退下。偌大的房間裡，只剩下夫妻兩人。

周二郎拉著淩嬌坐下。「阿嬌，我有事告訴妳。」

「你說。」

「我開了間鋪子，今天開張，生意很好，我預支了一百兩，給妳買了髮釵。」

凌嬌頓時鼻子一酸。「你這傻子……」

「阿嬌，我說過，我會讓妳過上好日子，就一定會做到。」周二郎說著，從懷裡拿出用手帕包好的釵子。「好看嗎？」

凌嬌伸手拿起，點點頭。「好看。」然後遞給周二郎。「你幫我戴上。」

周二郎幫凌嬌把髮釵戴上，拿了小銅鏡過來，放在凌嬌面前。「阿嬌，妳看看。」

凌嬌看著銅鏡裡的女子，膚白如玉、紅唇點點、髮絲如墨，和她曾經的樣子一模一樣，唯一不同的是，眼角、眉梢全是幸福。

「我喜歡，謝謝二郎。」

「妳喜歡，我以後常常給妳買。」

「好。」

臘月二十七，是皇宮宮宴。

凌嬌以為皇帝會宣他們進宮，可皇帝沒有，她微微鬆了口氣，周二郎也鬆了口氣。

大年三十，皇帝帶著皇后來到將軍府，聞人鈺璃帶著季馨苑和兩個孩子，一大家子圍在一起吃了一頓年夜飯，然後一邊鬥地主、抓金花，一邊守歲。

凌嬌笑著笑著，就睡在了周二郎懷中。

周二郎低頭親了親凌嬌的額頭，抱著凌嬌回了驕陽院。

才邁步出院子，夜空忽然燃起了煙火，周二郎抱著她，仰頭笑了。「阿嬌……」

「嗯？」

「放煙花了，妳要不要看？」

「煙花啊？不看。」

她看得多了，沒什麼稀奇的了。

周二郎點頭。「好，那咱們不看，咱們回屋子睡覺。」

周二郎親手給淩嬌脫了衣裳，接過香兒遞上來的布巾，小心翼翼給淩嬌洗臉擦手，讓淩嬌睡得舒坦，然後放了一個紅包在她懷中，立在床邊看著淩嬌的睡顏，勾唇笑開，眸中漸漸含淚。

那是幸福的眼淚。

香兒瞧著，垂眸笑了。

待淩嬌、周二郎睡下後，香兒才去見了蔣公公，蔣公公點了點頭。「以後不必來稟報了。」

香兒錯愕，隨即明白過來。「是。」

皇帝和皇后連夜回宮，也沒跟淩嬌說，聞人鈺璃也帶著季馨苑和孩子們回了璃王府，這一晚，將軍府徹底安靜下來。

淩瓏坐在火盆邊，繡著手裡的衣裳。

雖然是陳嬤嬤管家，但也沒有苛待她絲毫，該有的東西都有，就是沒人跟她玩，也沒人跟她說話，在這個家，她享受著榮華富貴，卻得不到大家的喜歡。

凌瓏閉上眼眸，逼退眸中的淚水。

楚兒立在一邊不敢說話。

「楚兒……」

「奴婢在。」

凌瓏看著楚兒，心一頓。「楚兒，妳今年幾歲了？」

「回小姐，奴婢今年十八了。」

十八，都是大姑娘了。

「楚兒，這些年是我對不起妳，如今妳年紀也不小了，如果有了喜歡的人，一定要告訴我，或者我把賣身契給妳，妳回家去，讓妳爹娘給妳找個靠譜的男人嫁了吧！」

楚兒一聽嚇傻了，這是要攆她走嗎？在將軍府，她一個月銀子也不少，加上平日裡的賞賜，一年夠家裡吃幾年，而且說出去的身分也好，誰敢得罪郡主身邊的大丫鬟？

她撲通一聲跪下。「郡主，奴婢不走，奴婢要伺候郡主一輩子！」

凌瓏看著楚兒，深吸一口氣。「妳好好想想吧，如果哪天妳想通了，跟我說一聲，我讓娘把賣身契給妳，再給妳幾百兩銀子做嫁妝，不會讓妳過得不好的。」

楚兒聞言，鬆了一口氣。「謝郡主大恩。」

凌瓏嗯了聲，放下針線，走到門口。

今天是大年三十，皇上和皇后都來了將軍府，就連璃王和璃王妃也過來了，她也去了暖閣請安，然後……就沒有然後了。

「楚兒，把我的披風拿來，我去看看我娘。」

「是。」

雲氏屏退了所有人，一個人坐在窗邊，抱著一個暖爐默默看著窗外。淩瓏立在門口，看著心傷不已，輕輕走到雲氏身後，抱住她的腰。「娘，我們離開吧！我去求姊姊，我們什麼都不要，離開將軍府，去莊子接了弟弟，跟弟弟一起生活。」

雲氏大驚失色。「瓏兒，妳、妳知道了？」

「嗯，我知道了。」

這些年，她把兒子藏在京城外的莊子裡，始終不敢讓他們姊弟相見，就是怕皇帝知道。小時候，淩叔曾經把孩子抱回來給她看過，說是他的義子，那個時候她還傻乎乎地恭喜淩叔呢，哪裡曉得是自己的親弟弟。

「瓏兒，娘……」

「娘，我們離開將軍府，去外面買個宅院，過我們自己的日子，再也不去想那些不屬於我們的東西了。」

雲氏握住淩瓏的手。「瓏兒，是娘對不起妳，娘一念之差害了妳，害了妳弟弟，也害了娘自己……」

如果她不去貪屬於淩嬌的東西，不偷偷將東西搬出將軍府，不拿去揮霍，興許皇上會念在她這些年的付出，給女兒指婚。

皇上的眼線遍布天下，她在莊子上待了一年生下孩子，皇上肯定是知道的，卻默許她生下來……

「娘，我不怪妳，真的。」

「可是瓏兒，離開了將軍府，妳的親事……」

如果沒有將軍府，淩瓏想找一門像樣的親事實在是難。

那些高門大戶哪個不看出身？如果不是將軍府，誰願意高看她的女兒一眼？

這下淩瓏也猶豫了，她可以不要別的，但是姻緣……

大年初一。

地龍燒了一夜，屋子裡暖烘烘的，淩嬌睜開眼睛，天已亮，周二郎還睡在身邊。她微微動了動，周二郎便睜開了眼眸，睡眼矇矓。「新年快樂。」

淩嬌一笑。「新年快樂。」

她想再睡一會兒，忽然感覺心口處有些異狀，伸手一摸，摸到一個紅包。淩嬌訝異，打開一看嚇了一跳。

一萬兩銀票！周二郎那鋪子賺錢了嗎？

「二郎……」

周二郎應聲。「嗯。」

「這紅包……」

「給阿嬌的壓歲錢。」

淩嬌一愣，笑瞇了眼。「為什麼給我？」

「想給就給了。」

她靠在周二郎懷中。「鋪子賺錢嗎？」

「賺，這十幾天除去開銷，足足賺了五萬三千多兩，零頭我獎勵給大家了，這些日子，大家也著實辛苦。」天沒亮就到鋪子幹活，半夜三更也未必能夠回家，幾個都是丈夫或兒子親自來接，家人到鋪子也幫忙幹活。他不是瞎子，所以年底結帳時，每個人都獎勵了。

這獎勵的銀子，足足抵得上他們大半年的工錢。

「應該的。」

周二郎抱緊淩嬌，他其實有些怕淩嬌不同意，卻不想淩嬌比他想像的還要通情達理。

「阿嬌，我打算過幾天去街上看看有沒有鋪子賣，我打算再開一家分店。」

「好，我多給你寫一些糕點方子出來，到時候你一個月上一樣新品，等到大家習慣了周記的糕點，每個月都會來買新品，生意定會越來越好。如果有人想來買方子，你想一下給多少銀子，把做糕點的法子教給他們，然後從你這兒買配料，這又是一筆盈利。」

「如果他們開在京城怎麼辦？」

「你讓他們把鋪子開到別的地方去啊，咱們就在他們開鋪子的地方開一個米鋪，賣大米、麵粉等其他東西，專門供給他們，還能賣一些給散戶，一算下來，不是又多一筆進項嗎？」

「這法子好。」

剛好他也想開個麵粉、大米鋪子，卻有些擔心銷路，如今想來還真是一舉兩得。

「法子是好，可你也不能想著一步登天。將軍府雖然有銀子，那些卻不是我們的，所以二郎，我希望五年後，我花的每一分、每一兩銀子都是你賺來的，那樣子才用得心安。」

周二郎緊緊抱住淩嬌。「阿嬌，我會的。」

他一定會努力賺錢，讓淩嬌以後走出去不單單是平樂公主，更是他周二郎的妻子，唯一的妻子。

「不過，你也不要有壓力，我只是說一說，你放心，我會幫你的。」

她會做很多糕點，只要有材料，也能搭配出許多花樣來。

「好，我都聽阿嬌的。」

只聽阿嬌一個人的。

兩夫妻又一起睡了一會兒，才起床洗漱。將軍府是主子少、下人多，周二郎也看出淩嬌的不自在，偷偷在後門準備了一輛馬車，帶著她偷偷出府。

「二郎，我們去哪裡？」

淩嬌靠在周二郎身邊，小臉藏在披風的帽子下。

「那天我看見一個院子，問了一下，給上十兩銀子便可以進去遊玩，聽說裡面種了好多梅花，我想帶妳去看看。」

這是去旅遊嗎？淩嬌想，應該是吧，更為周二郎的貼心而心動。

到了那院子，因為是大年初一，除了一個年紀大的大爺來開門，院裡並沒有人。那大爺見周二郎帶著媳婦過來，驚訝不已。「你們是來梅園賞花的？」

「是啊！」

周二郎給了十兩銀子，把馬車寄放在門口，牽著淩嬌進了院子。

「剛發現的時候就想帶妳來，可那個時候人太多，怕擠著妳，今兒更好，就我們兩個人，雖然冷清了點，卻沒人打擾。」周二郎說著，朝淩嬌眨眨眼睛，賣乖意味甚濃。

「嗯，的確更好。」

這些日子被一大群人圍著討好，淩嬌實在不習慣，更害怕自己迷失在這其中。

今天跟周二郎偷偷出來，感受一下真真正正的兩人世界，也好。

梅花開得正盛，朵朵怒放，淩嬌伸手拉了梅枝，將花朵放在鼻子下輕嗅，梅花香氣淡淡的，卻極好聞。「二郎，你抽空問問這梅園的主人，這梅花花瓣賣不賣，如果賣，你就買回來，我幫你做梅花糕，或者找釀酒的做梅花釀，到時候那梅花渣渣還能拿來做面膜呢！」

「什麼花都可以做糕點嗎？」

「基本上都可以，而且功效不一樣，有養顏美容的，也有祛除體內毒素的，所以每個季節的都不一樣，咱們也不急。」

周二郎眸子發亮，忽地抱起淩嬌，在原地轉了幾圈。「阿嬌，妳真是我的福星！」

他從枝頭摘了一朵怒放的梅花，輕輕插到淩嬌的髮間，低頭纏綿地吻上她。

淩嬌閉上眼眸，伸手摟住周二郎的腰。周二郎抱住淩嬌，像是呵護稀世珍寶。

不遠處，一個男子微微眯了眸子。

他也算得上畫盡天下美景，卻從來不曾畫過人物，因為他不信世間有純粹的愛戀，但這一刻，他相信了。

纏綿一吻之後，兩人都有些氣喘吁吁，含情脈脈地看著彼此，淩嬌噗哧笑出聲，周二郎也笑了起來。

「冷嗎？我們回去吧，免得大家擔憂。」

「好。」

周二郎扶著淩嬌出了梅園，上了馬車離去。

回到將軍府，也沒人問起他們去了哪裡，似乎沒人知道他們出去過一般，兩人才微微鬆了口氣。

第八十九章

大年初二，在京城最繁華的畫仙樓上，樓主第一次畫了三幅人物畫，只邀人觀賞，卻不打算賣。

李彥錦也在被邀請的客人之中。

其實他跟畫仙樓樓主不熟。這樓主是個奇人，只知道是個男子，長得一般，但是性情乖戾——這點李彥錦理解，但凡有大學問的，哪個沒點毛病？

「各位公子，我們樓主今兒身子不適，不宜見客，所以這畫便讓小人拿出來給諸位觀賞。樓主有令，只許觀賞，不許褻瀆，否則便是與畫仙樓過不去。」

那中年男人說完，手一揚，立即有六個妙齡少女拿著畫出現。

第一幅畫，男子摘下一朵梅花插到女子髮間，那神情溫柔得似乎要滴出蜜來。

那女子淺淺笑著，微微垂頭，帶著無限的嬌羞。

第二幅畫，那男子伸手捏住女子的下巴，低頭笑看她，明顯是要親那女子。雖然這畫面讓人想入非非，但賞畫之人莫不羨慕能得如此美眷。

第三幅畫是兩人擁吻，情意綿綿，恩愛無雙。

「這……」

李彥錦忽地站起身，走到那畫像面前，仔細看了看，畫像上的人不就是周二郎和淩嬌嗎？

「李兄，怎麼了？」有人關心問。

李彥錦微微搖頭。「無礙。」

他起身出了畫仙樓，去見聞人鈺璃，跟他說起這件奇事。

「你說，畫仙樓樓主畫了二郎和嬌嬌的畫像？畫仙樓樓主不是從來不畫人物像的嗎？」

聞人鈺璃失笑，卻又沈默片刻，才說道：「表哥，你說大郎這麼多年都沒醒，我要不要送到周二郎那裡去？畢竟，他一直給我驚喜。」

從一開始的二郎哥到現在的駙馬爺，周二郎一直在進步、成長。

李彥錦微微錯愕。「你考慮清楚了嗎？」

周大郎當年是為了救聞人鈺璃才受重傷，變成了活死人，好在聞人鈺璃一直好好給他調理著，除了沒有清醒之外，其實和正常人沒什麼區別。

「這麼多年了，我們都救不醒他，或許把他送到周二郎身邊，還能有一線生機。」

「也好。」

聽說聞人鈺璃來了將軍府，還帶著一個寶貝過來，周二郎很是錯愕。「是什麼啊？」

「走，你跟我去馬車上看看。」聞人鈺璃說著，拉了周二郎上馬車。

馬車裡是躺著的周大郎。

周二郎一怔，咚一聲跪在了周大郎旁邊，伸手抓住周大郎的手。「大哥?!」

「大哥，是你嗎？這些年，你都去哪裡了？」
周二郎得不到答案，轉頭去看聞人鈺璃，聞人鈺璃嘆息一聲。「是我的錯，大郎為了保護我而受了傷，這些年一直昏迷不醒，我感念他的救命之恩，沒把他送回去。早知道我救不醒他，當初就應該派人把他送回去，說不定你爹娘……」
周二郎搖頭。「都過去了。」一切都是命，半點不由人，陰差陽錯之下，爹娘去了，嫂子也跟人跑了。
「大哥，醒醒，醒過來看看我，看看阿寶。阿寶今年都八歲了，你走的時候，他連喊你都不會，如今他早已長大，大哥……」
周二郎說著，紅了眼眶。「爹娘都去世了，這個世上，也就只有我們三兄妹了……」
周大郎依舊沒有醒來的跡象。
周二郎吩咐人把他抬進了將軍府，以前伺候的人也留下，畢竟他們知道怎麼伺候周大郎，不讓他的身體肌肉萎縮。
凌嬌得知周大郎還活著，很是驚訝，趕緊找到了阿寶。
阿寶看著凌嬌，紅了眼眶。「嬸嬸……」
兩年來，阿寶長高了很多，也結實了，卻依然唇紅齒白得可愛。
凌嬌抱住阿寶。「沒事，嬸嬸陪你一起去，不必害怕。阿寶，雖然他沒有看著你長大，但是他卻是世界上唯一一個寧可傷了天下人，也不願傷了你的人。」
「真的嗎？」聽了凌嬌的話，阿寶糾結的心才稍稍平靜下來。

「對。」

淩嬌牽著阿寶來到周大郎房門口，示意他一個人進去。

阿寶看了看淩嬌，又看了看周二郎，一步一步走進去。床上，周大郎直挺挺地躺著，身上穿著乾淨的衣裳。

周大郎和周二郎長得有點像，又不是特別像。周大郎在軍隊磨練過，有一股狠勁，不像周二郎一身溫厚，看起來無害得很。

阿寶看著床上的男人。嬸嬸說，這就是他的爹爹？

「爹爹？」

他輕輕喚了聲。其實喊一聲也沒那麼難，於是又接著喊了好幾聲。「爹爹，我是阿寶，我是阿寶……」

到最後，他哭了起來。

到底是個孩子，想到這些年，因為沒有爹娘而受到的白眼，心裡還是委屈。

如果不是淩嬌的出現，他深信自己一定還活在貧困裡，不知道外面的世界是多麼美好，也不知道他可以學到那麼多不可思議的本事。

「爹爹，你醒過來吧……阿寶想有一個爹爹。奶奶、爺爺都去世了，娘也跟人跑了……嗚嗚，你醒過來，阿寶就有爹爹了……」

眼看大年就要過去，元宵就要到來。

將軍府早早就做了花燈，準備在元宵夜掛起來。淩嬌把驕陽院的人全部都遣退了，親手做湯圓吃，是核桃芝麻餡的，一個個圓滾滾，看著就讓人很有食慾。

周二郎陪著阿寶在練字。那日阿寶在屋子裡的哭聲，他聽見了，才明白這些日子，他為了淩嬌、為了生意，倒把阿寶給忽略了。

「二叔，我把這段背給你聽聽。」

「好。」

「學者有四失，教者必知之。人之學也，或失則多，或失則寡，或失則易，或失則止。此四者，心之英同也。知其心，然後能救其失也。教也考，長善而救其失者也。」

周二郎搔搔頭。「啥意思啊？」

他一個大老粗，不懂啊！

阿寶笑了。「學生可能有四種過失，當教師的一定要知道。人的學習，可能錯在貪多，可能錯在求少，可能錯在不專注，可能錯在不求進取。這四種錯產生的原因，其心理是不同的。了解了心理，然後才能糾正他們的過失。教育的目的在於發揚學生的長處，糾正他們的過失。」

「似懂非懂，咱們阿寶學問好，好好讀書，將來是要做狀元的。」周二郎說著，揉揉阿寶的頭，滿心憐惜。

他拿阿寶當自己的孩子，以前窮，飯都吃不起，如今家裡還算富裕，他自然想好好培養阿寶，讓阿寶將來做一個有本事、讓人敬重的人。

「阿寶聽二叔的，好好讀書，好好做人。」

「好孩子。」

淩嬌一邊搓湯圓，一邊笑。「你們快收拾收拾，湯圓馬上就好了。」

「好。」

叔侄倆齊齊應聲，趕緊收拾好東西。

淩嬌把湯圓下鍋，煮熟了以後舀起來，周二郎立即端了放到桌子上，三個人坐下一起吃，卻不約而同想起了周家村的日子。

當年家裡窮，可那個時候也是這般，坐在一起，幸福滿滿地吃著。

「嬸嬸，我想周家村了。」也想三嬸婆、周玉姑姑、周甘叔叔，還有周家村的一切。

淩嬌撈湯圓的手一頓。她何嘗不想，周家村單純，每一個人都是發自真心地笑。「快吃，等天氣暖和了，他們都會來京城的。」

其實她想回周家村去看看，也不知道家裡如今是什麼樣子，只是現下她這身體還需要調理，不然孩子怕是不能生。

周二郎也一心想要有一番作為，天下這麼大，又有哪裡比得上京城繁華，多少人想到京城來，也未必能站得穩腳跟。

「嬸嬸希望的日子是什麼樣子的？」阿寶小聲問。

曾經，他希望的日子是吃飽穿暖，如今他希望的日子是嬸嬸、叔叔自由自在，想去哪裡就去哪裡，沒那麼多顧慮。

凌嬌笑，輕輕揉了揉阿寶的頭。「我希望的日子啊……」很認真想了想。「我希望的日子是你們都在，都好好的，快快樂樂、無憂無慮的，走出去昂首挺胸，誰都不敢欺負你們，日子順心，能得到心中所想。」

「呵呵，嬸嬸，我也希望是這樣子的。」

「今天去看過你爹爹了嗎？」

「去過了，爹爹還是跟以前一樣，任我怎麼叫都叫不醒。」

「阿寶不要洩氣，以後每天多陪你爹爹說說話。你爹爹雖然昏睡不醒，但他肯定能聽得見你說話的。」

周大郎相當於是植物人，他沒有高科技輔助都還能呼吸，意識肯定是有的，只是欠缺一些刺激讓他醒過來，如果阿寶天天跟他說話，想來還是有可能醒來的。

「嬸嬸，我知道。」

他會每天去陪爹爹說話，雖然記憶裡沒有他，但是以後成長的路上有他就夠了。他不怨也不恨，相反地，他很感恩，有這麼好的一個父親，有疼愛他的叔叔、嬸嬸，以後還會有可愛的弟弟、妹妹……

轉眼到了二月。

周二郎在京城正義大街上買下了一個兩間門面的鋪子，掌櫃因為得罪了人，怕被報復，急著要賣掉，開價十五萬兩；周二郎一番討價還價，加上給現銀，足足比原來的價格少了一萬五千兩。

糕餅鋪子剛好遇上新年，很多人家串親戚時都會買，生意很好，一個月下來利潤頗豐。周二郎仔細算了算銀子，手裡還有九萬多兩，便想著要在京城幾條繁華的大街都開上一間鋪子。

新鋪子一番簡單裝修、找人，花去了半月，於二月十五開業。開業當天更推出了各種活動，買到一定的銀子便送新的糕點，而新糕點暫時只送不賣。

為了新品，來買糕點的人很多，大戶人家更是多不勝數，生意竟好得出奇，一日下來起碼有上萬兩收入，除去開銷，怎麼也有七、八千兩利潤。

周二郎想著，等二月底結帳的時候，拿一萬兩給淩嬌買一對帝王綠的耳墜子，那天他去玉石齋的時候就看上了，也付了訂金，等月底的時候就去拿。

第九十章

如今皇帝是越來越信任聞人鈺璃了，朝堂中諸多事宜都讓聞人鈺璃處理，大有要將聞人鈺璃立為太子的打算。

畢竟，聞人鈺璃是皇后之子，堂堂正正的嫡出。

皇帝正翻閱著奏摺，眉頭蹙得很緊，聞人鈺璃見狀，猶豫後才問道：「父皇怎麼了？」

「雖說封了嬌嬌做公主，可終歸還沒上皇家玉牒，封地也還未賜下……對了，周二郎那邊生意做得如何？」

「日進斗金。」

皇帝錯愕，隨即笑了起來。「如此朕倒是放心了。」

「父皇打算賞賜哪個地方作為妹妹的封地？」

「朕一時半刻還沒想到。」

「父皇，兒臣倒是有個好地方，就是怕父皇覺得委屈了妹妹。」

皇帝一愣。「什麼地方？」

「綿州到鳳凰城間有個縣城叫郥縣，當年發生了霍亂，幾乎整個縣城的人死的死、傷的傷，逃亡去了各處，那裡如今就是一個荒地。」聞人鈺璃說著，一頓之後看向皇帝。

皇帝敲著桌子，狀若沈思。「繼續說。」

「妹妹其實不大適合京城的生活，父皇您看，妹妹回來的這些日子，可有出現在哪個達官顯宦的人家？或者參加哪家的宴會？兒臣明白，妹妹是怕二郎兄弟適應不了，所以拒絕了一切宴會。父皇何不把這鄖縣和邊上幾個縣城一起給妹妹做封地，並讓妹妹的子嗣世襲罔替，我相信以妹妹的本事，定能把這鄖縣治理得井井有條，讓它繁榮昌盛的。」

一個公主有自己的封地，子嗣還能世襲罔替，這幾乎是從未有過的。

皇帝一聽，卻覺得可行。

「嗯，你這個提議甚好，別的縣城就算了，這鄖縣便給平樂做私產，朕會下旨，以後不論哪個皇帝都不允許用任何理由收回。」

「父皇英明。」

一個鄖縣的田地和高山加起來一算，足有上百萬畝，如果整頓妥當，別說一年，便是一月的收入都不得了，更何況還是作為私產。如今那裡荒蕪一片，隨便淩嬌怎麼弄，反正都是她的。

皇帝沈吟了會兒。「你召集相關人等，想一個妥善的方案，既然要把那地方賞賜給嬌嬌，一個縣城該有的還是要有。」

「是。」

將軍府。

淩嬌看著面前的淩瓏。這些日子，淩嬌都沒見過她，今日一見，發現淩瓏瘦了很多。

「坐吧！」

凌瓏微微點頭，在凌嬌身邊坐下，雙眸比起以前清澈許多，眸子裡平靜如湖水，讓人瞧著就喜歡。

「姊姊……」凌瓏低喚，猶豫著要怎麼開口。

凌嬌淡淡笑著，示意她說下去。

凌瓏看了看凌嬌身後的人，這些人是不會願意讓她和姊姊獨自相處的，而她也不打算勉強。

「姊姊，我有事求妳。」

「自家姊妹，說吧！」

凌瓏深吸一口氣。「姊姊，妳讓我跟娘離開將軍府吧！我知道，我不是爹爹的孩子，娘、娘……」

凌嬌一愣。「凌瓏，不管什麼時候，妳永遠是將軍府的二小姐。妳娘的事，我聽陳嬤嬤說了，我的意思是讓妳娘病了，或者去寺廟為爹爹祈福，或者青燈古佛……」

凌瓏一急。「姊姊，我不是這個意思，我——」

凌嬌失笑，拉著凌瓏坐下。「妳先聽我說完。我那些話，是明面上的意思，暗地裡，就讓妳娘離開將軍府，跟她喜歡的人生活去吧！妳呢，依舊留在將軍府，以後還是將軍府的二小姐，我依舊是妳姊姊，將軍府是妳娘家，這樣子不只對妳好，對妳娘也好，對那個未見面的小弟弟也是好的，妳說呢？」

凌瓏沒有想過淩嬌會這樣對她們。「姊姊……我聽妳的。」

「那好，既然妳答應了，便讓陳嬤嬤去準備吧！」

三月份，威武大將軍夫人看破紅塵，去了皇家庵堂為大將軍及孩子們祈福，據說再也不會回來了。

更讓人想不到的是，淩嬌懷孕了，把周二郎和皇帝喜得不行，賞賜更是源源不斷地送到將軍府來。

淩嬌第一次懷著身孕，卻帶著淩瓏拜訪璃王府，又連著參加好些個夫人的宴會，大家見淩嬌對淩瓏疼愛有加，淩瓏又乖巧聽話，行事落落大方、進退有度，加上皇后娘娘召見，當下還誇獎了淩瓏一番，將軍府頓時熱鬧起來，好多都是來將軍府說親的。

淩嬌拿著帖子，仔細看了看。「瓏兒，妳看看，這個李家公子怎麼樣？爹爹是新任的禮部侍郎，家中又是獨子，有兩個姊姊已經出嫁，妹妹還小。而且這李公子已經考上秀才，馬上就要科舉了，如果再考個庶起士，以後拜相出仕也是好的。」

淩瓏正做著小衣裳，紅著臉。「姊姊作主就好。」

「哼，這以後的日子是妳在過，哪能我給作主？妳倒是說說，妳想找個什麼樣子的？」

淩瓏很認真想了想。「我想找個像姊夫那樣子的。」

淩嬌一愣，隨即笑了起來。「那行，等妳姊夫回來，我跟他說說，問問看周家村還有沒有他那樣子傻的，把妳便宜賣過去，我嫁妝還省了。」

淩瓏一聽，急得不行。「姊姊，我的意思是，要找一個像姊夫那樣子好的，待姊姊一心一意，沒有通房也沒有小妾，對姊姊更是好。就拿姊姊那耳墜子來說，在玉石齋可放得有些時候了，要價一萬兩，多少夫人、小姐看了都沒捨得買，卻被姊夫買回來送給了姊姊，而且還不是花將軍府的錢，是姊夫自己賺回來的錢。」

一個耳墜子值這麼多錢？淩嬌呼出一口氣，周二郎也真是下得了手，等他回來，一定要好好說說他。

不過，照淩瓏這麼一說，淩嬌倒是想起一個人，周甘。

周甘今年都十八、十九了，比淩瓏大一點，正好；只是不知道周甘的意思，或許等這次周甘來京城了問問看，興許周甘看上淩瓏，淩瓏也看得上周甘。

「瓏兒，姊姊這兒倒是有一個人選，咱們也不急，等過些時候他來京城了，妳先看看。」

淩瓏紅著臉點頭。這些日子相處下來，淩瓏知道，她想要的姊姊就是淩嬌這樣子的，待她好，事事為她操心、打算。這幾年的失蹤，似乎反而因此拉近了彼此的感情……

周家村。

周芸娘一大早就起來洗米做飯，現在她帶著孩子住在了周二郎家，管著一家老小的衣食住行，還幫忙管加工坊，讓大家幹活別偷懶。

幾個孩子長得唇紅齒白，懂事又可愛。

周芸娘一手遮在額頭上，抬頭看天。太陽初起，霞光四射，美不勝收，又是新的一天。周芸娘笑了笑，去了廚房。

兒子眼看就要周歲，淩嬌雖然沒回來，卻派人送了禮物，一件件、一樣樣都是精品，看得周芸娘眼眶發熱，心中發誓要好好幫淩嬌管好這個家，等她回來。

周芸娘見籃子裡的菜不多，拎著籃子出了家門，準備去地裡拔些菜回來，卻見趙貴鬼鬼祟祟的。她冷冷一哼，立在原地怒喝。「還不出來！」

若是以前，她肯定嚇得跑回家裡，如今她可不怕，她手裡有錢，身後有娘家，吆喝一聲，有得是人幫她狠狠揍趙貴這個沒良心的。

趙貴嬉皮笑臉地出現在周芸娘面前。「芸娘。」

「趙貴，我最後一次警告你，趕緊回家去，不然別怪我不給你留情面。」以前是她傻，娘家有人，居然還由著趙貴一家子折磨她，真是白癡一個。

趙貴嚥了嚥口水，臉色難看。「芸娘，我是真心求妳回去的，妳就跟我回去吧，我——」

「停，趙貴，你別作戲。看你這德性我就泛噁心，我現在數三聲，如果你再不走，我就喊人！一……」

趙貴臉色遽變，但他私心裡覺得周芸娘是嚇唬他的，都說一日夫妻百日恩，他還是幾個孩子的父親，周芸娘不可能會把事情做絕，一定是嚇他的。

「二……」

趙貴有些害怕，卻還是強撐著。「芸娘，我是真心的，妳要相信我。」

劉氏那娘兒們捲了家裡的銀錢跑了，娘也氣病了，如今家裡窮得都要揭不開鍋，他一定要把周芸娘哄回家去。

「……三。」

周芸娘喊到三，趙貴還是不為所動，周芸娘冷笑，扯開嗓子大喊。「來人啊，這裡有個小賊，要偷東西！」

趙貴一聽，嚇了一跳，見到有好幾個男人拿著棒子跑過來，趙貴嚇壞了，撒腿就跑。

「趙貴，你最好跑快一些，跑慢了，說不定就被打死、打殘廢了！」

周芸娘喊著，見趙貴跌了個狗吃屎，哈哈哈笑了起來，笑著笑著，卻哭了出來。

曾經，他們也是幸福過的，趙貴曾經是積極向上的，賺了銀錢也給她保管，對她也是好的；只是後來，她接連生了幾個女兒，婆母一直罵她，趙貴越來越不靠譜，輕則罵，重則打，打她、打女兒，那種日子如今回想起來，都像是一場惡夢。

如果不是嫂子，不是二郎哥，她或許都已經被折磨死了。

周芸娘深深吸了口氣，擦乾眼淚，又笑了起來。

以後的日子那麼美好，她傻乎乎地哭什麼呢？

陳虹之把周芸娘的舉動看在眼裡，搖了搖頭，回了院子，見陳秀秀挽著籃子，蹙眉問道：「要出去？」

「嗯，出去一下。」陳秀秀說著，出了家門。

對於十二歲的孫女，陳虹之是懷著歉意，卻也信任的，因為陳秀秀懂事乖巧，也非常能幹。

「早點回來。」

「知道了，阿爺。」

陳秀秀是來找周玉的。不知道什麼時候開始，兩個小女孩成了好姊妹，加上又是同齡，周玉對外面的世界很好奇，恰好陳秀秀知道，便時常和周玉分享，只是聽陳秀秀的話，外面有繁華，也有落寞、紛爭。

周玉最後得出一個結論，那就是外面的世界很精彩，也很無奈。

出門的時候，陳秀秀見到周甘。

周甘長高了不少，因為吃得好，身子結實，穿得也不錯，相貌又好，是個翩翩少年，引得不少姑娘芳心暗許，都等著淩嬌回來，便要請媒婆去說親。

「周大哥。」陳秀秀低喚。

聲音清清淡淡的，跟周玉的軟、淩嬌的溫柔、他娘的病弱不一樣。

「陳小姐。」客客氣氣，規規矩矩。

陳秀秀一笑。「周大哥，你似乎有些怕我？」

「怎麼會？陳小姐多慮了。」

周甘不是怕陳秀秀，而是陳秀秀看來不簡單，看她的舉止就知道陳家曾經繁榮過，如今落難了，恐怕也不是他周甘可以高攀的。

當然，如果陳秀秀不是一會兒對周甘青睞有加，一會兒又若即若離的，興許周甘已經動心；偏偏她自恃甚高，對周甘並無太多喜歡，利用倒是多了些。周甘聰明，一次、兩次看不明白，次數多了，加上沈懿的提點，自然就明白了，漸漸也就歇了心思。

心思一淡，少了熱情，陳秀秀又不願意了，想要挽回，可周甘從小清苦，這兩年跟著周二郎，生活好了起來，心性堅定不少，一旦心中認定了的事，又怎麼會輕易轉變心思？

陳秀秀想要說些什麼，周甘卻開口道：「我還有事，先去忙了。」

布偶的生意越來越好，附近幾十個村子的人都來做工，他的事情多得忙都忙不完，真沒心思在這裡陪一個根本不喜歡他、只想利用他的姑娘。

陳秀秀挽著籃子默默離開，多希望周甘出聲喊她，可是等了又等，等她回過頭，哪裡還有周甘的身影？

第九十一章

周旺財死了。

村民還在周旺財家發現了周田氏的屍體，連忙報官，請了仵作來驗屍，才得知周田氏也已經死了很久。

面對周旺財的下場，村民唏噓不已。曾經多麼要強的村長，才兩年時間，落得這麼個淒慘的下場；而周二郎卻步步高陞，聽說淩嬌還是一個郡主，也有人說是公主，眾說紛紜沒個定論，卻也明白，周二郎和淩嬌怕是不會再回到周家村了。

三嬸婆在年初的時候病了一場，要不是家裡銀子多，用人參吊著命，怕是就這麼去了。大病之後，三嬸婆老了不少，也看得更明白，很多事情都懶得做了，天天在家看看周晟睿，想著阿寶；以前還能逗逗大黑，可大黑在淩嬌他們走了之後，也不知道去了哪裡，找也找不到。

孫婆婆倒是天天去學堂教孩子們規矩，女孩子們被教得很好，規規矩矩的，針線活的進步也很大，好幾個都嫁到了鎮上大戶人家，書院的名聲更大了。

也有人感覺學得差不多，退學後跟著家中大人一起做布偶，一天下來也得了不少錢。

沈懿正在打包東西，這次去京城，不只是去看望淩嬌，更要把家裡的種子拿去給淩嬌，希望她找地方種出來。

「沈大哥。」

周玉端著一碗茶湯過來，遞給沈懿，笑道：「沈大哥，辛苦你了。」

沈懿接過茶湯，喝了幾口。「說什麼傻話，我累什麼？對了，你們東西都準備好了嗎？」

「都準備好了。」

這次去京城，周玉和周甘也是要去的，三嬸婆身體不好，不能去，孫婆婆要教學生，也不能去；趙苗和周維新要看著家裡，更是走不開，好在大家齊心，離開也亂不起來。

可三嬸婆也是想去京城的，她想阿寶了。

「唉……」三嬸婆嘆息一聲，又深吸一口氣。

孫婆婆在一邊瞧著。「老姊姊是想去京城的吧？」

「是啊，我是想去，可我這身體委實不爭氣。」

若是身體爭氣些，她便去京城了，淩嬌有了身孕，要生孩子，她在一邊也能幫襯一二。

「老姊姊不必擔憂，既然阿嬌身分尊貴，身邊伺候的丫鬟、婆子肯定不會少。」

「離開都快一年了，也不知道阿寶長高了沒有？他叔叔、嬸嬸都是好的，我本也不必擔憂，只是，心裡還是會忍不住念著這孩子。」

苦日子過去了，如今吃穿不愁，她真心不必憂思，可很多時候，還是希望最喜歡的幾個孩子都在身邊，早晚能夠見一見。她也是害怕，怕有一天，閉上眼就再也醒不來了。

孫婆婆想了好一會兒，才說道：「要不，咱們收拾收拾也去吧！」

「可……」

「老姊姊，咱們都老了，身子大半截在黃土裡，誰知道還能活多少年？如今有這個機會，咱們便收拾收拾跟著他們去京城。妳想他們，我也想，以前阿嬌、二郎那是什麼都沒有，咱們作為長輩要千般為他們打算，如今他們什麼都有了，咱們福氣好，有機會跟著享福，多好啊！」

三嬸婆一番尋思。「成，咱們去京城！」

三嬸婆和孫婆婆也決定去京城，又是一番收拾，家中是全部交給了周芸娘。

周芸娘看著那遠去的馬車，嘆息道：「也不知道，這輩子還能不能再見上一面……」

私心裡，周芸娘覺得凌嬌是不會回來了。

趙苗拍拍周芸娘的肩膀。「阿嬌是個重情的，她會回來的，一定會的。」

四月的京城。

凌嬌懷孕之後每日無所事事，待在屋子裡也難受，索性堅持天天出去走走，倒是把將軍府全都轉了遍，就是隔壁的公主府也去走了一大圈。

後院的空地，凌嬌讓人拾掇出來，等著周甘、周玉帶種子來種上。

「阿嬌……」

周二郎邁步走來，從凌瓏手中接過凌嬌，小心翼翼扶著凌嬌往回走。

如今糕餅鋪子的生意越發好，裡面不只賣糕點，凌嬌還準備了些五香瓜子、奶油瓜子、滷味等物。

雖然周二郎還未過明路，算不得真真正正的駙馬爺，但在京城這個地方，權貴顯要的眼線到處都是，想打聽點什麼也是輕而易舉，明裡、暗裡也讓府中下人去周記糕餅鋪子買東西，希望以此打好關係。府中有個什麼宴會，更是親自找到周二郎，訂周記的糕點，有這麼多人惦記著，生意不好才怪。

周二郎手裡有了銀子，倒喜歡給淩嬌買東西了，今天買點吃的，明天買釵子、手帕，買塊布料、鞋面子……漸漸的，淩嬌身上穿的、用的，都是周二郎買回來的，可他卻從未給自己買什麼。周二郎想得明白，他賺銀子就是要給媳婦用的。

「今天孩子有沒有淘氣？」周二郎輕聲問，伸手去摸淩嬌的肚子。身邊的丫鬟、婆子和淩瓏在周二郎到了之後，各自悄悄退了下去。

淩嬌搖頭，懷了孩子後，豐腴不少。

「乖就好，不乖的話等他出來，我幫妳教訓他。」周二郎說著，從懷裡摸出一個小小的錦袋，打開拿出一條圓珠子手鍊。「我一早買了，特意送去大佛寺讓大師開光過，今兒才去拿回來，我幫妳戴上。」

「我已經有很多東西了。」淩嬌說著，還是把手遞給了周二郎。

「東西嘛，誰會嫌多？阿嬌說說看還喜歡什麼呢？只要阿嬌喜歡的，我都給阿嬌買回來。」

周二郎認真給淩嬌戴手鍊。

凌嬌仔細看周二郎，他比起以前好看了，如今生意也好，整個人意氣風發、穿著講究，周身更有種富貴之氣，雖不如那種天潢貴胄與生俱來，卻沒有天潢貴胄的驕縱奢逸。

「才半年時間，你已經買了很多東西給我，每一樣我都很喜歡。」

「阿嬌喜歡就好。」

凌嬌笑著在周二郎臉上親了一下，周二郎身子一僵，臉頓時紅了個透。儘管成親已久，凌嬌這般偶爾親他一下，對周二郎來說還是驚喜。

凌嬌見周二郎紅透了臉，笑得越發肆意。

周二郎抬頭，在凌嬌臉上也親了一下，兩人相視又笑了起來。

這樣的情意若是被旁人瞧見，不知道要羨慕死多少人，畢竟世間少有這般純粹的愛，兩人的眼中只有彼此，再無其他。

「走吧，我們回去。」周二郎扶著凌嬌，一步一步朝驕陽院走去。

這一日，一個男子到了璃王府，見了聞人鈺璃。

「你……」

聞人鈺璃以為這麼多年了，聞人飛揚再也不會出現，沒想到居然又現身了，還出現在他的璃王府。

「是，我回來了。」聞人飛揚找了位子坐下，端茶喝了口，瞇上眼。「你這裡的茶一如既往地好。」

聞人鈺璃忙問道：「這些年你都去了哪裡？你知道嗎，嬌嬌回來了，她成親了！」
「我知道，我見過了。」
「你在哪裡見到的？」
「三幅畫。」
聞人鈺璃頓時明白了，吃驚不已。「你不急嗎？」
「我和嬌嬌……注定沒有好結果，而且這麼多年過去，我們都變了，嬌嬌有屬於她的幸福，我也有了屬於自己的生活。」
聞人鈺璃嘆息一聲。「你早知道了？」
「不，我是後來才知道的。嬌嬌失蹤的時候，我連死的心都有了，卻還是奮不顧身去找嬌嬌，路上被人襲擊，身受重傷，卻被救到了一個世外桃源，認識了一個農家姑娘。但我失憶了，以為那女子便是自己心愛的姑娘，與她成親，並有了孩子；直到我恢復記憶，獨身一人離開，拋棄了她們母女多年。如今見到嬌嬌幸福，我總算可以安心回去了。」
「你這些年……」
「我去了異國再回到京城，一直在等嬌嬌回來，我……」
所以，他拋棄妻女尋找嬌嬌的消息，只有嬌嬌得到幸福，他才有離開的資格。
聞人鈺璃一拳打在聞人飛揚臉上，罵道：「你這個混蛋！」
這一拳打得聞人飛揚嘴角流血，他還不解氣，又一拳打了過去。「我問你，如果不是嬌嬌回到京城，你是不是打算一輩子都不出現？」

聞人飛揚抬手擦掉嘴角的血跡，才說道：「我一直不曾放棄尋找，甚至去了異國尋她，實在找不到，才回京城等著……如果不是那三幅畫，我一直還在四處打聽，如今見她過得很好，我也就放心了。」

「我不明白，你為什麼不出現？你可知道，逍遙王一直記掛著，生怕你出了意外。」

「我把嬌嬌弄丟了，有什麼資格出現？」

兩句話，卻道盡這些年的隱忍、辛酸。

聞人鈺璃嘆息一聲。「當年，誰也沒想到會發生那樣子的事情，都過去了，你也別自責。」

聞人飛揚深吸一口氣。「是啊，都過去了……」只是心痛依舊。

好一會兒，他才說道：「我想單獨見一見嬌嬌。」

「好。」聞人鈺璃答應了，只是隨即又說道：「嬌嬌有身孕了，你見著以後可不要胡亂說些什麼，惹她激動，明白嗎？」

「明白。」

「我來安排。」

第二日，季馨苑送了帖子到將軍府，請淩嬌去王府赴宴。淩嬌便帶著淩瓏、淩溪和小凡去了璃王府。

季馨苑忙上前招呼。「近來身子可還好？」

凌嬌笑道：「出來走走也好，老悶在將軍府，我都快要發霉了。」

季馨苑回以一笑，牽著凌嬌。「走，咱們大廳說話。」

兩個人一邊走一邊說話，到了大廳，茶水和點心端了上來，季馨苑招呼凌嬌吃。「我知道這點心肯定沒周記的好吃，妳可千萬別嫌棄。」

「嫂子說什麼呢？嫂子請我過來，我哪裡敢嫌棄？開心還來不及呢！」凌嬌說著，拿了一塊放到嘴裡。

這糕點小小的，一口一塊，不弄髒手也不會弄髒口脂，倒也方便入口，回去以後，得把這個想法用在周記，到時候再弄出些漂亮的花樣來。

吃了一會兒，季馨苑告訴凌瓏，家裡的荷花開了。

凌瓏驚訝不已。「這麼早就開了嗎？」

「開了幾朵，去看看吧！」

凌瓏很聰明，一聽季馨苑這話，就知道她肯定有話要對凌嬌說，立即拉著凌溪和小凡走了，留給凌嬌和季馨苑談話的空間。

季馨苑屏退了伺候的人。「都去外面守著，不許任何人過來打擾。」

「是。」

丫鬟、婆子應聲全部退了出去，凌嬌有些詫異。「嫂子有事？」

季馨苑笑。「嬌嬌，妳別緊張，只是一個老朋友想要見一見妳，一會兒妳見著他，千萬別激動，好不好？」

「是誰？」淩嬌不解。

她在京城認識的人不多，或許是原身以前的朋友，看季馨苑遮遮掩掩的，該不會是個男人吧？

「一會兒妳見到就知道了，我先下去。妳見著後千萬別激動，他不會傷害妳的。」

季馨苑再三保證，淩嬌只好點了點頭。「好。」

不管是誰，既然到了這個地步，她也只有見一見了。

季馨苑起身，朝她示意之後，這才邁步離開，卻有些不放心。

時光匆匆，一眨眼過去，一切都變了。

她猜想，聞人飛揚或許根本沒有所謂的愛人，只是因為他知道自己和淩嬌永遠都不可能了，而淩嬌也找到了愛人，所以他找了個藉口，寧願自己傷心一世，也不要淩嬌傷心一分。

季馨苑朝外而去，稍稍看向了角落處。

她知道聞人飛揚就在那裡，黯然地嘆息一聲。

第九十二章

凌嬌端著甜湯，小口小口喝著。雖然都是同樣的藥材熬煮出來的保胎甜湯，可因為廚娘不一樣，火候不一樣，熬煮出來的味道也就有所不同。

淺淺抿了一口，聽到腳步聲，凌嬌抬頭看去，便見一個身穿藍色錦衣、頭戴玉冠的男子走來。

此人面如冠玉、貌若潘安，而那雙眼睛，情意太濃，讓凌嬌莫名不安。

她忽地站起身，臉上一陣滾燙，錯愕地抬手去摸，才發現自己哭了，心中更是感覺到莫名的酸楚、悲戚。

「嬌嬌……」聞人飛揚低喚。

曾經，在無數次夢中，夢到她遇難，他驚醒過來，渾身是汗、徹夜難眠；如今見她安好，聞人飛揚也就放心了，只是見她哭泣，依舊心疼不已，卻已經沒有上前將她擁入懷中、為她拭去淚水的資格了。

「聞人飛揚？」

凌嬌猜測低喚，多少還是有些猶豫，只是心中有個聲音告訴自己，這就是聞人飛揚。

「嬌嬌，是我。」

凌嬌微微一笑，坐到椅子上。

聞人飛揚坐在淩嬌對面，見她體態豐腴，心裡千般不是滋味，猶豫好一會兒才開口說道：「這些年，妳……」

「以前的事情我都忘記了，這兩年我過得很好，我夫君待我也很好。飛揚大哥，你呢？這些年，你過得好嗎？」

聞人飛揚一怔，隨即笑道：「好，我成親了，妳嫂子長得很美，我們還有一個女兒。能見到妳平安歸來，我也就可以放心地離開了。」

彼此都幸福了，淩嬌想，或許對兩個曾經相愛的人來說，這是最好的結果。

「恭喜你。」

「妳也是。」

一時間，兩人都不知道要說些什麼，陷入沈默。

好一會兒，聞人飛揚才開口說道：「我在京城開了一間畫坊，如今我就要離開了，那間畫坊送給妳，權當我送妳成親的禮物。」

淩嬌不知道聞人飛揚所說的畫坊值多少銀子，只是來而不往非禮也。「飛揚大哥什麼時候走，順便幫我帶些東西給嫂子和姪女吧！」

「暫時還沒決定，等我要走了，一定告訴妳。」

「那我回去準備。」

「好。」

說著說著，又是一陣沈默，誰也不知道還要說些什麼。聞人飛揚站起身，深吸一口氣。

「嬌嬌，妳要幸福。」

凌嬌一愣。

幸福，如今周二郎待她一心一意，她確實是幸福的。

她起身，走到聞人飛揚身邊。「飛揚大哥也是，一定要幸福。」

曾經的錯過，不是因為不愛，只是因為緣分不夠，命運捉弄。

「我們都會幸福的。」聞人飛揚自言自語，看向凌嬌，見凌嬌面色紅潤，倒也放心了，只是離別在即，多有不捨。「嬌嬌，我可以抱抱妳嗎？最後一次。」

這一別後，天涯海角兩相隔，他浪跡天涯、四海為家，她夫妻和睦、恩愛繾綣。

她幸福，他便幸福了。

凌嬌點頭，主動抱了聞人飛揚。「飛揚大哥，雖然我忘記了許多過往，可是在我心中，你就是大哥，一輩子的大哥。」

「好，一輩子的大哥。」

不談風月，只談真情。只是這情在時光之中，因為各種原因，漸漸昇華了。從愛情到親情，原本是相濡以沫多年以後才會有，可他們只能硬生生斬斷情思。

聞人飛揚身子僵著，好一會兒才抬手，輕輕放在凌嬌肩膀上，也知道這是此生最後一次擁抱，心驟然劇痛，手臂一用力，緊緊將她擁在了懷中，彷彿這樣子便能永遠不分開。

「嬌嬌……」聞人飛揚低喚。

千言萬語梗在喉，卻不知道要怎麼說出口，到最後，只能化做一聲輕嘆、一句祝福。

「以後要幸福。萬事以自己為先，若他待妳不好，妳千萬不要忍著；妳若找不到我，便告訴鈺璃，他總有辦法尋到我的。」

哪怕隔著千山萬水，我也會回來為妳撐腰。

可私心裡，聞人飛揚卻希望，永遠都沒有這一天，此去經年，興許再無再見的那一天了。

凌嬌點頭。「嗯。」

儘管這份感情不屬於自己，凌嬌還是感覺到心底的傷痛，為這對可憐的戀人感傷；若不是身分使然，他們定是一對幸福的青梅竹馬。

聞人飛揚鬆開凌嬌，抬手想要撫摸她的臉，卻又放下，笑了起來。「別難過，我們都還好好的，都幸福了。曾經那些過往，想不起來便不去想了，往以後看才是最好的，嬌嬌說是不是？」

「是。」

過去的，終歸過去了，她不是那個恩寵無雙的平樂郡主，卻頂替了她，成為平樂公主。從這一刻，凌嬌不會再忐忑、矯情，理所當然接受了這樣的幸福。

「我……」聞人飛揚一時間不知道應該說些什麼，他心愛的女孩已經得到幸福，不管曾經發生了什麼，他總歸要學會放手，讓她繼續幸福下去。

「飛揚大哥是打算去找嫂子跟姪女嗎？」

聞人飛揚聞言一頓，隨即點頭。「嗯，我是要去找她們的。」

「那還會回來嗎？」凌嬌問。
「會。」
聞人飛揚肯定地說道，但只有他自己知道，這只是安慰凌嬌罷了。
相對沈默後，聞人飛揚又道：「祖父年紀大了，以後我不在京城，嬌嬌多去王府陪陪祖父吧！祖父素來喜愛疼惜嬌嬌，有妳陪在祖父身邊，我也能安心些。」
想到逍遙王那老頑童，凌嬌笑著應聲。「我會的。」
見到她，心事已了，聞人飛揚明白，已到了要離別的時刻了。「那，我便先走了。」
「好。」
聞人飛揚見凌嬌應聲，邁步走出了大廳，歷來泰山崩於前都面不改色的人，這一刻卻變了臉色。說好不在乎、說好放手，可心卻那麼疼、那麼難受……
出了璃王府，一輛逍遙王府的馬車停在門口，一名黑衣侍衛立即上前。「世子爺，王爺請世子爺回府。」
聞人飛揚深深吸了口氣，上了馬車。
坐在車上，聞人飛揚掀開車簾，希望看到那個嬌俏的身影跑出來，立在門口，巧笑倩兮地說：「飛揚哥哥，要不你別回去了，反正我們遲早也是要在一起的，不如今晚我們便洞房花燭吧！」
每次都說得那麼坦蕩，往往讓他一個大男人臉紅耳赤、心跳如鼓，最後落荒而逃，卻又捨不得地頻頻回頭去看，然後就能見她笑得花枝亂顫、一臉得逞，讓他氣急敗壞，又不能拿她怎麼樣，本想生氣幾天讓她擔心，卻被她嬉皮笑臉哄一哄就好。

只是，眼看馬車就要轉向，璃王府的大門再也看不到，也不見她出來。

聞人飛揚一陣嘆息。「看來，是真不記得了……」

曾經愛的時候是真愛，如今不愛也是真的不愛了。

璃王府大廳。

凌嬌坐在椅子上，凌溪走過來，開口便道：「見誰了？」

「聞人飛揚。」

凌嬌說得冷靜，凌溪卻是一愣，見她這麼鎮定，有些錯愕，卻也明白她畢竟是真的忘記了，如今她愛著周二郎，更願意平平靜靜地相夫教子。

「他還好嗎？」

凌嬌很認真想了想。「看樣子，應該還好吧！」

凌溪懂了，像聞人飛揚那樣的人，就算不好，也不會表現出來；若是凌嬌的心還在他身上，興許還能注意到一些，可如今她懷著孩子，又一心在孩子和周二郎身上，聞人飛揚出現得突然，她怎麼可能去關心聞人飛揚是不是有什麼不妥？

「妳呢？」凌溪問。

凌嬌笑。「我自然很好。」

凌溪看了凌嬌一眼，又聽她這麼說，倒也放下心來。「那我們回去吧！」

「嗯，等瓏兒回來，我們就回去。」

這些日子相處下來，淩嬌倒是越發喜歡淩瓏了，這丫頭懂事、善解人意，是個單純可愛的小女孩，說到底就是一個希望得到關心的孩子罷了。

「行。」淩溪應聲，想了想又說道：「妳要不要去看看荷花？」

「不用去看了，一會兒就能瞧見吧，瓏兒肯定會摘了帶回去。」

淩嬌話剛落下，就聽到淩瓏和小凡笑嘻嘻地走來，淩瓏手裡還捏著兩朵荷花，笑嘻嘻地跟小凡說這荷花香得很。

淩溪看了淩嬌一眼，似乎在說：竟被妳說中了。

「姊姊，這荷花開得可真好看，我摘了，帶回去放妳屋子裡。」

淩嬌失笑。「我可不要。」

「為什麼不要啊？」

「君子不奪人所愛，這荷花明明是妳喜歡的，卻拿我做藉口，我才不傻傻替妳揹黑鍋呢！」

淩瓏一愣，把荷花往小凡手裡一塞，隨即坐到淩嬌身邊，也不管椅子能不能坐得下兩個人，挽住淩嬌的手臂，頭靠在她肩膀上，呵呵笑了起來，不依地說道：「姊姊，妳知道就算了，幹麼要說出來，讓大家都知道嘛！」

淩嬌點了點淩瓏的額頭，疼惜之意不言而喻。

「姊姊，我們回家了嗎？」

「回家了。」

淩嬌一說回家，大家都坐不住了。

季馨苑準備了好些東西讓淩嬌帶回去，人參、鹿茸，冬蟲夏草……樣樣珍貴精品。「雖說妳那兒啥都不缺，可這都是我的心意，妳就別拒絕了。」

淩嬌笑著打趣道：「快，把整個璃王府給打包了我帶回去！」

季馨苑一愣，卻想起聞人鈺璃的心思，靠近淩嬌小聲問道：「妳真想要啊？」

淩嬌不解。

季馨苑眨眨眼睛說道：「等妳三哥心想事成後，送妳就是了。」

「這……」

三哥心想事成？那就是聞人鈺璃想做皇帝？

淩嬌頓時笑了。「這璃王府這麼大，修得也精緻，我可是等著呢，嫂子可要說話算話。」

「沒問題。」

只要聞人鈺璃做了皇帝，一個宅院算什麼？

姑嫂兩人手挽手朝外面走去，季馨苑輕聲說道：「雖說如今父皇待妳三哥比對兩個哥哥好些，可父皇的心思，咱們也捉摸不透，嬌嬌有空進宮陪陪父皇，幫妳三哥探探口風吧！」

「嗯，嫂子放心，我會的。」

「妳也別怪嫂子跟妳說這些，作為女人，自然希望自己男人好，妳說是吧？」

一榮俱榮，一損俱損，妻憑夫貴；再者聞人鈺璃身上肩負太多太多，不只是他自己，還有整個李氏一族。李彥錦為了他，四處經商賺銀子，希望他榮登帝位，將李氏一族幾千條性命都押上了。

「我明白的，嫂子放心吧！」

凌嬌雖不知道要怎麼幫，不過一旦有機會，她自然會在皇帝面前為聞人鈺璃說好話的。

季馨苑拉拉凌嬌的手。「除了妳，如今這些事我也不知道應該去找誰說，就算去說了，也未必能夠幫得了我，說不定還漏了風聲出去，給妳三哥帶來麻煩。」

雖然對這帝位的野心，聞人鈺璃從未掩飾，大家也心知肚明，但季馨苑這般說出來還是第一次。

季馨苑說著，又道：「還有今兒這事，妳別怪我，我也是沒法子。聞人飛揚都求到了我面前，你們曾經經歷過的事情，我也知道一些，雖然你們不能長相廝守，可曾經的愛卻不摻雜絲毫虛假。嬌嬌，好在如今你們都得到了幸福，過去的就讓它過去吧！」

凌嬌點頭，出了王府上了馬車，簾子落下，才深深嘆息一聲。

凌嬌看著凌溪。「我也希望他真真正正幸福，找到他命中注定的那個女子，恩恩愛愛幸福一輩子。」

凌溪點頭，伸手將凌嬌擁入懷中。「會的，他是個好人，自古都說好人有好報，所以他一定會幸福的。」

她可不希望凌嬌憂心那些糟心事。

凌嬌點頭，仰頭看凌溪。「那溪溪妳呢？」

「我？」

「是啊，陳公子一直在將軍府外遊蕩，妳啥時候允許他進將軍府？」

想起曾經的青梅竹馬，如今恨不得親手殺死的負心漢，當初一別，這些年也不見他去尋她，如今她回來了，就不要臉地靠上來，凌溪也不想多說，免得髒了自己的嘴。「他？哼，我是不會允許他進來的。嬌嬌妳也是，不許讓他進來，吃裡扒外的東西，什麼玩意兒?!」凌溪說著，看向凌瓏、小凡。「你們兩個也是，誰要把他放進來，小心我剝了你們的皮！」

小凡忙道：「我聽姊姊的。」

凌瓏也道：「我不敢，我定是以姊姊們馬首是瞻，姊姊不許他進來，我肯定不會讓他進來的。」

「這還差不多。」

凌溪如今依舊氣恨陳元思，自然也憎恨當初跟陳元思勾搭上的凌巧。他們同是出身於將軍府，但自從陳元思跟凌巧搭上之後，這麼多年都沒有凌巧的消息。哼！除非凌巧死了躲到地獄去，否則自己遲早有一天定要將她揪出來！

第九十三章

回到將軍府，陳嬤嬤喜笑顏開地迎了出來，見淩嬌好好的，也就放心了。「回來就好，公主身子可還好？」

「嬤嬤，我很好，勞嬤嬤掛心了。」

淩嬌客氣有禮，陳嬤嬤很滿意，她雖是個奴才，可也是個尊貴的奴才，自然希望主子給臉面，她才好管理將軍府的下人。

陳嬤嬤忙給淩瓏、淩溪和小凡請安，才招呼他們進去，邊走邊說道：「剛剛收到泉水鎮的信函，公主是在大廳看呢，還是回驕陽院去看？」

周家村的信函？淩嬌一聽便有些迫不及待。「在大廳看。」

「是。」

到了大廳坐下，喝了甜湯，陳嬤嬤忙把信函遞給淩嬌，淩嬌接過剛剛打開，內容都沒看清楚，淩瓏便急不可耐地問道：「姊姊，都說了些什麼啊？」

見淩瓏兩眼亮晶晶，全是好奇期盼，淩嬌失笑。「妳倒是比我還急，哪，給妳先看。」

淩瓏紅了臉，卻還是接過信函。「姊姊如今懷著身子，可不能用眼過度，我唸給姊姊聽。」

二郎哥、嫂子親啟，弟周甘攜妹妹周玉、三嬸婆、孫婆婆、沈懿大哥於三月二十五日出發，若是路上不耽擱，應該在四月底便能到達京城，就算有所耽擱，五月初定也能到。給嫂子帶了好些家裡的東西，還有各類種子，因為東西很多，所以請了鏢局護鏢。

弟　周甘敬上

淩瓏讀完，小臉紅撲撲，眼睛水潤地看著淩嬌，把信遞給她，呵呵笑著說道：「姊姊，那周甘長得好看嗎？有沒有說親啊？」

「周甘啊……」淩嬌慢吞吞地說了句，淩瓏連忙認真聽。

「周甘長得自然是不錯的，至於說親嘛，應該是沒有，就是不知道他有沒有看上誰家姑娘。」

「啊，姊姊，如果他有喜歡的姑娘了，那我怎麼辦？」淩瓏急了。

她可是覺得，像周二郎那麼好的男子，他的弟弟肯定也是好的，所以聽說周二郎還有兄弟之後，對全京城的男子都不感興趣了。她的要求也不高，長得還好，待她有姊夫待姊姊一半好，她便心滿意足了；至於能力，淩瓏想得明白，周二郎都這麼能幹了，身為他的弟弟，肯定差不到哪裡去，卻沒想過人家可能已有喜歡的姑娘。

如果他有喜歡的姑娘，她又不能去破壞……

淩瓏是真急了。

淩嬌瞧著都心疼。「天下男子那麼多，沒了周甘，不是還有別人？再說其他男子定也有好的，妳安心，我會讓妳姊夫留意的。」

「可是姊姊……」

那些男子可不一樣，誰知道他們是不是裝的，金玉其外，敗絮其中，哪有知根知柢來得好。

「好了，妳也別擔心，依我看，周甘也不可能這麼快便有喜歡的人，別自己嚇自己。」

晚飯時分，周二郎回來，在二門見到淩瓏，有些錯愕。「妳怎麼在這兒？」

「見過姊夫。」淩瓏福身後，立在一邊，垂著頭，丫鬟跟在身後。

「有事嗎？」

淩瓏會在這裡等他，想來是有事情的。

「嗯，有點事。」

「啥事，說吧！」

淩瓏猶豫好一會兒才說道：「姊夫，那個……那個周甘是個啥樣子的人啊？」

「這……」

周二郎萬萬沒想到淩瓏會問這問題，想了想才說道：「挺好的一個人。」

淩瓏見周二郎的心思明顯不在這上頭，識趣地不再多問，轉了話題道：「姊夫，你帶了什麼好吃的回來，好香啊！」

「哦，從路口買的爆米花，你們的都在馬車上，隨安、隨喜一會兒就拿過來了。」

隨安、隨喜是聞人鈺璃為他找來的護衛，年紀不大，也就二十出頭的歲數，據說武功高強，只是周二郎從沒見過他們出手。兩人行事穩重，對他也很敬重，不管他說什麼，他們都會完成，從來不問為什麼。

「那姊夫手裡這份是給姊姊的嘍？」

「嗯，我先去看妳姊姊，一會兒晚飯見。」

周二郎說完，就去找淩嬌了。一天沒見她，他心裡甚是想念，如果可以，他只想一天到晚哪兒都不去，黏在淩嬌身邊。

楚兒立在淩瓏身後，笑道：「駙馬爺待公主可真好。」

淩瓏贊同地點頭。「是啊，姊夫待姊姊可真好。」

淩嬌靠在貴妃椅上睡了過去，香兒輕手輕腳拿了薄毯給淩嬌蓋上，一邊做著嬰兒穿的衣裳，時不時看淩嬌一眼。

才短短幾月，趣兒、墜兒相繼出嫁，且嫁得很好，公主更是給了座一百畝的莊子和一千兩銀子做添妝，對趣兒、墜兒來說，以後在婆家，誰也不能小瞧了去。

屋子裡伺候的丫鬟就剩她和蓉兒、歡兒，也不見公主再提其他大丫鬟，香兒也不堅持，反正周二郎也不喜歡屋裡女孩子太多。

想到周二郎，香兒更羨慕淩嬌。

身分高貴與否原來真的不重要，重要的是以後的日子裡，他會不會拿妻子當心肝疼著、寵著。

剛想起周二郎，就見周二郎走了進來，香兒連忙起身，衝周二郎噓了一聲。

周二郎恍然大悟，小聲問香兒。「睡了？」
「睡了。」
周二郎點頭，輕手輕腳進了屋子，將東西放在桌子上，又端了凳子坐在貴妃椅邊上，香兒立即拿了周二郎平日看的書過來，又輕手輕腳退了出去，守在外面，不許人進來打擾。
懷了孩子，淩嬌越發嗜睡，卻睡不了多少時間，醒來的時候見周二郎拿著一本書坐在一邊看得仔細，她也不出聲，含笑地看著他。
周二郎發現淩嬌醒了。「醒了？」擱下書，扶她坐起。「要去恭房嗎？」
「嗯。」
周二郎扶著她走去了恭房，等淩嬌解決好出來，已經打好水，幫她洗手、擦手，自己也收拾一番，才扶著她出了屋子。「我給妳買了吃的。」
「是什麼？」
「爆米花，街口一個漢子賣的，就是用一個鐵罐子一樣的東西，放在爐子上轉啊轉的那種，改日我帶妳去瞧瞧。」周二郎一邊說，一邊打開黃紙包，把爆米花上的苞米殼剝掉，餵給淩嬌吃。
「挺香的。」
沒有加任何色素、糖精，全是苞米的香甜，味道真不錯。
周二郎見淩嬌喜歡，心裡也歡喜。「以後我每天給妳買，咱們多吃幾次，每天少吃點，免得吃多了上火。」邊說邊把苞米殼丟到嘴裡吃。

凌嬌瞧著哭笑不得，拍打周二郎一下。「看你連殼都吃，若讓人瞧見，還以為我虐待你了呢！」

她拿了一顆爆米花，剝了殼餵到周二郎嘴裡，也把殼丟到嘴裡，嚼了幾下才說道：「這殼的味道滿香的嘛。」

周二郎笑眯了眼。

雖然如今日子過得好，可曾經一路走來的艱辛卻從未忘記，更忘不了身邊女子第一次煮的番薯粥，濃稠香甜，也記得她第一次貼的肉餅，煮的每一樣菜餚……

後來，他幫她洗衣裳，心裡想著，如果能給她洗一輩子該多好？

如今願望達成，他豈能不珍惜？

凌嬌想了想，還是覺得該把見到聞人飛揚的事情說一下，從她嘴裡說出來，跟周二郎從別人那裡聽來，畢竟是不一樣的。

皇后喝著茶，問身邊的嬤嬤。「平樂現下懷著身孕，再過幾個月孩子就要出生了，產婆和奶娘可選好了？」

「娘娘，這事咱們不能管。」

皇后一頓，隨即明白過來。

這事皇帝怕是會讓蔣公公親自去辦，畢竟那是他最疼愛的女兒。

「也是，既然這些咱們管不著，便多準備些錦緞、棉布料一類的吧，小衣裳、虎頭鞋帽更是要多準備些。平樂不能隨便走動，我也不能時常去看她，就怕弄出點什麼事情來，便多給她些實惠吧！」

「娘娘說得是，只是另外兩個宮裡……」

皇后失笑。「別去計較，皇上還春秋鼎盛，咱們不能急，也急不得。不信妳且瞧著吧，那些個跳得歡的，沒幾個最後能落個好下場。」

皇帝的眼線遍布皇宮，若誰有點風吹草動，皇帝都能知曉，當年的事情能發生一遍，卻絕對不會有第二次。

「娘娘英明。」

皇帝翻閱了幾本奏摺，看向蔣公公。「蔣德海。」

「奴才在。」

「朕吩咐的事情辦得如何了？」

「回皇上，三張金絲楠木的小床已經打造好，幾張紅木大床也只差最後描眼，匠師那邊來人詢問，這描眼是皇上去呢，還是請平樂公主來？」

皇帝微微尋思。「那漆味甚重，嬌嬌懷著孩子，怕對孩子不利，朕去吧！」

「是。」

「穩婆和奶娘安排妥當了嗎？」

「都安排妥當了，全是一等一的小婦人，也是第一次生孩子，這會兒懷孕七個月，也有六個月、八個月的，奴才怕公主生孩子日期不定，所以多準備了幾個。」

皇帝滿意點頭。「你辦事素來穩妥，辛苦了。」

蔣公公笑眯了眼。「奴才不辛苦，能為萬歲爺分憂，是奴才的福氣。萬歲爺，您好些日子沒去將軍府，今兒去嗎？」

「朕倒是想去，這不是怕去了，周二郎發忧，嬌嬌瞧著心疼，索性便不去了，唉。」他做父親容易嗎？

「萬歲爺，如今的駙馬爺可不是曾經的駙馬爺。奴才聽說，才短短幾個月，駙馬爺在京城的鋪子已經開了四家，還日日送公主禮物，雖然東西不甚值錢，可都是駙馬爺的一番心意，奴才瞧著啊，這駙馬爺是頂頂好的。」

「二郎的鋪子開了四家了？」

「是啊，開了四家了，生意好得很，每一家都日進斗金，如今在京城裡問問，誰家宴客的糕點不是來自周記糕餅鋪子，如果不是，那真是要貽笑大方的。」

皇帝聞言，忽地笑了起來。「二郎如今把生意做起來了？」

「做起來了，奴才估摸著啊，駙馬爺手裡的銀錢加上鋪子，有這個數。」蔣公公說著，豎起一根手指頭。

「京城寸土寸金，四間鋪子倒也值點銀子，不過也不是什麼大鋪子，你別誇他。」話是這麼說，可皇帝自個兒卻樂了起來。

蔣公公剛想說話，卻有暗衛出現。「啟稟皇上，逍遙王府世子爺回來了，如今已經進了逍遙王府。屬下打探到，世子爺先去了璃王府，今日平樂公主也去了璃王府。」

皇帝聞言，變了臉色，深吸幾口氣。「出宮，去逍遙王府。」

逍遙王從聽到聞人飛揚的消息開始，就在大廳裡走來走去，也罵了好幾個來打岔的下人，砸了幾個茶杯後，終於聽到下人來稟報。「王爺，世子爺到門口了。」

世子聞人飛揚離家消失都快七年了，誰都不知道他去了哪裡、做了些什麼，不少人猜測聞人飛揚遭遇不測，卻不想如今又回來了。

逍遙王一聽，喜上眉梢，邁步準備出去接人，又停了下來，點點頭，表示自己知道了。

不一會兒，聞人飛揚進來，樣子和以前並無太多變化，就是面上已有滄桑。

逍遙王喉嚨一哽，張嘴卻道：「還知道回來?!」

聞人飛揚走到逍遙王面前。「見過祖父。」

「哼。」逍遙王冷哼一聲，轉身。

他以為聞人飛揚多少會說幾句軟話，等了半晌卻沒有聲音，疑惑回頭，哪裡還有聞人飛揚的影子。「人呢？」

「世子爺去了望嬌院。」

逍遙王一愣，滿腔怒火頓時發不了絲毫，嘆息一聲。怨只怨命運捉弄人，曾經兩個人也算得上青梅竹馬，可萬萬沒想到，那威武大將軍是個女子，而平樂郡主居然是皇帝的女兒，就連他這個皇叔也被瞞得好苦，不然豈會眼睜睜看著兩個孩子走到那般地步……

第九十四章

望嬌院。

聞人飛揚仰頭看著匾額。猶記得當初寫這匾額的時候，嬌嬌也在身邊，說什麼這個「嬌」要她親手來寫，他拗不過她，只能隨她寫下。如今物在，人卻……

物是人非四字，又怎麼說得完他心中的悲憤與淒涼。

邁步進了院子，角落的花是淩嬌送來的，不知道什麼品種，開得稀稀落落；柱子上，有淩嬌淘氣時刻下的字：聞人飛揚、淩嬌。

迴廊轉角處，聞人飛揚蹲下身，從牆角下摸出一個小包，一層一層打開。裡面是一方手帕，帕子早已經泛黃、變了顏色，手帕上還繡著「飛揚」兩字，字體歪歪扭扭，說明繡這字的時候，那人還小。

聞人飛揚仔細想著，那個時候，淩嬌幾歲呢？大約是六歲吧！

六歲的孩子懂什麼呢？可他那個時候已經十二，卻是什麼都懂了一些。

面對那粉雕玉琢、毫不矯揉造作的女孩子，他可是喜歡得緊，這望嬌院便是隨她佈置，她喜歡的搬進來，不喜歡的丟出去。

聞人飛揚進了書房。軟榻上是嬌嬌喜歡的靠墊，顏色已經極淡，但那繡的花色卻極其繁瑣，一看就知道價值不菲。

架子上，最顯眼的地方是嬌嬌喜歡的書，書桌上，筆墨紙硯都是她尋來的，全部都是她喜歡，而他也極其喜歡的。

聞人飛揚只覺得兩眼發熱，又酸又澀，伸手一一撫摸過去，眼淚順著眼角滑落，落在衣內，濡濕了衣襟。

「嬌嬌……」妳幸福了，那我呢？

曾經的誓言彷彿還在耳邊，說的話也都一一記得，不敢或忘，就怕有一天問起來卻答不上，她不依不饒、氣壞了身子。

縱不能長相廝守，卻可以守望一生，妳不嫁，我不娶，彼此心中只有唯一，該多好？

聞人飛揚忽然想起當初讓淩嬌埋下的兩罈酒，起身出了書房，走到花園，找到那棵桃花樹。四月，枝頭碩果累累，他單膝跪地，以手快速挖著，終於挖出了兩個罈子。

當初他們一起去看人成親、鬧洞房，淩嬌突發奇想，要弄兩罈酒埋起來。他帶著淩嬌去了祖父的酒窖，搬了兩罈極品女兒紅埋下，祖父知道後打了他一頓，卻沒讓人挖出這酒。那個時候說好，等他們長大了，洞房花燭時的合巹酒就是它了。

聞人飛揚打開一罈，女兒紅的香氣溢滿了鼻尖，讓人情不自禁沈浸在這香甜之中。

聞人飛揚狠狠灌了一口。「好酒。」

只是酒入愁腸，愁更愁。說好的合巹酒，如今只有他一人品嚐，剩下一罈，聞人飛揚想了想。「來人，把這罈酒送去將軍府，給平樂公主。」

「是。」

陳年佳釀，聞人飛揚是一滴都捨不得浪費，小口喝著，但酒太純、太香，很快，他就醉了。只是心還清醒，也越發疼了。

有些人注定是等著別人的，有些人是注定被人等的；而他似乎是在等著人，也在被別人等。

逍遙王得到消息趕來的時候，就看見醉得一塌糊塗的聞人飛揚，真是恨鐵不成鋼。「瞧瞧你這德性，說出去都丟人！」

「丟人？」聞人飛揚笑了起來。「明明是你們犯下的錯，卻要我和嬌嬌來承擔……那周二郎有什麼好？鄉下來的土包子一個，長得有我俊？行事有我索利？待人處世比我強？手中銀錢有我多？不，他一樣都不如我，唯一比我幸運的是，他與嬌嬌沒有血緣，他遇到嬌嬌的時候，嬌嬌最需要人照顧！」

所以，淩嬌愛上了周二郎，卻忘記了他這個青梅竹馬的戀人。

誰說他們愛得不刻骨銘心，他們是相愛的，他等了淩嬌多少年，小時候，每一次淩嬌過家家的時候都讓他做新郎，大皇子、二皇子、三皇子怎麼哄淩嬌都不答應，每一次他都驕傲得很；每一次過家家，他都努力記著，記淩嬌所有的喜好和步驟。

可記了那麼多，最終也沒能走到最後一步。

逍遙王被聞人飛揚吼得一震，安慰的話在嘴邊，卻怎麼也說不出口。嘆息一聲，他蹲下身，拍拍聞人飛揚的肩膀。「別去為難平樂，經歷那麼多年的磨難，她是真的誰都記不得了。」

「我沒為難嬌嬌，我哪裡捨得為難她……」

「既然捨不得，就別找死，你以為你找死，心裡就能好過，你的嬌嬌就能回來？」逍遙王說著，忽地爆了粗口。「狗屁，回不到過去了！聞人飛揚，她如今有屬於她的幸福，你這麼一鬧，教她如何能夠心安？讓她那駙馬爺知道了，回去跟她鬧，感情有了嫌隙，你就能開心是不是？如果是，你鬧、你找死，別在王府鬧，你去大將軍府門口鬧，讓全天下的人都來笑話她！」

想他也是手握大權的親王，要風得風、要雨得雨，沒想到自己的孫子愛上一個人，他卻不能幫忙奪來。

若是一般人家，哪怕她有了丈夫、孩子又如何，只要他孫子喜歡！可偏偏……

聞人飛揚頓時不說話了。

也是，他鬧騰什麼呢？說好祝福的，說好成全她的，只是不甘心啊……他守護多年的女子，一朝卻被豬拱了。

他把酒罈遞給逍遙王。「喝嗎？」

逍遙王愣了愣，伸手接過，仰頭喝了一口。「臭小子，想不到這酒埋了這麼多年，味道居然更濃了。」

聞人飛揚不語。

逍遙王嘆息一聲，坐到孫子身邊，把酒遞給他，祖孫倆你一口、我一口地喝著。

「飛揚，再埋兩罈吧，等哪天，你覺得身邊的那個女子值得你疼愛一生，便來挖出這兩罈酒。過去的讓它過去，畢竟你們誰也沒有對不起誰，只能怪造化弄人；興許在嬌嬌內心深處，她也是想著與你長相廝守，所以經歷那麼多，一直支撐著等你去尋她。她愛上周二郎是在失憶之後，所以，別去怨也別去怪，喝了這酒，收拾行囊，老頭子陪你浪跡天涯，尋找真愛去。」

時間長了，疼痛也就少了，傷疤癒合，便不會疼了；情漸漸淡了，慢慢的也就忘了，若是遇到一個中意的女子，興許就能重新開始。

聞人飛揚沈默片刻，點頭。「好。」

只是可惜，臨走前，不能再見一次，哪怕遠遠看上一眼也是好的。

聞人飛揚離開的時候，誰也不知道，就連逍遙王也不知道，是皇帝來到逍遙王府，逍遙王派人去請聞人飛揚，僕人卻只拿來了一封信，信中寫了兩個字：勿念。

逍遙王嘆息一聲。「這孩子啊……」

皇帝沈默不語。許多事情他還想問聞人飛揚，如今人走了，皇帝也不打算多待，和逍遙王商量了一番，本想去大將軍府看淩嬌，卻又怕自己去了，淩嬌不自在，只得回宮去了。

來去匆匆，並無太多人知曉皇帝出宮。

回到御書房，皇帝剛剛坐下，蔣公公才端了茶水來，一個黑影忽然竄進大殿，蔣公公剛要大呼，待看清楚來人時，又悄聲退了下去。

「朕以為你走了。」

聞人飛揚微微扯了扯嘴角，暗罵皇帝老奸巨猾，明知道他在沒查清楚當年事情之前是不會走的，還陰陽怪氣地說這種話。

「有些事情沒處理好，暫時不走。」

皇帝哼了兩聲，見聞人飛揚不語，才開口說道：「這些年，你都查到什麼了？」

「什麼也查不到，那些人沒留下任何痕跡。」

皇帝不語，一手敲著桌子，好一會兒才說道：「既然宮外查不到，那便查宮裡。這事交給別人朕也不放心，便交給你全權負責了。」

「皇上倒是不客氣。」

皇帝笑笑。「誰教咱們目的一樣。」都是為了心愛之人過得更好，無憂無慮。

「我倒是有個主意，保證能把這幕後黑手揪出來。」

「說來聽聽。」

飯桌上十幾道菜餚，周二郎親手給淩嬌舀了一小碗湯。當然周二郎也不會讓淩嬌吃太多，寧願讓她多吃幾餐，每頓適量即可。

淩瓏素來吃得少，這幾日想著就快要見到周甘，一顆心撲通撲通直跳，更提不起食慾了。

淩溪和小凡倒是比較正常，而阿寶正在長身體，吃得就多。吃完飯，阿寶要去看周大郎，又要讀書、練字，跟淩嬌說了一會兒話後便回院子去了。

飯後一刻鐘，淩嬌便要喝下一碗小凡親自調的藥，這其間，小凡是片刻不敢離開的，只在一邊守著，生怕淩嬌出點什麼意外；周二郎亦然，不管外面還有多少事情，他可以不回來吃晚飯，但是淩嬌吃藥，他一定會在身邊。

「怎麼樣，身子有沒有不適？」周二郎小聲問。

淩嬌搖頭。「沒，和以往一樣，好得很。」

周二郎稍微放心，等了大半個時辰後，小凡才起身離去，把空間留給這對夫婦。

周二郎親手給淩嬌洗臉、洗手，擦了身子，換上乾淨的衣裳，讓淩嬌回床上去躺著，他坐在一邊打著算盤，記下四個鋪子今日的收入。

淩嬌躺在床上，本想等周二郎的，結果一不小心又睡了過去，周二郎回頭瞧見，笑了起來，起身給淩嬌蓋好被子，轉身繼續忙。直到四個店鋪的帳都算好，沒有錯漏之後，才讓人打了熱水沐浴，再輕手輕腳睡到淩嬌身邊，等自己暖和了，才把淩嬌抱到懷裡，幸福又滿足地沈沈睡去。

淩嬌一個晚上總是要起夜好幾次，每一次周二郎都跟著起來，扶著她去恭房，伺候她方便了，才又回到床上。周二郎時常睡眼惺忪，卻依舊細心地照料淩嬌，總是等她沈睡之後，才迷迷糊糊倒在她身邊睡去。

天剛濛濛亮，周二郎便起床，在外屋梳洗之後，吃了早飯，回屋子看了淩嬌一眼，依依不捨地出了屋子，跟幾個丫鬟仔細吩咐一番後，才去幾個鋪子巡視。

這些日子，手裡有些閒錢，周二郎打算再買一個大一點的鋪子，開間飯館，所以空閒時都在京城幾個掮客行走動。

「周爺，快裡面請。今兒一早有個人來我這兒登記，說他有個鋪子要賣，在城東那邊，是三間三進的鋪子，以前也是做酒館的，只是因為得罪了人，只得著急出手，開價三十萬兩，咱們狠狠還一下，二十五萬兩定能拿下來。」

周二郎聞言，也是動心的。「走，去看看。」

掮客行掌櫃是個聰明人，周二郎一個外鄉人，來到京城，一連開了四間鋪子，生意紅火、日進斗金，卻沒個地痞流氓去鬧，後臺肯定強硬。他也悄悄派人去打探過，得知周二郎每天晚上都是回威武大將軍府，猜想周二郎應該只是個跑腿，他背後的主子肯定是將軍府那個平樂公主。

於是話語間多有尊重，也想交上周二郎這個朋友。

周二郎為人和氣，看著很好說話，其實不然，他做事總有一定的章程，他認定的事情，無論別人怎麼說，他絕對不會鬆口。

三間三進的鋪子，周二郎一看很是滿意，和原來的老闆一番溝通下來，得知他有個漂亮女兒，因為被紈袴子弟看中，硬要納回去做妾，老闆沒得主意，只能賣了鋪子，打算帶著一家子回老家去。

「不瞞周爺，說是去做妾，可誰不知道這些紈袴子弟妾室通用，說不定我這女兒哪一日小命便沒了。我膝下就這麼一個女兒，怎麼捨得……」

老闆這般重感情，周二郎很是佩服，但是，一碼歸一碼。「你這鋪子，三十萬兩太貴了，二十五萬兩我就買了，再順便賣你一個人情，託人給你女兒說門靠譜的親事，保證沒人敢再打她主意。」

老闆猶豫。

周二郎繼續勸道：「雖說你可以賣掉這京城的一切離開，可若回老家途中有個山賊劫匪，到時候把你的錢財搶劫一空，女兒也給搶走了怎麼辦？」

掌櫃神情鬆動了。

「可……」

「若你相信我，這三間鋪子便以二十五萬兩賣給我，我親自去璃王府為你跑一趟，懇請璃王為你家女兒尋一門親事，嫁去官宦人家做正頭娘子，你們一家子依舊留在京城，你便在我這鋪子做個掌櫃，生活依舊有依靠，也不用跋山涉水地回鄉了。」

老闆仔細尋思，他一個商戶，女兒是不可能嫁到官宦人家的，如果周爺說話算話，給他女兒尋門好親事，他自然要考慮。他只有這麼一個女兒，手裡的銀錢以後都是要給她的，只是、只是……

「周爺，要不，你投資些銀子進來，以後我每個月給你分成？」

周二郎搖頭。他寧願自己有條狗，五臟六腑都歸自己，也不要和別人一起擁有一頭牛，以後為了分配打起來。

見老闆心思那麼多，周二郎站起身。「這麼說吧，你這個鋪子，整個京城怕是除了我周二郎，沒幾個人敢買；那些敢買的，看不上這麼一個小小的鋪子，你可莫要貪心，毀了你的女兒。」

到時候，這鋪子能不能保住還是兩說啊！

老闆一聽，嚇得不輕，卻還抱著僥倖。「只是這價錢還是太低了，周爺加一些吧！」

周二郎笑笑，毫不留念地走了。

掮客行任掌櫃立即跟上。「周爺，這傢伙真是太不上道了。」

女兒能有個好姻緣，又有靠山，以後在這鋪子做掌櫃，雖然不是老闆了，但是生活也有依靠，卻還拿喬，且瞧著吧，後果好不了的。

老闆見周二郎走，頓時便後悔了，追出去的時候，周二郎的馬車已經遠去，老闆嘆息一聲，想著那些紈袴子弟應該不會這麼快出手，卻不想家中的下人跑來報信。「老爺，您快回去吧！夫人、小姐被人抓走了！」

老闆嚇一跳，身子一軟，差點癱倒在地，此時一隊官差過來，二話不說將他銬住，直接帶到了衙門，那鋪子也貼上了封條。

老闆後悔了。在牢中被用刑之後，他奄奄一息，簽下了一張協議，將鋪子免費轉送給了別人。

他的夫人倒在他腳邊，已經沒有了呼吸，女兒則是下落不明。

若是答應了周二郎，鋪子沒了，但有筆銀子，女兒也安然無恙，以後也有了個依靠，如今，什麼都沒有了……

第九十五章

這個酒樓在五日後依舊落到了周二郎手中，二十五萬兩銀子，只是賣給他的人是刑部尚書家的公子，一手交錢，一手在衙門修改地契、房契。

對於那老闆一家子去了什麼地方，周二郎不曾多過問一句，不是他狠心，而是他已經給過機會，老闆沒抓住罷了。

回將軍府的時候，周二郎見路口有人在賣泥人，瞧著栩栩如生，他下了馬車。「這泥人多少錢一個？」

做泥人的是個白髮蒼蒼的老人，興許是做了許多年，隨隨便便一捏便維妙維肖，跟真的一樣，見周二郎詢問，抬起頭笑呵呵說道：「回老爺，十文錢一個，老爺要買一個嗎？」

「你一天能賺多少？」

「好的時候五百文，一般的時候三百文，差的時候幾十文，呵呵，餬口罷了。」

周二郎微微點頭。「給你五兩銀子，跟我去家裡，為我娘子捏幾個她喜歡的吧！」

五兩銀子，是老漢生意好時十天的收入啊，他自然是願意的。

收拾好攤子，周二郎讓他上了華麗的馬車，老漢侷促得很，周二郎笑了笑，詢問起老漢來。

老漢家中有三個兒子，十幾個孫子、孫女，他有個手藝，所以出來擺攤，賺些錢回去補貼家用。好在兒子和媳婦都孝順，知道他在外賺錢辛苦，回到家中總有碗熱飯吃。

周二郎笑。「倒是福氣好的。」

「大老爺謬讚了。」

周二郎搖頭。「並非謬讚，人生在世，錢是賺不完的，無非求個安穩，老年之時，兒孫孝順、一家和睦、夫妻恩愛罷了。」

老漢沒想到，像周二郎這麼一個有錢的老爺，願意跟他說這些，笑了起來。「大老爺與夫人的感情一定很好。」

「嗯，我很愛我的夫人。」

老漢一愣，活了這麼多年，見過太多稀奇的事情，卻很少聽到有男子說，他很愛他的夫人，不是賤內，不是拙荊。

「大老爺真幸福，娶了一個自己喜歡的夫人。」

周二郎點頭。「是啊，我很幸福。」

娶了一個自己喜歡並發誓要一輩子都對她好的女子，是幸福的。

到了大將軍府，老漢一愣，沒想到今日居然是到將軍府捏泥人，頓時緊張起來。

「不必緊張，我夫人很好相處，一會兒她問什麼，你便答什麼，她要做什麼，你便做什麼。你若是做得好，她會賞你的。」

「是。」

淩嬌得知周二郎帶了個捏泥人的回來，起身去了大廳，讓捏泥人的捏了好些個動物，腦子裡忽然想起了存錢罐。「老丈，你這泥人捏了可以燒製嗎？」

「燒製？應該是可以的。」

「那把這個泥人做得薄薄的、中間挖空呢，可以嗎？」

「可以倒是可以，不過比較麻煩，價格也貴，所以一般不做的。」

凌嬌想了一會兒。「老丈貴姓？」

「敝姓田。」

「田老丈，你回去後，幫我做幾個大的來，裡面一定要掏空了，上面留一個小孔，夠塞幾個銅板進去的，任由你做多大，反正越大越好。」凌嬌說完，看向陳嬤嬤，陳嬤嬤點頭，立即送上一錠十兩的銀子，並派了馬車送田老丈回去。

凌嬌才跟周二郎說起存錢罐的事情。「這個呢，也就是做些放在你那糕餅鋪裡辦活動，買多少銀子的可以抽獎一次，獎品就是這存錢罐。對了，那酒樓鋪子買好了嗎？」

「買好了，今天去衙門把房契、地契都改過來了。」

「那就好。對了，你打算賣些什麼啊？」

「這個還在考慮呢！」

夫妻兩個靠在一起說話，凌嬌略微尋思。「要不，你做速食吧！」

「速食？」

「對，就是速食，把菜全部炒好，擺放在一起，客人喜歡吃什麼、點什麼，當下就能夠吃到，也不用等，方便快捷，而且價格公道，你有錢可以吃大魚大肉，沒錢就吃青菜白飯，生意肯定能好。」

周二郎仔細尋思，一般大酒樓光是等菜餚上桌就等得要死，許多人不願意等。

他越想，越覺得可行，抱著淩嬌狠狠親了幾口，惹得她格格直笑。周二郎怕她笑岔氣，不敢繼續，拍著她的背讓她平靜下來。

「過些日子，三嬸婆他們就要到京城了，他們住的院子都收拾出來了嗎？」周二郎問。

「嗯，陳嬤嬤今日來找我說了，院子已經整理出來，就是瓏兒和阿甘的事情，我覺得比較難辦。」

當初就不應該跟淩瓏說起周甘，如今淩瓏是每天都在盼著周甘來京城。周甘如果沒喜歡的人，她這個嫂子還能作主一二，可如果他有喜歡的人可怎麼辦？

周二郎拍拍淩嬌的手，安慰道：「別多想，就算周甘有喜歡的女子了，淩瓏也不是不講理的人，只能說緣分不夠，造化弄人，妳還懷著孩子，別為這些瑣事操心。」

淩嬌嗯了一聲，又跟周二郎說了一會兒話，說著說著，自己便睡了過去。

周二郎笑笑，給淩嬌蓋好被子，想到有好幾天沒去看大哥了，便喚了香兒進來伺候，自己去看周大郎。

周大郎身邊有固定的小廝伺候，屋子也打掃得乾乾淨淨。

就周大郎這病來說，也是聞人鈺璃捨得花銀子，身邊伺候的人精心，不然早撐不住了。

見周二郎過來，小廝連忙行禮，周二郎擺擺手示意他出去，走到床邊給周大郎整理被子，坐在床邊的凳子上，握住周大郎的手。「大哥，今兒我又買了一家鋪子，和阿嬌商量了一下，準備做速食。呵呵，阿嬌總是心思多，想法也多，還特別管用，不像我，蠢笨得很，啥也不會，只能蠻幹。」

周二郎嘆息一聲，如果爹娘還在就好了，也能享福，可惜……

與周大郎說了一會兒話，他便回驕陽院陪凌嬌。如今他最放心不下凌嬌，她這一胎懷得意外，要不是為了以後的美好生活，他只想一直留在她身邊守著，寸步不離。

四月十五的時候，宮裡傳來消息，皇帝病了。

凌嬌得知之後，怔在原地。

雖說她不是皇帝真正的女兒，至少靈魂上不是，可皇帝對她卻是一心一意地好。凌嬌想起，來京城的這些日子，她吃好喝好，付出的卻極少，一開始是怕自己言行有失，漸漸便習以為常，如今皇帝病了，她應該要去看看的。

皇帝生什麼病，凌嬌不曉得，只是往宮裡遞了牌子，很快便得到消息，皇帝宣凌嬌進宮。既然要進宮探病，不好空手去，凌嬌親自去廚房做了好幾樣菜餚、點心，收拾了衣裳，帶著凌溪、小凡和陳嬤嬤進宮，給周二郎留了信，準備在宮裡住幾天，陪陪皇帝。

到了宮裡，蔣公公已經在宮門口等著，見到凌嬌，蔣公公笑了起來。「奴才見過公主。」

「公公快免禮，父皇到底怎麼了？好端端怎麼病了呢？」

「唉，皇上年紀大了，這些日子又憂心國事，起先只是小病，哪曉得……」蔣公公說到後面，微微嘆息。「皇上聽聞公主要進宮，欣喜得不行，公主可要在宮裡多陪陪皇上才是。」

凌嬌不再多問，到了養心殿，她聞到一股苦澀的藥味，眼眶忍不住熱了起來，鼻子也酸了。

「嬌嬌來了啊？」

凌嬌走到龍床邊給皇帝請安，又給來侍疾的皇后請安。「見過父皇、母后。」

「好孩子，妳自個兒懷著身子，莫要多禮，快起來坐。」皇后說著，扶凌嬌起來。

儘管她喜歡的那個人不是少年，可在她心中亦是英雄，如今見到與她相像的凌嬌，皇后心裡五味雜陳。

凌嬌坐在龍床邊，看著臉色泛黃的皇帝。「父皇……」

「好孩子，父皇沒事，別擔心，也別聽蔣德海胡說，父皇的身子好得很，妳顧好自個兒才是要事，早日給父皇生個乖孫來。」

凌嬌點頭，伸手握住皇帝的手。「父皇，我給你做了些吃的，都是我親手做的。」

「好、好，擺開來，父皇嚐嚐。天天吃藥，嘴裡苦得很，嬌嬌有心啊！」

凌嬌笑，等菜餚擺好，她洗淨了手，準備親自餵皇帝吃，皇后忙道：「嬌嬌，讓母后來吧！」

「母后，讓我來吧！」凌嬌堅持。

「這……」皇后看向皇帝。

皇帝笑了起來。「讓嬌嬌來吧！」

這一病，病得好啊，嬌嬌都孝順了。

凌嬌親自餵皇帝吃了幾樣菜餚，皇帝胃口極好，還吃了小半碗飯，喜笑顏開的，瞧著臉色也好了許多。

凌嬌住在養心殿後的小宮殿裡，伺候的人全是皇帝的親信，對於這個得寵的公主，奴才們是客氣巴結得很。凌嬌平日裡除了睡，醒了便是去陪皇帝下棋，只是她棋藝實在太差，總是輸，輸多了便開始賴皮，哄著皇帝看這個、看那個，偷偷換了棋子，還是輸，樂得皇帝心情開懷，賞賜源源不斷往將軍府送去。

周二郎也被恩准晚上進宮裡陪凌嬌，早上出宮去鋪子。對於周二郎，皇帝真是愛屋及烏，凌嬌對皇帝越是孺慕，皇帝對周二郎便越好，時不時跟周二郎說些馭下之道，凌嬌便在一邊小憩，由著翁婿兩人侃侃而談。

對於周二郎的成長，皇帝很是滿意。

「好了，嬌嬌累了，朕也累了，下去歇著吧！」

「是。」

周二郎起身，將昏睡的凌嬌抱了回去。

皇后伺候皇帝梳洗，羨慕道：「這駙馬爺待公主真是極好的。」

「嗯，他也就這點值得朕高看，其他……」皇帝搖搖頭。

自己的女兒啊，多好，什麼樣的男子都配不上！

皇后笑了笑。皇帝這一輩子只愛兩個女人，一個是凌珂，愛而得之、惜之；一個是凌嬌，寵之、溺之，但凡淩嬌開口，除了與聞人飛揚的婚事，皇帝都答應了，從未拒絕過。

「近來老三代朕管理朝政，頗有風範。妳是他母后，代朕傳句話給他，有了成績，也莫要忘了答應朕的事情。」

皇后心一凜，不明白這父子倆又有了什麼協議，卻不敢反駁。「是。」

皇帝見皇后笑意斂去，想著這世上也只有她與自己一樣，那麼深愛著一個人，心也就軟了。「妳也別多想，這麼多皇子，朕最放心的還是老三，只是叫他好好查查當年嬌嬌一事。朕在這位置上，坐不了多久了，這天下遲早是他的，他早些接手也好，免得將來朕眼一閉，他兩眼摸黑。」

皇帝想等時機一到便退位，跟著淩嬌去過閒雲野鶴的日子，整日含飴弄孫，吃著閨女做的飯菜，多好啊！若是珂兒還在，就更好了……

皇后聞言，心撲通撲通直跳，驚呼。「皇上……」

皇帝笑笑，走到床邊坐下，拍拍身邊的位置，讓皇后坐。皇后一愣，猶豫片刻才坐下，含笑看著皇帝。

「早些年怕死，所以拚命爭、拚命奪；後來為了守護得到的一切，所以拚命算計、籌謀；再後來，珂兒去了，嬌嬌下落不明，驀然回首，朕都不知曉這些年，堅持所求的到底是什麼？」皇帝說著，嘆息一聲。

回首往事，其實他什麼都沒得到，心愛的人離去，他得到再多，心也是空的。

「如今嬌嬌回來了，朕似乎又活了過來，也明白皇權其實並沒有那麼重要，放手也不是那麼困難。」

「皇上……」

皇后有些怔住了，面前的男人真是那個殺伐決斷的皇帝？不，他只是一個男人，一個差點失去寶貝女兒、所以越發珍惜的男人而已。

「告訴老三，現在就是他建功立業，好讓將來名正言順的時候，放手去做吧，萬事朕頂著，也算是……」皇帝微微一頓，才繼續說道：「也算是朕對他的一些彌補。」

聞人鈺璃肩負整個李氏家族的興亡，皇帝懂，也看得明白。

皇后感嘆，多少年了，才盼來這慈父心腸。

剛要說話，皇帝又道：「但朕不允許外戚太過強大，後宮不得干政，李家可以強盛，但在朝堂之上，還是少些人的好，做一個明君，婦人之仁可不行。」

「是。」

皇后應聲，心裡想著，若是淩珂入了後宮，別說後宮不得干政，便是送上整個江山，怕也是可以的！

到底還是因人而異啊！

第九十六章

四月二十，周二郎的速食店開業，早上有早點，稀飯、水煎包、煎餃、包子、饅頭、豆漿、油條……豐富得很。京城好些人都搶著來光顧這新奇的鋪子，一時間生意興隆得很，而周二郎早出晚歸，可不管鋪子還有多少事情，他在天黑之前一定會出現在皇宮裡。

皇帝的身體似乎越來越不好，朝堂之事已經不管，交給三皇子聞人鈺璃，這可急壞了兩位貴妃，承王、定王也急了，各自去找周二郎打探消息。

「二郎，你日日在養心殿走動，父皇身子可還好？」承王問。

「瞧著還好，就是吃不了多少，藥也一直在喝。」

承王和定王聞言，就放心了，他們就怕皇帝病入膏肓，朝堂大事又握在聞人鈺璃手中。

「那父皇可有什麼聖旨或口諭啊？」

周二郎搖頭。「這個我並不知曉。」

承王、定王見他不大像說謊的樣子，又說了些話，叫周二郎有事可以找他們云云才離去。

兩人一走，周二郎鬆了口氣。

相比這兩個皇子，周二郎還是比較喜歡聞人鈺璃，至少聞人鈺璃從來不會居高臨下地看他，也不會想從他身上打聽什麼，更不會覺得他娶了淩嬌是娶了座金山、銀山回家，或者他就是一攤爛泥塗不上牆。

周二郎想著和淩嬌在一起的開心，心情漸漸好了起來，又想著淩嬌腹中的孩子，噗哧一聲笑了。

「希望是個男孩子，那樣子淩家有後，阿嬌心思也不會那麼重了。」

至於他，周家有了阿寶，以後讓阿寶早些娶了媳婦，多生幾個孩子就是。

他托著腮幫子。「今天給阿嬌買什麼回去呢？」

雖然皇宮裡什麼都有，阿嬌什麼也不缺，可那是他的心意。周二郎想著鋪子裡一切都已經處理好，索性起身出了速食鋪子，卻在門口撞到了人。

「對不起，有沒有傷著？」周二郎急忙問，仔細看去，才發現自己撞上了一個姑娘，那姑娘似乎摔得狠了，在地上怎麼也起不來。

周二郎準備去扶，卻忽然想起那天淩瓏摔倒，身邊也沒個丫鬟、婆子，他剛好路過要去扶，淩瓏當時很著急地說：「姊夫，你可千萬別過來扶我！」

他當時不明白，淩瓏卻強撐著自己起身，給他上了一堂課。在京城，一般見到女子摔倒，千萬別隨便去扶，最好是找個丫鬟、婆子來，不然人家姑娘說你不小心摸了她的手，或者扶了她的腰，一個弄不好，人家是會要你負責的。

先前他走出來時分明有特別注意，但這位姑娘卻突然就衝了出來，看對方現下傷得似乎有些嚴重，他心思微轉，對身邊的隨從說道：「去喊個婆子來把這位小姐扶起來。」

連馥梅一愣。據說周氏速食店的掌櫃是個非常溫柔和氣的人，為什麼今日見著自己摔倒在地卻仍冷靜地站在一旁？

沒關係。連馥梅轉頭，委屈地看著周二郎，她就不信面前的男人還能狠下心。

周二郎本不是心狠之人，見連馥梅摔倒，本還懷著歉意，可這會兒瞧著連馥梅那故作楚楚可憐的樣子，頓時明白了——這就是阿嬌說的仙人跳，這個女子不是個好人！

思及此，周二郎往後退了幾步。「姑娘，雖然是我撞倒了妳，但相信肯定也有不少人看見是姑娘自己衝出來往我身上撞的，不知道的人還以為是姑娘想訛我呢！」

連馥梅一震。她是想訛周二郎，只是沒想到他一點都不憐香惜玉。

「公子，我……」連馥梅牙一咬，站起了身，把兩隻手伸到周二郎面前。「你看，我的手都擦破皮了。」

這下子應該有憐香惜玉之心了吧？

周二郎瞧著，忽地就笑了，從懷裡摸出一張銀票，拋向連馥梅。「夠妳買跌打損傷的藥了，別來纏著我，不然便直接送妳去衙門，我相信京兆尹一定能查出點什麼來的。」說完，喚了小廝就走，壓根兒不去管連馥梅哭泣的樣子有多可憐。

凌瓏說得對，女子在你面前哭，無非有兩種情況，要嘛真傷心要嘛便是騙人的。這女子明顯是後者，長得好看，卻那麼多算計，這個世道啊……

在街上看到一個鈴鐺，周二郎覺得好看，順手買了，準備以後給孩子用。

後宮嬪妃見不到皇上，承王之母朱貴妃便把主意打到了凌嬌身上，想方設法買通了凌嬌身邊的一個宮女，把話傳到了她耳中。

「妳說，貴妃娘娘要見我？」

「是。」

淩嬌看向陳嬤嬤。「嬤嬤？」

「公主，如今您已有了身孕，平日在養心殿走走，皇上都擔心得不行，依奴婢看，不見吧！」

淩嬌也不想去，她跟朱貴妃又不熟。

「只是貴妃娘娘來請，不去會不會不妥？」

陳嬤嬤想了想。「公主鳳體貴重，出去若是有個意外可不得了，不如去問問皇上和皇后娘娘的意思。」

淩嬌這一胎來得意外，誰都不敢大意。

淩嬌點頭。「那便麻煩嬤嬤跑一趟了。」

「公主折殺老奴了。」陳嬤嬤說完，便去見了皇上。

皇上沈思片刻。「讓貴妃自己來養心殿，嬌嬌就不要出去了，免得吃了不該吃的東西。」

朱貴妃得到回話的時候，臉色極不好看，身邊的太監和嬤嬤大氣也不敢出，就怕觸了霉頭，弄個血濺當場。

一個低垂著頭的宮女走上前。「娘娘，奴婢想陪娘娘走這一趟。」

朱貴妃看著她，好一會兒才點頭同意。「妳跟著吧！」

「是。」

朱貴妃帶了好些東西到養心殿，吃的、穿的、用的，樣樣都是精品。淩嬌見貴妃娘娘進來，起身行禮。「平樂見過貴妃娘娘。」

朱貴妃連忙扶住淩嬌。「快免禮。」

「謝貴妃娘娘。」淩嬌謝恩，準備請貴妃娘娘上座，卻有些驚訝地看著跟著朱貴妃一起來的宮女，怎麼有種似曾相識的感覺……

朱貴妃見淩嬌看著她身後的宮女，臉色頓時變了又變，偏偏人是自己帶來的，若是出了事可如何是好？她就是跳進黃河都洗不清！

淩溪在一邊看著淩嬌，見淩嬌盯著一個宮女看，也好奇地看了過去，只是一看便嚇一跳，怒氣沖沖地大呼。「小凡，保護嬌嬌！」說話時已經拔了劍朝那宮女刺了過去，絲毫不留餘地。

這一擊，淩溪用了十成的力，根本不給宮女躲開的機會。

那宮女也不慌不忙，見淩溪朝自己襲來，快速躲開，雙眸噴火地看著淩溪，眼裡滿是嫉恨、厭惡。

「果然是妳！」淩溪冷喝一聲。

怪不得宮外找不到淩巧，原來是躲到了皇宮裡！也怪她笨，沒想到往皇宮裡找。

淩溪出手狠戾，淩巧也不是吃素的，避開之後便想抓淩嬌做擋箭牌。小凡擋在淩嬌身前與凌巧對了幾招，頓時與凌溪兩人一前一後出擊，凌嬌則已經被人護到了遠處。

一對一，凌巧可能還有得占上風的機會，可偏偏小凡和凌溪一同對付她，根本不給她逃跑或反擊的機會。

凌巧氣紅了眼。從小到大都是這樣子，她可以胡鬧，卻不可以欺負凌嬌，一丁點兒都不可以！但凡她欺負凌嬌了，不管是凌溪還是小凡都會跟她翻臉，一點情面都不留。

就在凌巧心有不甘之時，凌溪手中的劍已經刺中了她的心口。

「妳……」凌巧不信，凌溪是真的要殺了她啊……

「哼。」凌溪抽回了劍，冷冷看著凌巧往後面倒，然後閉上了眼睛。

凌溪一哼，然後快速又朝凌巧右邊心口一刺。

凌巧忽地睜開了眼睛，難以置信地瞪著凌溪。怎麼會？凌溪怎麼會知道她的心臟在右邊？

「怎麼，想死遁嗎？可惜我不會給妳這個機會了。」凌溪說著，抽出了劍。

凌巧的秘密，她是偶然知道的，沒想到在這種時候凌巧還在作戲，簡直死不悔改！

「我……」

凌巧想說些什麼，卻怎麼也說不出口，轉頭去看被保護得很好的凌嬌。

她這一生最嫉妒兩個人，一個是凌嬌，所有人都愛她、疼她；另一個是凌溪，因為陳元思愛她。

她和凌溪、小凡都是大將軍的義子、義女，陳元思是大將軍手下一位大將的公子，幾個人時常一起玩耍，但所有人都圍著淩嬌轉，陳元思就圍著淩溪轉。

而她，什麼都不是！

「呵呵……」淩巧笑了，血不停地從心口流出。

她後悔了，後悔當初勾引陳元思，後悔助紂為虐傷害了嬌嬌。

愛人沒了，親人也沒了，臨死，也沒有人會為她傷心，一個都沒有。

淩嬌見此情狀，胃裡翻騰得厲害，轉頭便嘔吐起來，陳嬤嬤等人連忙扶她回內室。

朱貴妃回過神來，連忙要上前去。「公主……」

陳嬤嬤讓人扶淩嬌進內室，冷冷地看著朱貴妃，陰沈說道：「貴妃娘娘，有什麼話您還是跟皇上說去吧，我家公主是雙身子的人，禁不起折騰。」

朱貴妃愣在原地。

一隊御林軍迅速趕來，包圍殿裡，朱貴妃根本出不去。

皇帝昂首走在後面，身形矯健，哪裡像是有病的樣子？分明就是皇帝挖了一個坑，等著她們蹦躂，等她們最後掉到坑裡，一網打盡。

朱貴妃忽然笑了起來，肆無忌憚又心灰意冷。

皇帝不是無心的人，只是他的疼愛都給了淩嬌。

皇帝看著朱貴妃。「押下去。」便去了內室看淩嬌。

朱貴妃想叫喊，可根本不知道要說些什麼。說她知錯了？可皇帝會給她改過自新的機會？不，不會的。

皇帝好一番安撫了淩嬌，便開始提審朱貴妃，也快速制住了承王、定王與楊妃。朱、楊兩家九族之內全部被收押，京兆尹的大牢一時間人滿為患。

那些嫁出去的女兒，或被婆家所休，或者送入家廟，嫁到朱、楊兩家的，也忙著與女兒斷絕干係，就怕被連累。每天都有朱、楊兩家的人被送到菜市口斬殺，罪狀條條。皇帝狠辣，根本不給人開解、求情的機會，不管是誰，都阻擋不了他的憤怒。

聞人鈺璃也震驚了。

他知道皇帝若是得知真相會大怒，卻沒想會盛怒至此。

皇后不敢求情，聞人鈺璃也不敢。

眼看才幾天，京城裡人人自危，就怕被牽扯其中，貴婦人們再也不敢出門，各家小姐、媳婦都被約束住了。

淩嬌在後殿休養，根本什麼都不知道，而周二郎聽得心突突跳，卻不敢告訴淩嬌，怕她擔心。

皇后看著聞人鈺璃。「皇上這麼殺下去，真好嗎？」

有些人的確該死，可那些不該死的人……

聞人鈺璃想了想，才道：「當年朱貴妃和楊妃嫉妒嬌嬌得父皇寵愛，早就起了暗害之心，所以趁嬌嬌因為不能與飛揚成婚，傷心欲絕離家到河邊的時候，派暗衛擊殺嬌嬌。也幸虧嬌嬌命大，跳到河裡被謝舒卿救起，這才保住一命；可朱貴妃和楊妃仍不死心，一得知嬌嬌下落之後，又和任氏狼狽為奸，對嬌嬌下此毒手，讓她這些年過得如此顛沛流離，母后敢去求情嗎？」

皇后一頓。她現在連皇帝都見不到，怎麼求情？

「我倒是想到一個人，如今怕也只有她能勸住皇帝了……」

聞人鈺璃也想到了。「母后，嬌嬌懷著身子，她適合嗎？」

「皇上或許誰的話都不會聽，但嬌嬌的話一定會聽。」

「母后現在能進養心殿？」

皇后又是一頓。她進不去，如今外面的消息是一點都不讓淩嬌知道的。

聞人鈺璃嘆息一聲。「母后，這事兒子來安排。」

「你有辦法？」

「嬌嬌不出宮，但二郎卻是要出宮的，這事便讓二郎去說吧！」

第九十七章

周二郎得知聞人鈺璃請自己吃飯，有些不解，待領悟聞人鈺璃的來意後，答應見面。

兩人面對面而坐，聞人鈺璃給周二郎倒了酒。「二郎哥。」

周二郎搖頭。「我不喝酒。」喝酒易誤事，他錯過一次，不想再錯第二次。

「那好，我自己喝。」

見聞人鈺璃心情不好，周二郎想了想才說道：「你怎麼了？」

聞人鈺璃不語。大街上，有一隊官兵正押著幾個囚籠過去。「二郎哥，你說那些人該死嗎？」

周二郎嘴角抽了抽。「有的或許是該死，有的可能……」

「二郎哥，如今父皇一心復仇，我們誰都不敢勸，可父皇一生功績，難道要在最後晚節不保嗎？」

周二郎心一驚。「我也不敢去勸的。」

「我知道二郎哥不敢，可是嬌嬌……」

「不。」周二郎站起身，當下拒絕。「阿嬌懷著身子，她……」他無言了，有些頹喪地坐下，嘆息一聲。「我回宮跟阿嬌商量一下，成與不成，我盡力。」

「好。」聞人鈺璃端起酒，一飲而盡，又說道：「那些該死的，我也不會放過。」

晚上回到宮裡，周二郎明顯有些心不在焉。

在皇宮養得好，淩嬌又豐腴不少，肚子大了起來，腳也開始浮腫。周二郎幫她按摩，猶豫許久才說道：「阿嬌，過幾日三嬸婆他們就要到了，咱們要回將軍府嗎？」

「要到了嗎？」淩嬌問。

「嗯，信中說，五月肯定能到的。」

「好些日子不見，我真想三嬸婆他們，只是父皇……」淩嬌說著，想著皇帝這些日子太忙碌了，幾乎是見不到人，連她去了幾次也沒見到。

「阿嬌，當年的事情已經被查了出來，皇上大怒，將朱、楊兩家九族皆下了大獄，如今正逐一斬殺，不管男女老幼，一人獲罪，株連全家。」

天子一怒，浮屍千萬。淩嬌素來是明白的，不然她也不會來了京城便改了性子，什麼都不管，就做一個聽話的人。

「二郎？」

「阿嬌，三皇子的意思是，讓妳去求個情，讓那些該死的人去死，那些不該死的、無罪之人……」

「我明白，讓我試試吧！」

於是，淩嬌燒了一碗開水，端去給皇帝。

進門的時候，便見皇帝靠在龍椅上，一手摁在額頭，因為太疲憊，睡了過去。

蔣公公見淩嬌過來，連忙要福身行禮，淩嬌噓了一聲，輕手輕腳走到一邊，把碗放在桌子上，坐在皇帝身邊，趴在皇帝的膝蓋上。

皇帝驚了一下，差點就要抬腳，忽地想到在養心殿裡除了淩嬌誰敢靠近自己，睜開眼，果然見女兒正趴在他膝蓋上。

她的小臉因為懷孕而變得圓潤，肌膚也不再那麼光潔瑩潤，可在皇帝眼中，他的女兒是最好看的。他伸手揉揉淩嬌的髮，抬頭朝一側看去，眼眶微微濕潤。

以前，淩珂會站在那裡，笑看他們父女，如今，卻少了一個人。

就算殺盡了天下人，也換不回一個珂兒。

淩嬌抬頭。「父皇。」

「嗯。」

「我在宮裡住膩了，父皇陪我去將軍府住些日子可好？」

皇帝一愣。「嬌嬌？」

「父皇，看你眼睛下都黑青了，是多少時日未曾睡好了？女兒剛剛去廚房，本想給你做幾樣吃的，可又想起父皇什麼山珍海味沒吃過，便給父皇端了一碗開水過來。」淩嬌說著，想要站起身。

皇帝連忙扶她，心中五味雜陳。孩子終歸是長大了，不像小時候就知道無理取鬧，如今變得會關心他了。

淩嬌打開食盒，拿出一個精緻的碗，碗中只有開水。「父皇，你嚐嚐，這開水味道還不錯。」

「好。」

皇帝伸手接過。山珍海味他都吃過了，卻獨獨沒喝過女兒為他燒的開水，淡淡的，卻又似乎有點甜甜的。

「父皇，外面的山水，你可認真看過？外面的美食，你可品嚐過？那種無憂無慮，想什麼時候睡，想什麼時候起的日子，父皇可曾嚮往過？」

皇帝一怔。

「父皇，等女兒生了孩子，我們誰都不帶，就我們爺兒倆去遊玩吧，帶上不多的錢，一路走，一路花，銀子不夠了，我們就用雙手賺，再去下一站可好？」

皇帝看著淩嬌，忽地笑了起來。「咱們也別這麼急，等妳身子養好了，孩子大了，帶上孩子，順便帶著二郎，總得有個趕馬車的車伕不是？」

淩嬌愣了愣，笑了起來。

「回去吧，喜歡什麼都帶回去，明兒一早就走，父皇也去將軍府小住些日子。」

「好。」

沒有求情，也沒有說誰無辜，皇帝卻是明白的。

淩嬌離開之後，皇帝看向蔣公公，見蔣公公紅著眼眶。「你哭什麼？」

「公主總算長大了。」

「是啊，知道心疼人，也懂事了，這樣子便好。以前朕總怕嬌嬌長不大，朕在還好，能護著，若是朕不在了……」皇帝說著，止不住地感慨。

於是皇帝連夜寫了聖旨，封聞人鈺璃為太子，正式監國，而他則跟著淩嬌去了將軍府；至於朱、楊兩家的案子，也全權交給聞人鈺璃，他再也不問。

五月初一，周甘、沈懿帶著周玉、三嬸婆和孫婆婆來到了京城。

一進京城，周玉便侷促不安。

「天老爺，總算到了。」孫婆婆激動不已。「哎喲，阿嬌都有孕四、五個月了，咱們來得正巧，再不久便要生了，也不知道是兒子還是女兒，不過兒子、女兒都好，都是我的乖曾孫。」

三嬸婆笑著。

她是作夢都沒想到有這麼一天，從一個農村來到京城，一路吃好喝好，一頓都比得上曾經一年的花銷，倒是一路好吃好睡，身子板硬朗了不少，趕路也沒覺得累。

「老姊姊，妳咋不說話？」

「感慨啊，曾經作夢都不敢想……」

「老姊姊，可別感慨了，一會兒就到了。阿嬌懷了身孕，二郎如今生意蒸蒸日上，這些都是好事，妳應該高興，可以跟著享福了。」

三嬸婆點頭。「是啊，真是幾輩子修來的福氣，我可得惜福，好好過日子。」

將軍府內，淩嬌正跟皇帝下棋。

多少日子了，淩嬌的棋藝還是爛得很，淩瓏和小凡在後面教，還是下不過皇帝。「父皇，餓了嗎？」

皇帝搖頭。

「那父皇，你渴嗎？」

皇帝笑了起來。「嗯，還真有點渴了。」

淩嬌大喜，忙道：「蔣公公，快給父皇端杯茶。」蔣公公立即端了茶遞給皇帝，皇帝一本正經地喝了幾口，淩嬌飛快拿走棋盤上的棋子。小凡、淩瓏瞧著，捂眼不忍直視，多想喊一句。「姊姊，妳拿錯了，妳不拿還能再走上一會兒，這一拿，皇上立刻就能把妳殺個片甲不留啊！」

皇帝偶爾也會讓淩嬌一下，讓她贏上一盤，讓淩嬌開心。

要說淩嬌，現在真的跟美人沾不上邊，渾身圓潤，臉色也不大好，但她心情卻特別好，每日樂呵呵的。

在皇帝眼裡，淩嬌永遠是最漂亮的女兒。

「公主，剛剛得到消息，說親家老夫人到城門口了。」

淩嬌聞言，吃力地站起身。「我去大門口接接。」

皇帝也沒多說什麼，只吩咐人小心扶著淩嬌，陪她走過去。

看著淩嬌那略顯臃腫的身體，皇帝擔憂得很。

「小凡。」

「在。」

「嬌嬌身體沒什麼大礙吧？」

「老爺放心，我會仔細注意嬌嬌姊的身子情況。」凌嬌的肚子比常人大很多，小凡也怕，長此下去，凌嬌連路都走不動。

「你的本事，朕是信的，只是事關嬌嬌，馬虎不得，逼不得已時，保大人。」

他和那未見面的孩子並無感情，所以，他自私地只要大人。

「是。」

這話，周二郎也悄悄跟他說過，逼不得已時只要大人，不要孩子。

凌嬌站在門口，看著那馬車越來越近，眼眶微微發紅。離開快一年了，終於又見面了。

看到周甘，凌嬌笑了。這一年不見，周甘長高了好多，也結實了，周玉也長高、變得漂亮了。

「三嬸婆，奶奶！」凌嬌喚了一聲，準備迎上去。

三嬸婆和孫婆婆見她懷著身孕，立即上前。「阿嬌。」一左一右扶著凌嬌，兩老頓時紅了眼眶。

「嫂子。」周甘和周玉上前行禮。

立在一邊的凌瓏瞧著周甘，頓時笑瞇了眼。

公子如玉，瞧著知書達禮，待人亦是和氣，對姊姊也很尊敬，挺好的，如果沒有喜歡的姑娘，她就不客氣了。

一行人進了將軍府大廳，看著氣派的將軍府，大氣都不敢出。

「三嬸婆、奶奶，妳們喝茶、吃糕點。」

凌瓏坐到周玉身邊。「妹妹，一路辛苦了，來吃這個點心，這可是姊夫鋪子裡都沒有的，妳快嚐嚐，都是姊姊研究出來的，可好吃了。」

周玉一愣，這位二小姐太熱情了。

「謝謝。」

「不客氣。妹妹，妳晚上跟我睡好嗎？我們聊聊天，然後明天我帶妳去街上逛逛，京城可熱鬧了。」

「啊，好、好啊！」

凌瓏對周玉那是真熱情，她想得明白，先和未來小姑子打好關係，才好打聽消息，只有知己知彼，才能百戰不殆。

周二郎知道三嬸婆他們今天到，也早早就趕回來，在門口見沈懿正招呼人搬東西，他走上前。「沈懿！」

「二郎哥。」

一段時日不見，沈懿有些不敢相信，面前這個風度翩翩、神采飛揚的男子便是周二郎。

「這些給下人搬就好，走，你跟我先進去。」

「那可不行，這些東西都是寶貝，可不能讓別人來，必須我親自來。」

「那我幫你。」

周二郎說完，撩起袖子幫沈懿一起幹活。

兩人一起把種子搬進了將軍府，周二郎親自帶沈懿去客院。「你先梳洗，我一會兒來找你，快一年不見，咱們兄弟倆晚上好好聊一聊。」

「好。」

沈懿沒有矯情地拒絕。

若不是周二郎當初的收留，他怕是早已經不在世上了，又哪裡有如今的沈懿？他們不是親兄弟，可短暫的交心相處之下，卻有了兄弟之情、手足之義。

周二郎又去給三嬸婆、孫婆婆請安。面對神采飛揚的周二郎，三嬸婆和孫婆婆都不敢相認了。

「嘖嘖嘖，真是人靠衣裝，馬靠鞍。咱們二郎好好打扮，那也是一個翩翩好二郎嘛。」孫婆婆說著，笑了起來，端起茶喝一口，倒有幾分富貴老太太的樣子。

三嬸婆瞧著，也輕輕喝了一口茶。

淩嬌端著茶杯，呼呼喝了，還發出了聲音來。

三嬸婆和孫婆婆一愣。她們一路走來，已經很努力地學了，怎麼阿嬌還是沒改，反倒比以前更粗魯了呢？

周二郎明白淩嬌的一片苦心，也端著茶杯灌了一口。「嗯，今兒這茶水不錯。」

「天天都一個樣，你也沒飲出個子丑寅卯來，今兒三嬸婆和奶奶一來，你倒是喝出好味道了。」

「人逢喜事精神爽，這茶也好喝了嘛！」

三嬸婆和孫婆婆見淩嬌、周二郎和以前並無太大區別，心慢慢放回肚子裡。

這茶水甘甜，比周家村的好喝多了，點心小巧又精緻，一口一個，可真好吃。

「公主，萬歲爺聽說親家老太太來了，讓奴婢來請親家老太太過去請安。」

淩嬌微微錯愕，看了看周二郎，想著皇帝對她一直很好，對她身邊的人也不錯，忙道：「三嬸婆、奶奶，走吧，父皇人很好的，一會兒見了也不必害怕，以前在周家村是什麼樣子，見了父皇還是什麼樣子，不必刻意做些什麼，原原本本的就好。」

三嬸婆和孫婆婆點頭，只是心裡還是慌得很。

皇帝啊，是皇帝要見她們啊！作夢都不敢想自己有生之年能見到皇帝啊！

兩人又激動、又害怕，慢步跟著淩嬌去見皇帝。

皇帝瞧著那兩個老太太，滿臉滄桑，緊張又激動的樣子，溫和地笑了笑。「蔣德海，賜座。」連請安都免了。

可孫婆婆和三嬸婆記得戲文裡說，見了皇帝都是要磕頭的，當下就跪了下去。「見、見、見過皇上。」

真是實誠的老太太。蔣公公立即上前扶兩個激動的老太太起來，讓她們坐在椅子上。

「兩位親家奶奶一路辛苦了，來了就別走了，以後常住在將軍府，嬌嬌也有個伴。」

「唉，好，好。」

三嬸婆和孫婆婆應聲，不敢看皇帝。

皇帝當下給孫婆婆和三嬸婆賜了個正一品的老夫人誥命，還享有俸祿。三嬸婆、孫婆婆也不是特別懂，連忙謝了恩，甚至周玉也封了個玉郡主。

皇帝也召見了沈懿和周甘。「女人家朕有賞，那是因為她們本身能為自己爭的機會就少，可咱們男人不一樣，要自己去爭、去努力，所以朕不給你們賞賜，想要什麼，必須付出十分努力才行。」

「是。」

周甘也熱血沸騰。「是！」

對於淩瓏想要嫁給周甘的心思，皇帝多少知道一些，也認真看了看周甘，還算滿意。

「都是好後生，好好幹。」

晚上，大家一起吃了晚飯。席間有皇帝在，眾人有些拘謹，可皇帝卻忙著給淩嬌挾菜，每一樣都挾了少許，不許淩嬌多吃，把周二郎的活都搶了，周二郎只得轉而招呼家人們。

將軍府很大，周玉雖好奇，卻沒說要去轉轉，跟著淩瓏去了玲瓏苑。

「姊姊這院子可真好看。」

淩瓏笑。「好看吧！以後我出嫁了，妳住過來，院子裡的東西我一樣都不搬走，都給妳。」

周玉覺得，淩瓏對自己太好了。

「妹妹，不瞞妳說，姊姊其實是有事求妳的。」凌瓏拉著周玉，說完話，臉已經通紅。

她也是個大姑娘，還沒跟人告白過呢……

「我能幫上什麼忙？」

「這個忙只有妹妹幫得上了。」

兩人沐浴後，換上乾淨的衣裳，躺到床上，凌瓏才認真說道：「妹妹，我喜歡妳哥哥，我想嫁給妳哥哥，可我又怕妳哥哥有喜歡的人，所以……」

周玉震驚得說不出話來。這一定不是真的，她一定是聽錯了。

「妹妹，妳別這麼看著我，我是認真的。」

「可是，可是……」

周玉不敢相信，她大哥也沒什麼好的，就連陳秀秀都不喜歡，怎麼就入了凌瓏的眼呢？

「沒有可是，妳知道嗎？我好羨慕姊夫對姊姊的好，所以我得知姊夫還有這麼個弟弟，就下了決心，若是他沒有喜歡的女子，我就努力去追求；如果他有了喜歡的女子，我就成全，絕不強求。」

她喜歡他，但必須是在他沒有其他心儀女子的前提之下，如果有，她真不會強求的。強扭的瓜不甜，而她也是有自尊的。

周玉卻笑了。

她還真怕凌瓏一心要嫁給大哥呢，也理解凌瓏為什麼對自己這麼好了。

「目前來說，我大哥應該沒喜歡的人。我們娘去世的時候說了，以後要聽二郎哥、嫂子的話，所以我們的婚事，必須要二郎哥、嫂子點頭的。」

言下之意是提醒凌瓏，還是要凌嬌開口才行。

凌瓏點頭。「我明白了，謝謝妹妹。妳放心，我是真心想嫁給妳哥哥的，如果我得償所願，我一定會好好對妳大哥，跟他好好過日子。」

她可是大將軍的女兒、平樂公主的妹妹，她也不差的。

「嗯，我信妳。」

第九十八章

周二郎讓淩嬌睡下之後，去見了沈懿，跟沈懿說起種子的事情。

「這麼多種子，種到哪裡去呢？」

又得是自己的地，還真是麻煩；用買的吧，一時半刻去哪裡買這麼多地？

「沈懿，此事給我些時間，我來想辦法。」

而三嬸婆、周甘和周玉跟著阿寶去見了周大郎，看著躺著不動的周大郎，三嬸婆哭得很傷心。

「大郎啊，你若有心，便醒過來吧……醒過來看看阿寶，他如今都是個大孩子了，也有本事出息了，皇上都誇阿寶學習好，將來是國之棟樑，這麼好的兒子，你真不想睜開眼睛看看……」

不管周大郎能不能聽到，三嬸婆絮絮叨叨地說了好多，說起周家村的變化，說起以前的日子，開心的、難過的都說。

之後，三嬸婆沒事就來跟周大郎說話，阿寶也經常陪著。

這日，淩瓏攔住了周甘。

「郡主。」周甘有禮而客氣。

淩瓏笑了。「我想出門一下，可是府裡小廝都忙，沒人趕馬車，你能送我出門一趟嗎？」

周甘猶豫片刻，點點頭。

淩瓏笑咪咪地帶周甘去後院駕駛馬車，一起出了將軍府。淩瓏也不說要去哪裡，就讓周甘帶著她滿街走，順便給他介紹京城，周甘聽得津津有味，淩瓏也說得很認真。

第二天，淩瓏要出去，又是周甘跟著。對於這兩人的行蹤，將軍府的人都睜一眼、閉一眼，由著他們去了。

連著半月，周甘把京城的大街小巷都轉遍了，什麼地方有什麼都清清楚楚，京城的風土人情也知道得差不多，雖不說百事通，但七七八八總曉得。

淩嬌懷孕八個月，走路都有些困難，整個人胖得不行，可急壞了大家。

小凡和幾個御醫商量了幾日，皇帝下了決定，讓淩嬌早些產子。

一大早，府裡全部準備好，十個穩婆、十個會醫術的女醫，各種止血的湯藥全部熬了起來，千年老參早已經切片等著，皇帝親自坐鎮在產房外。

從淩嬌喝下藥湯開始，皇帝就坐在外間，聽著產房傳出一聲一聲的尖叫。

周二郎一開始要陪著，淩嬌死活不肯，一定要周二郎出去。

「阿嬌……」

「你出去，二郎，若你心中真有我，便出去吧，我求你……」

周二郎猶豫片刻。「阿嬌，我在外面。」然後邁步出了產房。

凌嬌在產房裡疼了一天，好幾次暈厥過去，小凡多次針灸，給她含參片、灌參湯，總算又將她從鬼門關拉了回來。

筋疲力盡時，凌嬌只覺得自己要撐不住了，卻看到一抹身影不顧一切地衝了進來，重重跪在她面前，握住她的手，喊著。「阿嬌——」

聲聲嘶啞，喊得她心疼，拚了最後的力氣用力。

「啊……」

嬰兒啼哭聲響起，雖然微弱，卻好在母子平安。

穩婆把孩子清洗乾淨，穿上新衣裳，包在襁褓裡抱出去。皇帝喜得不行，親自接過，抱在懷裡，笑了起來。「就叫天賜吧！」

凌天賜。

凌家唯一的孩子，也來得十分不易，如果凌嬌情緒太過波動，或者無法堅持天天喝那堪比黃連的藥，怕也是保不住這孩子的。

皇帝抱著凌天賜，心裡想著，若是沒封聞人鈺璃為太子多好，他再堅持十幾、二十年，便讓這孩子做皇帝！可只是瞬間，皇帝便搖頭否決了。

「還是做個閒散王吧，輕鬆又逍遙。」

周二郎看著那一盆子、一盆子的血水端出去，凌嬌的臉色也越來越蒼白，整個人都不好了。

「姊夫，嬌嬌姊沒事，相信我。」

周二郎點頭。「嗯，我知道。」就是心疼她這般辛苦，握著湊嬌的手，不捨分開。

「爺，麻煩您讓讓，我們要給公主擦拭身體，然後抬到隔壁的屋子去。」

周二郎僵硬地站起身，結果整個人一踉蹌，暈了過去。

小凡嘆息一聲。

瞧著挺厲害、挺堅持的一個男人，怎麼到了這會兒，卻這般羸弱呢？

淩嬌再次醒來時，已經是三天後。

她身體不好，不能親自餵養孩子，好在奶娘身體健康，又是第一次生孩子，奶水足夠，營養也好。

各府也送來了禮物，皆等著孩子滿月，再來將軍府喝喜酒。

淩天賜吃了奶便哭個不停，無論怎麼哄都哄不好。

「莫非小少爺是要娘？」一個奶娘說了，其他人想想，是有這個可能，便把孩子抱回淩嬌身邊。說也奇怪，一到淩嬌身邊，孩子便不哭了，嗚咽兩聲後就乖巧地睡去。

而周二郎醒來時天已經黑了，想到淩嬌，他一個翻身，看清是驕陽院的房間，淩嬌應該在隔壁屋子，他連鞋子、衣裳都沒穿便跑了過去。

丫鬟見到周二郎，紅著臉退了出去，婆子到底是過來人，忙道：「爺，公主、小少爺都睡了。」

周二郎點頭，輕手輕腳走到床榻邊，伸手探了探淩嬌的鼻息。溫熱的，還有氣息，頓時整個人的力氣似乎都被抽乾了，他跌坐在腳踏上，淚流滿面。

他一直都知道生孩子辛苦，可終歸沒有親自見過，如今才明白，哪裡是辛苦，分明是拿命來拚。

一個女人，到底要多愛一個男人，才願意拿命來為他生兒育女？

陳嬤嬤聽說周二郎醒來，趕過來要告訴他，周大郎醒了的事，這會兒三嬸婆、周甘、周玉都過去了，想問問他要不要也過去。見到周二郎坐在腳踏上哭得像個孩子，陳嬤嬤又欣慰、又感嘆地出了屋子，並命令丫鬟、婆子不許碎嘴。

連著幾天，淩嬌都是昏昏沈沈，醒了喝了藥，連孩子都未看一眼，又昏睡過去。

周二郎也知道周大郎醒了，兩兄弟在屋子裡說了一會兒話，基本上都是周二郎說，周大郎聽，偶爾問個兩句。

多年未見，周二郎都二十六歲了才做父親，又是他喜歡的女子生的，心裡肯定激動。他這個弟弟啊，實誠得很，心裡若是有了喜歡的人，定是一心一意地喜歡，這樣子長情，很好。

淩嬌到底還是傷了身子，坐都坐不住，靠在床頭就頭暈，只能躺在床上。周二郎小口小口地餵她喝湯，喝完一小碗湯後，淩嬌才問道：「孩子呢？」

「父皇抱過去了，一會兒就抱回來。父皇給孩子取了名字，叫天賜。」

淩嬌笑笑，有些歉意地看著周二郎，給孩子取名字，一般都是父親的事。

周二郎卻握住淩嬌的手。「天賜這名字很好，咱們的第一個孩子，就是上天賜予的。阿嬌，辛苦妳了，也謝謝妳為我生孩子，我……」

「我願意。」

周二郎笑著，握住淩嬌的手親了親。

淩溪抱著孩子進來，瞧見這濃情密意，噗哧笑出聲。「二郎哥，便是你再喜歡嬌嬌，也得等嬌嬌出月子不是？」

不過瞧淩嬌現在這身體狀況，怕是出月子的日子要長一些。

周二郎頓時紅了臉，起身接過孩子，抱到淩嬌面前。「阿嬌，這是我們的孩子，天賜。」

卻見淩嬌閉上眼睛，又睡了過去。

周二郎輕輕把孩子放在淩嬌身邊，嘆息一聲。

這樣子的淩嬌，讓他心疼壞了。

淩溪拍拍周二郎肩膀。「嬌嬌的身子養著會好的，你別擔心。」

「我知道。」周二郎伸手拍著孩子，就是不肯起身離開。

從淩嬌生了孩子開始，他就沒去過鋪子，都是沈懿在幫忙打理。好在沈懿手段了得，沒幾天就把鋪子裡的一切打理得井井有條，加上周甘在一旁協助，更是如虎添翼。

「你陪嬌嬌吧，我先去忙了。」

淩溪出了驕陽院，難得有了空閒，準備出去走走，卻在將軍府的門前遇到了陳元思。

「溪溪……」

凌溪暗罵，真是出門遇到鬼了！她衝陳元思冷冷一笑。「你還活著啊，我還以為，你要為凌巧那賤人殉情呢！」

凌溪越想，越是氣恨，只恨不得陳元思這混蛋滾得遠遠的，再不出現才好。就這麼一個渣人，她當初怎麼就對他動心了？真是瞎了眼了。

「溪溪，我當時只是被迷惑了，並不是真心的，所以……」

「呵呵。」凌溪冷冷一笑，一步一步走向陳元思。「你噁心嗎？」

「什麼？」陳元思不解。

「我問你，有沒有被你自己這副惺惺作態噁心到？我是真被噁心到了。」

「我……溪溪……」

「陳元思，別弄得自己像個風流公子。你並沒有那麼愛我、非我不可的，你看重的只有自己，以及名利權勢，如今你是怕沒了將軍府做依仗，最後什麼都不是罷了。只是你又有什麼資格依附將軍府？你且聽著，以後不許再靠近將軍府半步，否則我便讓人打斷你的腿！

「還有，我就要嫁人了，而且我並不打算請你來喝喜酒，滾吧！」

陳元思錯愕地看著凌溪。

「不，不，溪溪，我不是那樣子的人，我……」只是凌溪根本不聽他的話，陳元思急得不行。「溪溪，那個男人是誰？妳騙我的對不對，妳一定是騙我的。」

「騙你？我吃飽了撐著嗎？」凌溪冷冷說道，正好見沈懿從將軍府出來，快步走到沈懿身邊，拉住沈懿的手，拽著他到陳元思面前。

沈懿一陣錯愕，這是怎麼回事？

「吶，就是他，他就是我要成親的對象。嬌嬌已經答應了，只要有好日子，我們就成親，以後你別來糾纏我，不然……」

陳元思真的受到打擊了，一個個錯誤的決定，讓他離心愛的姑娘越來越遠，越來越遠，最終變成擦肩而過。

「溪溪……」

沈懿總算明白了淩溪的意思，尷尬一笑。「到時候一定要來喝一杯薄酒。」

「喝什麼酒？我可沒打算請他！」淩溪毫不留情地說道，挽著沈懿就走。

直到上了馬車，她才鬆開沈懿，坐到馬車角落，只覺得臉上一陣滾燙，鼻子卻是一酸。

沈懿瞧著，遞了一張帕子給淩溪。

手帕是周玉繡的，簡簡單單的藍色，角落繡了一個「懿」字。

淩溪接過，胡亂地擦著眼淚。

好一會兒，她才說道：「沈懿，對吧？」

「是。」

「你娶我吧！」

沈懿錯愕。「我……」

「沈懿，你娶我吧，我不求你多富貴，也不求你愛我，我現在只是想嫁人了。我年紀不小，今年都二十三了，也沒幾個男人願意娶我，你將就一下娶了我如何？」

看著淩溪，猶豫了好一會兒，想了許多，沈懿才開口說道：「我什麼都沒有，以前有個未婚妻，卻因為我被家族攆了出來而拋棄我另嫁他人。我現在也沒喜歡的人，妳要是覺得我還不錯，也願意跟我過一輩子，我娶妳。」

「好，你娶我，我嫁你，以後你主外，我主內，我為你生兒育女。」

兩個人就這麼荒唐地訂下彼此的一輩子。

淩嬌聽到消息，錯愕不已。「溪溪……」

淩溪只是笑。「我一定會把日子過好的，而且有那麼多人成親之前都沒見上一面呢，我和沈懿好歹還見過幾次，彼此也認識。他長得不錯，我也不醜，呵呵，就這麼對上眼了，妳應該不會反對吧？」

淩溪說完，轉頭看去，淩嬌又睡著了。

她搖搖頭，握住淩嬌的手。「嬌嬌，既然妳不反對，那就是同意了。妳放心，我一定會讓自己幸福，一定會的。」

沒有感情，不怕，他們會培養，慢慢總會好的。

第九十九章

沈懿跟周二郎說這事。

周二郎錯愕不已。「什麼時候的事情？我怎麼一點都不曉得，你們都考慮好了嗎？」

「嗯，考慮好了。」

「考慮好了就好，我手裡還有些銀子，都給你去買宅院吧！雖說將軍府你可以一直住下去，但是金窩、銀窩不如自己的狗窩，我的心意，我想你是懂的。」

周二郎的心思，沈懿是懂的。「二郎哥，大恩不言謝，好兄弟，一輩子。」

周二郎給了沈懿三十萬兩銀子，那是他全部的存銀了，餘下的都在鋪子裡，或者買了鋪子，而沈懿也沒猶豫，伸手接了。

凌溪和沈懿的婚期很快便訂好，納采、問名、納吉、納徵都取消了，直接請期。

在凌天賜滿月的前五天，沈懿和凌溪成親了，宅子也買好了。

一切匆匆忙忙的，好在將軍府萬物皆備，很快地也把新宅院整理好了。陳嬤嬤以凌嬌的意思，送了十個奴婢、十個婆子和二十個小廝給凌溪，嫁妝也頗為豐厚，是陳嬤嬤擬了單子給凌嬌看過，皇帝也允許的，凌溪很是滿意。

小凡揹著凌溪上花轎，花轎從將軍府抬出去，凌溪回頭，看了一眼將軍府，心裡莫名感傷。

凌嬌沒能來送她。

小院並不熱鬧，相對來說還有點冷清，來祝賀的都是幾個熟人，三嬸婆和孫婆婆便代替了兩人的高堂，倒也像模像樣。

洞房裡，凌溪等著沈懿。

哪怕見多識廣，對於成親，她還是很緊張。

沈懿送走賓客後，進了喜房，看著蓋著蓋頭的凌溪，笑了起來，上前掀開蓋頭。眼前女子嬌媚可愛，少了平日裡的冷意，倒是多了些柔美。

沈懿端了合巹酒遞給凌溪。「溪溪，我會對妳好。」

凌溪只是笑，不知道要怎麼回答。

沈懿又道：「不管曾經有過什麼，都過去了，以後，我一定努力讓妳的心裡只有我一個。」

「我也是，不管過去，以後我們共同努力，做彼此心中的唯一。」

喝了合巹酒，兩人猶豫著、摸索著洞房花燭。彼此都是第一次，陌生又刺激，沈懿早早交代了一次，第二次才算是水乳交融、恩愛纏綿。

他抱著凌溪，凌溪素來強悍，還是第一次被人呵護著，心慢慢柔軟下來，窩在沈懿懷中，沈沈睡去。

翌日，沈懿早早起了，在院子裡打拳。凌溪醒來，看著亂糟糟的床，準備整理床鋪，一掀開被子，卻沒見到元帊上有血跡，頓時整個人僵在原地，紅潤的臉雪白一片。

她倒退了幾步，一時間，腦子亂烘烘的。

不是說女孩子第一次都會落紅，她的落紅呢？

沈懿打完拳進屋子，見凌溪衣裳單薄，甜蜜道：「醒了？」走到她身邊，伸手擁住她。

「還疼嗎？昨夜太孟浪了，下次我定——」

凌溪卻猛然推開沈懿，跑了出去。

沈懿愣在原地，怎麼了？

昨夜還好好的，至少床笫之間還算和諧，疼著卻也是快樂的，莫非是惱了他？

沈懿連忙追了出去，卻已經找不到人，一番詢問，下人也不知道。

凌溪武藝高強，她想跑，誰能抓得住？沈懿連忙換好衣裳，套了馬車去將軍府，他能想到的地方，也只有將軍府了。

今早，凌嬌才醒來，周二郎正在餵她喝藥。「昨天溪溪成親，我卻沒能送她出門，真是太不應該了。」

因為生天賜傷得太狠，動不動就昏睡，一天到晚，凌嬌什麼都沒做，光是睡覺。

「她會理解的。」

「沈懿是個好的，溪溪也不錯，他們能在一起真是意外，不過，只要他們一心想把日子過好，也會好起來的。」

「妳也別擔憂，好好養身體才是要事。沈懿責任心重，既然答應娶溪溪，就會對溪溪好。」周二郎說道。

「嗯，我信的。天賜呢？」

「在父皇那邊，一會兒丫鬟會抱過來。」

凌嬌點頭。「那我睡一會兒。」

話音才落下，又睡了過去。

周二郎搖頭失笑，給凌嬌蓋好薄毯，卻見凌溪毫無聲息地站在身後，身上還穿著薄衣，周二郎嚇了一跳。「妳妳妳……怎麼回來了？」

昨天才成親，怎麼一大早跑了回來？莫非是和沈懿吵架了？可是瞧著不像啊，沈懿那人，嘴巴會說又會哄的。

而且就算吵得厲害打起來，沈懿也絕對打不過凌溪，可瞧凌溪這狼狽的樣子……

周二郎連忙轉開頭，到衣櫃裡拿了套凌嬌沒穿過的衣裳遞給凌溪。「去換換吧！」

凌溪看了周二郎一眼，伸手接過衣裳，去了隔壁房間換好衣服出來。「二郎哥，你能不能先出去一下，我想跟嬌嬌說會兒話。」

周二郎出了屋子。

凌溪坐在床邊，握住凌嬌的手。

「嬌嬌，我完蛋了。我不知道到底哪裡不對，也不知道是什麼時候的事情，可是嬌嬌，我一直都潔身自愛，我……」

凌溪在意極了。

她讓沈懿娶她，已經是強人所難，結果自己還不是清白之身，這要讓沈懿如何自處？

凌溪低著頭，從來不知徬徨無助為何物的她，此刻只覺得自己真是害怕極了。

忽然，一隻手溫柔地落在凌溪頭上，輕輕揉了揉。凌溪抬頭，就見凌嬌含笑看著自己，她眼眶一熱，鼻子一酸，眼淚頓時落個不停。

凌嬌瞧著也心酸。

這才成親第一天便回來哭，以後的日子可怎麼過？

可到底發生了什麼事情？沈懿那個人，凌嬌不敢說多了解，但絕對是個有擔當的好男人。

「怎麼了？」凌嬌輕聲問，怕驚了凌溪。

「嬌嬌，我、我不是清白之身，我昨夜元帕沒有落紅……」

凌嬌一愣。

這……她腦子轉著，可因為生孩子傷了根本，身子虛得很，一想，腦子裡就如針刺一樣疼，凌嬌忙讓自己不要去想，問道：「沈懿知道嗎？」

「我不知道，他應該是知道吧，早上、早上……」

「既然沈懿知道，那他說什麼了嗎？昨夜呢，昨夜你們可曾快樂？」

凌溪頓時忘記了哭，哪怕她武功多麼厲害、性子多冷，跟人談論床笫之事還是第一次。

「他什麼都沒說，只是嬌嬌，我……」

凌嬌忽地笑了起來。「溪溪，其實我跟二郎成親之前，我也不知道自己是不是完璧之身，可是我沒在意，二郎也沒在意，因為我們都明白，就算我不是，也阻攔不了我們在一起。

「而且我覺得，這些根本不重要，重要的是婚後能拿出多少真心，不論貧窮富貴，不論生老病死也要在一起。我相信，只要妳告訴沈懿妳是清白的，只是不知道為什麼元帕沒有落紅，我相信沈懿會信妳；而且沈懿見多識廣，想來也聽過，女子若是動作過猛，會不小心受傷……」凌嬌謹慎說著，不知道要怎麼告訴凌溪。

凌溪聞言，忽地想起什麼。「嬌嬌，我記得，我十歲的時候練習武功，後來褻褲上有血跡，可不知道是怎麼來的。這事夫人也知曉，當時大夫看了，也沒看出什麼來。」

「那就對了！」

找到了原因，凌溪好受許多，剛想說幾句感謝的話，凌嬌又累得陷入睡眠中。

「嬌嬌，謝謝妳。妳就像小時候一般，在我六神無主的時候，總能給我依靠。」

不管多少年過去，每一次遇到解決不了的事情，她總是習慣找凌嬌，總覺得凌嬌一定會幫助她走出困境。

很多人都說是她保護凌嬌，可凌嬌給予她的，從來不比她少。

周二郎出了驕陽院，便見沈懿急急忙忙地走來，周二郎忙上前拉住沈懿問：「你欺負凌溪了？」

沈懿聞言鬆了口氣，回來了就好。

「我沒欺負她。昨晚都好好的，早上不知道怎麼回事，我就在院子練了一會兒拳，回到屋子裡就見她臉色不好，也不告訴我怎麼回事，轉身就跑，我這武功哪裡追得上她啊！」

既然答應娶她，就會好好待她，一開始沒有愛情，他不信一輩子下來不會有。如淩溪這般的女子，他沈懿可是走了八輩子好運才碰得到，怎麼會欺負她？

「那她怎麼一大早就回來了？瞧臉色也不好，你們昨晚那啥了沒？」周二郎問。

「嗯。」

「和諧嗎？」周二郎又問。

想到他和淩嬌的洞房花燭夜，第一次並不和諧，可是多來幾次，漸漸也就找到感覺了。

沈懿頓時紅了臉。「二郎哥……」

「這種事啊，你可不能光顧著自己。女人啊，咱們男人就得好好捧在手心裡疼著、愛著。人心都是肉長的，你待她好，一年半載沒感覺，我不信十年、二十年、一輩子還是沒感覺。再說你長得也不差，比起那陳元思好太多了，溪溪是個好姑娘，有本事又有見識，一會兒你見了她好好哄哄，你嘴巴會說，把人哄開心了，早點回家去。」

沈懿瞪大眼睛看著周二郎，這真是周家村那個說幾句話就臉紅，只會悶頭幹活的周二郎？

沈懿卻還是重重點頭。

只見淩溪一臉輕鬆地走來，沈懿連忙走上前，看著淩溪說不出話來，巧嘴也變成了笨嘴。「我、我、我來接妳回家。」

淩溪想，這一定是她這輩子聽過最好聽的情話。

沒有山盟海誓，也沒有甜言蜜語，只有簡簡單單幾個字，還說得結結巴巴，但他沒有責問她為什麼跑出來，也沒有問她到底發什麼瘋。

凌溪伸出手，沈懿愣了愣，伸手握住，兩人十指相扣，出了將軍府，回家去。

凌溪坐在馬車裡，沈懿在外面趕馬車。

「沈懿。」凌溪輕喚。

沈懿點頭。「嗯。」

「我、我……」

「什麼事都不重要，天塌下來我也會頂著。」

「什麼事情都不重要嗎？」凌溪問。

「嗯。」

凌溪想了好一會兒，才鼓起勇氣。「那……那我沒了清白，昨晚元帕並未落紅，也不重要？」

沈懿忽然用力拉了轠繩，馬車停了下來。

凌溪頓時緊張得不行。

沈懿轉過頭，看向她。「妳告訴我，在妳的記憶裡，妳可曾有、有……」深吸一口氣。「可曾有與別的男子……」

「沒有，我沒有！」

「這就夠了，妳既然告訴我並沒有與別的男子親熱，我為什麼還要在意、揪著不放？以後的日子還很長，我若是日日糾結這點破事，我們還要不要過日子？」
就算有，淩溪也都不記得了，他更沒必要糾結。
他在意的是這個女人，可不是那潔白帕子上的幾滴血。
淩溪笑了。「沈懿，我們以後好好過日子，像嬌嬌和二郎哥那樣的日子。」
從不說深愛彼此，卻比那些口口聲聲說愛你，願意為你去死、去活來得更深、更濃，更讓人羨慕。
他們的愛，早已經超越了貧窮富貴，更無關風月美醜。
沈懿點頭。「嗯，我們好好過日子。」
回到家裡，沈懿下了馬車，一把便將淩溪抱回內院，將她丟在已經整理乾淨的大床上，開始脫自己的衣裳。
淩溪一愣。「沈懿，你要幹麼？」
「腿腳挺索利，跑得也挺快……昨夜我是顧念妳才手下留情，卻不想妳身子骨兒倒是不錯。」沈懿說著，已經把自己脫得乾乾淨淨，朝淩溪一步一步靠近。
淩溪嚥了嚥口水。「沈懿，你不要激動，我、我……」
「妳什麼？」
「我錯了，我不應該跑回去，我……唔……」
一室旖旎纏綿，似乎要將對方揉到自己骨血裡，誰又能說，他們之間只是一時氣憤才男娶女嫁？

若是沒有那麼一點點動心，一點點情意，又怎麼能這麼快成就了好事，洞房花燭也是水到渠成。

就像淩瓏想要一個像周二郎那般體貼的夫婿，所以看中了周甘；而淩溪何嘗不是耳濡目染，對一起前來的沈懿另眼相看、情思暗埋？

第一百章

如淩溪所想，嫁給沈懿挺好，上無爹娘，亦無姑嫂姊妹，也沒有小叔或者妯娌，就只有三嬸婆和孫婆婆兩個老太太，整天吃飽穿暖，極好相處，連對她這個算不得姪孫媳婦的也多有體恤，見著面都笑呵呵，基本上也是住在將軍府，偶爾來住幾日。

兩人到底年紀大了，禁不起折騰，整日就是看戲，聽著那戲文唱著說著，一天便過去了。

轉眼淩天賜都四個月了。

淩嬌終於能夠坐起身，靠在床頭不暈，但渾身還是沒力氣，人也消瘦了不少，因為極少曬太陽，整個人膚色也變得蒼白。

這天，沈懿笑嘻嘻地扶著淩溪進了驕陽院。「好消息，好消息啊！」

眾人一愣，看向沈懿和淩溪。

素日裡，淩溪不管走到哪裡都是風風火火的，今兒卻是由沈懿扶著，莫非……

淩嬌瞪大了眼睛。「難道是我猜的那樣？」

三嬸婆忙問：「什麼？」

淩嬌捂著嘴，嘻嘻笑了起來，朝淩溪伸手，淩溪也笑了起來，跟著坐在床邊。

「幾個月了？」淩嬌問。

凌溪細聲應道：「兩個月。」

「不錯呀，成親沒多久就懷上了，爭取三年抱兩、五年抱三。」凌嬌打趣。

頓時，屋子裡的人都明白，凌溪是有喜了，一個個要沈懿請吃飯，沈懿也爽快答應了。因凌嬌不能出門，索性從外面酒樓訂了飯菜回來，一大家子連著皇帝一起吃了一頓晚飯。

飯間，凌瓏的情緒不是很高。

想著她過年就要十七了，周甘卻隻字不提求娶一事，他不急，凌瓏卻有些急了。

晚飯後，凌瓏藉口陪凌嬌，留在驕陽院不肯離去。

周二郎早早避開，在院子裡打了幾下拳，又去看了看寶貝兒子凌天賜，跟皇帝談論了會兒馭下之術——基本上都是皇帝在說，周二郎在聽，從皇帝這裡，周二郎又學到了不少。

凌嬌看著心事重重的凌瓏。「怎麼了？」

「姊姊，周甘他……」凌瓏說著，嘆息一聲。「姊姊，我是不是不夠好，所以周甘他到現在都不說求娶一事。」

凌嬌靜靜聽著，並不打斷凌瓏。

「姊姊，這幾個月，我以為我們也算得上兩情相悅了，可為什麼他從來不表示，也不許諾我什麼？」

凌嬌笑了，揉揉凌瓏的頭。做了母親，她倒是多了幾分母性。「怎麼，急了？」

「姊姊，我能不急嗎？周甘越來越優秀，好些個夫人都在打聽他了，我可不想坐以待斃，讓人搶了先去。」

「那就告訴他，我打算給妳說親了，看看他什麼反應。」

淩瓏心急。「要是他沒反應呢？」

「如果他沒反應，說明他只拿妳當朋友，妳也該放手，別強求；如果他有反應，還很激烈，那恭喜妳瓏兒，尋覓到妳所求、所想的了。」

淩瓏一開始沒明白，仔細一尋思又懂了。「姊姊，謝謝妳！」

「傻丫頭，跟姊姊還客氣？」

得到淩嬌的支持，淩瓏翌日便攔住了周甘，紅著臉對周甘說道：「周甘，我、我……」

周甘看著淩瓏。

這個姑娘，大方、熱情，又懂很多他從未接觸過的東西，他心裡豈會沒有別的想法？

「怎麼了？」周甘問，心裡卻直打鼓。

莫非是他的心思被人發現了？可、可他自己覺得，隱藏得很好啊！

「姊姊說，要給我相看人家了。」淩瓏小聲說道，不敢看周甘的表情，怕自己會失望。

周甘一愣。「喔。」應了一聲，邁步就走了。

淩瓏愣在原地。

他就這樣子走了？不問問別的嗎？或者，問問她可有心儀的對象？或者，她有沒有拒絕？

周甘只覺得心慌，也不知自己要去哪裡，只是胡亂走著，直到面前是一堵牆，他才驚醒過來，想到了什麼，又快速往回走。

手。

只見淩瓏蹲在原地哭，他深吸幾口氣，才鼓起勇氣走到淩瓏身邊，蹲下身，朝她伸出

淩瓏抬頭，哭紅了雙眼。「你怎麼又回來了？」

「我帶妳去見一個人。」

周甘說著，大膽牽住淩瓏的手，帶她去找淩嬌。

一路上，多少人瞧見，捂嘴而笑。

淩瓏脹紅了臉，許久才明白過來。看著拉著自己的男子，淩瓏想，以後這一生，她和這個男子都將分不開了。

不管貧窮還是富貴，都無法分開他們。

淩瓏跟在周甘身後，步伐踉蹌，好幾次差點跌倒，周甘細心地停下來等她，那雙從來沒有多餘感情的眼眸，在這瞬間多了些疼惜、依戀。

「沒事吧？」

「沒。」淩瓏搖頭。

期待著，卻也害怕著。期待周甘要跟淩嬌說，他心悅她、要娶她，也害怕周甘拒絕她。她只是一個期盼美好愛情的小姑娘罷了。

到了驕陽院，周甘牽著淩瓏進了屋子，淩嬌正逗著四個月的淩天賜玩。小傢伙長得白白胖胖，一逗就笑，還會咿啞咿啞說著誰也聽不懂的話，揮著胖嘟嘟的小手，抓住大人的手指頭就要往嘴裡塞。

「這可是媽媽的手指頭，不能吃哦！」
「咿啞咿啞。」
小天賜睜大水汪汪的眼睛，衝淩嬌無齒一笑，拉著淩嬌的手指頭往嘴邊塞，可不管這手指頭能不能吃。
淩嬌拍了淩天賜一下，抽回自己的手，淩天賜看了看淩嬌，哇一聲地哭了起來。旁邊的奶娘、丫鬟、婆子急壞了，可淩嬌就那麼淡淡地看著淩天賜，也不抱他。淩天賜哭了一會兒，見淩嬌不抱自己，哽咽了兩聲，不哭了，衝淩嬌又無齒地笑起來。
淩嬌這時才把他抱起來，只覺得一股濕熱，明白這傢伙是尿了，讓奶娘抱下去換尿布。
淩嬌無奈笑笑，這麼小便不省心，大了還得了。
此時見周甘牽著淩瓏走進來，她笑了起來。
「嫂子，我、我……」周甘說著，有些結巴。
淩嬌溫柔地笑著，給他勇氣和鼓勵。
周甘瞧著淩嬌的鼓勵，深吸一口氣。「嫂子，我要娶淩瓏。」
是要，不是想。
「然後呢？」淩嬌問。
「我會對淩瓏好，一輩子好，就像二郎哥對嫂子一樣。」
淩嬌微微點頭。「阿甘啊，既然你許下了今日的承諾，我便信你能夠做到，嫂子祝你們幸福。」

凌瓏嫁人，雲氏本想回來，奈何她剛剛懷孕，只得給凌瓏準備了好些嫁妝。對於凌瓏嫁給一個毫無功名的周甘，雲氏多有不滿，可凌瓏喜歡，鐵了心要嫁，雲氏又遠在他鄉，想阻止也心有餘而力不足，最後只得答應。

周二郎依舊給了周甘三十萬兩，買了個宅院，和沈懿的在同一條街。

大婚的日子有些急，家具什麼的依舊是陳嬤嬤親自打理，丫鬟、婆子、小廝也與沈懿一樣，就連嫁妝給的也是一樣的，不偏不倚。

凌瓏對此很滿意，因為周甘答應她，成親之後就去考功名，以後讓她做誥命夫人。

凌瓏出嫁，凌嬌也沒能送，只是坐在床上，好一番吩咐，以後要與周甘好好過日子，甘苦與共，莫要因為一些小事爭吵、計較。

凌瓏哭得傷心，一定要給凌嬌磕幾個頭。

「姊姊……」

凌嬌也是觸景生情，微微點頭。「嗯。」

「我以後還是往將軍府來，陪姊姊一輩子。」

凌嬌笑了。「好。」

看著小凡揹著一身紅的凌瓏出了將軍府，凌嬌才抹去眼角的淚水，周二郎輕輕將她擁在懷中。

大家都會幸福的，凌嬌想。

一路風雨走來，有周二郎，她幸。

以後的日子，有周二郎相伴，她幸。

如果真可以貪心一些，她希望有來生，來生，她還要嫁周二郎。

那些不愉快的，都隨風而去，所有人都幸福，便足夠了。

日子一天一天過去，身體一天天好起來，不管什麼時候，總是能在回眸的時候看見周二郎，而他總是笑意盈盈，握住她的手，讓她想起那句：執子之手，與子偕老，琴瑟在御，莫不靜好……

——全書完

文創風
490

賢妻不簡單 3 完

國家圖書館出版品預行編目資料

賢妻不簡單 / 簡尋歡著. --
初版. -- 臺北市 : 狗屋, 2017.01
冊 ; 公分. --（文創風）
ISBN 978-986-328-687-5（第3冊：平裝）. --

857.7　　105021303

著作者　簡尋歡
編輯　張蕙芸
校對　沈毓萍　黃亭蓁
發行所　狗屋出版社有限公司
地址　台北市104中山區龍江路71巷15號1樓
電話　02-2776-5889～0
發行字號　局版台業字845號
法律顧問　蕭雄淋律師
總經銷　知遠文化事業有限公司
電話　02-2664-8800
初版　2017年1月
國際書碼　ISBN-13　978-986-328-687-5
原著書名　《种田取夫养包子》，由瀟湘書院（www.xxsy.net）授權出版

定價250元
狗屋劃撥帳號：19001626
網址：love.doghouse.com.tw　E-mail：love@doghouse.com.tw